누가 시를 읽는가

누가 시를 읽는가

프레드 사사키·돈 셰어 엮음 | 신해경 옮김

봄날의책

WHO READS POETRY: 50 Views from "Poetry" Magazine,
Edited By Fred Sasaki and Don Share

서문

돈 셰어

> 시는 말이 있는 곳이라면 어디서나, 심지어 일상에서도 일어날 수 있다. —이언 맥길크리스트

'일상에서의 시'라는 말이 터무니없이 들릴지도 모르겠다. '시'와 '일상'이라는 단어가 어쩐지 상충하여 서로 어울리지 않아 보이고, 시를 찾을 수 있는 삶은 어딘가에 따로 있는 듯이 느껴지니 말이다. 시인들이 그런 분리를 자초했다. 예를 들자면, 다들 알다시피 예이츠는 '삶'과 '작품' 중 하나를 선택할 필요가 있다고 설명했다. 하나가 없으면 다른 하나도 없다는 건 누구나 알 만하지만, 시에는 평범한 매일의 시간 위에 날개를 펼치고 떠 있는 듯한 뭔가 고상하고 초연한 느낌이, 삶이 하나의 현실이라면 시는 또 다른 현실인 듯한 고결하고도 사람의 마음을 끄는 낭만적인 느낌이 있다. 정말 그럴까? 늘 그렇듯이, 다른 이들과 시 얘기를 하다 보면 곧잘 이런 말을 듣는다. "아, 학교 다닐 때는 좀 읽었지요. 끄적거리기도 하고요. 하지만 요즘에는 그럴 시간이 없네요." 그러고는, '시인들

이 보기에는 어떨지 모르겠지만 요즘 나오는 시들은 무슨 말인지 당최 이해할 수 없다'는 말이 이어진다. 그리고 갈수록 시 자체를 만나기 어려운 언론매체에서는 '시는 죽었는가?', 더 나아가 '시는 무의미한가?'라고 단도직입적으로 묻는 열띤 기사들을 피할 수도 없이 자꾸 마주치게 된다. 에즈라 파운드가 '시는 뉴스로 남는 뉴스'라고 하더니!

글머리에 쓴 인용구는 직업 탓에 매일 사람들이 맺는 관계의 종류를 이해하는 것이 일상인 어느 정신과 의사의 '시각'*에서 따왔다. 시인과 마찬가지로 정신과 의사도 심오한 지각과 궁극적으로는 상징에 관심을 둔다. 맥길크리스트가 잡지《시》의 지면에 "나는 모든 것이 우리 마음과 그 너머에 있는 상대적으로 독립적인 세계 간의 상호 관계에 달려 있다고 생각한다"라고 썼듯이, 시와 일상의 관계가 딱 이렇다. 사람들은 온전한 정신 스펙트럼의 한쪽 극단에, 그것도 미친 쪽에 가까운 끝단에 시인들이 위치한다고 여기고, 실제로 그런 시인도 많을 것이다. 하지만 맥길크리스트 같은 임상의가 환자를 읽듯이 시를 읽는 것은 가능하기도 하고 정말로 필요하기도 하다. 그는 필립 라킨의 시 〈도착〉에 대해 이렇게 쓴다. "여기서 아픔과 쓸쓸함에서 치유와 용서가 오리라는 암시는, 또 깊은 황폐함에서 놀랄 만큼 풍부한 무언가가 오리라는 암시는, 어쨌든

* 미국 시 전문 잡지《시》의 외부 기고란인 '지금 여기의 시각' 또는 그 기고란에 실린 글을 줄여서 부르는 용어다.

당분간은, 은밀하고 이해하기 어렵다."

삶과 '상상될 수 있는 것' 사이의 긴장 관계는 창조적인 동시에 필수적이다. 존스 홉킨스 의대 신경의학과 교수인 케이 레드필드 제미슨은 이 점을 보다 친숙한 말로 표현했다. "나는 달리 어디에서도 찾을 수 없는 종류의 위안을 시에서 얻었다."

사람은 일생에 걸쳐 위안을 찾지만, 시가 그보다 훨씬 평범해 보이는 일들을 이야기하는 경우는 제법 잦다. 예를 들자면, 부富를 추구하는 일 같은 것 말이다. 하지만 돈은 무엇보다 일종의 상징인데다 모두가 잘 이해하는 상징이기도 하다. "나는 경제학자이다. 하지만 내게 시는 상징을 만들고 찾아가는 길의 첫 정류장이다." T. 질리악은 '시각'에 이렇게 썼다. 질리악이 보기에 시에서는 효율이라는 의미에서의 '경제'가 중요하다. 세 줄에 불과한 예산 안에서 써야 하는 하이쿠를 생각해보라. 그는 경제학의 '지배적인 상징'인 '보이지 않는 손'을 고찰하며 '시인이 경제에 도움이 될 수 있는가'라는, 거의 제기된 적이 없는 훌륭한 질문을 던진다.

보이지 않는 손의 작용은 경제학뿐만 아니라 우리의 건강 문제에서도 흔적을 찾아볼 수 있다. 철학자 리처드 로티가 손을 쓸 수 없는 췌장암 선고를 받자 친지들이 모여들었다.

> (침례교 목사인) 사촌이 생각이 좀 종교적인 쪽으로 흐르게 되었는지 물었고, 나는 아니라고 답했다. "음, 철학 쪽으로는요?" 아들이 물었다. "마찬가지야." 나는 대답했다. 직접 쓴 것도 읽은 것도 내가 처한 상황에 대해 특별한 의미를 주는 것은 없는 듯했다. … "읽은 것

중에 뭐라도 소용이 있는 건 없어요?" 아들이 끈질기게 물었다. "있지." 대답이 무심코 튀어나왔다. "시."

로티의 결론은 이렇다. "나는 지금 생의 더 많은 시간을 시와 보냈더라면 좋았을 거라고 생각한다." 그런 소망을 밝히는 사람이 로티만은 아니다. 영화비평가인 고 로저 에버트는 거의 생의 막바지에 발표한 글에서 일생에 걸쳐 시가 어떻게 자기 안에 "그냥 알아서 제자리를 잡고는 계속 머물렀는지" 보여주었다.

이 책에서 보겠지만, 다른 직업도 시와 깊고 풍성한 관계를 맺는다. 조시 원은 29년째 철공 노동자로 일하고 있다. 그는 지적한다. "철공 일이 예술까지는 아니더라도 기교가 필요할 때가 많다 보니, 기다란 시를 머릿속에 담고 나면 까다로운 용접을 마치거나 굽은 계단에 철제 난간을 세웠을 때와 약간은 유사한 만족감이 느껴지는 데 이유가 있다 할 것이다."

윌리엄 제임스 레녹스 주니어 중장은 웨스트포인트 미 육군사관학교의 제56대 교장을 역임했다. 그는 이렇게 말한다. "전쟁과 마찬가지로 시도 허구와 현실의 충돌에서 비롯된다." 여기서는 '실제 생활'과 상상 간의 대립이 치명적이라는 점에 주목하기 바란다. 웨스트포인트에서는 시를 가르치는데, PBS 앵커 제프리 브라운은 이 책에 실린 글에서도 말하듯이 거기 교실을 방문했다가 어떤 확신을 얻었다고 한다. "우리 사회에서 시가 맡은 역할에 관한 토론은 엉뚱하거나 추상적으로 느껴질 수 있다. 하지만 웨스트포인트 교실에서는 아니었다."

하지만 어떻게 이런 시각들이 《시》 잡지에 실리게 되었을까? 십 년 동안 이 잡지의 편집장을 맡았고, 살아 있는 그 누구보다 많은 시간을 시에 쏟았을 크리스천 위먼은 이런 우려를 표했다. "시인들이 시 인생의 전부를 대학 언저리에서 보내는 경우가 많다. (그리고) 이 모든 일이 사방에 높은 벽을 두른 듯이 보인다. 시인들이 무엇이 발표될지 결정한다. 시인들이 다른 시인을 검토한다. 시인들이 서로 상을 준다." '지금 여기의 시각'이라는 새로운 기획을 소개하는 방편으로 《시》 2005년 1월호에 실린 문장들이다. 제목만 보면 어떻게 보일지는 모르겠지만, 그 '시각'은 편집장이 자리에서 보는 시각이 아니었다.

위먼은 프레드 사사키가 재기를 번득이며 운영하고 있던 《시》 잡지에 시를 공격하는 논리에 대한 지속적인 응수인 동시에 시단詩壇 외부의 작가들에게 시에 대한 글을 쓸 지면을 열어주는 꼭지를 하나 기획했고, 거기서 이 책에 실린 모든 '시각'이 채택되었다. 사실 충격적이지만 위먼이 십 년 전에 말한 내용은 지금도 사실이다. 이 나라에서 시는 정말로 전문화되었다.

비평가인 마크 맥걸은 저서 《프로그램 시대-전후 소설과 문예 창작의 부흥》에서 《뉴욕 타임스》의 표현대로 "제2차 세계대전 이후로 가장 중요한 작가들은 대학원 인큐베이터에서 나왔다"라고 언급하며, 그때 이후로 단일 요소로서 미국 문학계에 가장 큰 영향을 끼친 것이 예술학 석사 학위라고 주장한다. 영국에서도 유사한 직업 경로가 재빨리 부상하고 있다. 성공 가도가 아니라 직업 경로라는 점에 유의하자. 당연히 글을 쓰는 데는 학위가 필요하지 않고, 학위를 가진다고 해서 무언가가, 일자리조차 보장되는 건 아니다. 이런 상황에서도 분명해 보이는 점은, 위먼이 날카롭게 관찰했듯이, 시단 '외부'의 직업에 종사하는 사람들에게도 "지금 쓰이는 모든 것을 판단할 자격이 충분하다. 그리고 그보다 더 분명해 보이는 점은, 당신이 시를 쓰는 현역 시인이라면, 당신이 원하는 독자가 바로 그들"이라는 점이다.

…

앞서 얘기했듯이, 의사, 교수, 언론인, 정치인 등, 그런 독자의 상당수가 이 선집에 포함돼 있다. 익히 짐작하듯이 음악가와 배우 들은 시에 깊이 감동한다. "내 어머니는 그웬돌린 브룩스가 쓴 시였다." 그래미와 아카데미 상을 받은 라임페스트는 '시각'에 이렇게 대담하게 썼다. 배우인 릴리 테일러는 말한다. "시는 내가 보다 능숙하게, 말하자면 감정의 언어로 말할 수 있도록 도왔다." 작가에 이르면, 소설가들에게도 시가 필요하다. 판카지 미슈라는 시를 읽는 이유가 "산문 소설을 읽는 이유와 같다. 내가 사는 현실보다 좀 더 편안한 곳으로 잠시 탈출하기 위해서다"라고 썼다.

음악과 영화, 소설이 모두 탈출구를 제공하고, 스포츠도 그렇다. 시와 운동 경기는 고대 그리스의 서정시인 핀다로스의 송시에서부터 농구선수 코비 브라이언트가 시로 은퇴를 선언한 오늘날까지 함께한다. 그리고 메이저리그 야구선수인 페르난도 페레즈가 썼듯이, "야구와 마찬가지로 시도 일종의 반反문화다." 이런 의미에서 보면 시는 어떤 형태로도 삶에 반하는 게 아니라, (미세한 차이지만) 삶에 '역행'할 뿐이다.

최근에는 정치인들마저 '정치는 산문이지만 선거운동은 시다'라는 주문을 외며 시를 기웃거린다.

이런 현상을 보면 시에는 뭔가 유익한 효과가 있는 듯하다. 당연하게도, 무엇보다 시는 '즐거움'이다. 우리는 이 책에 실린 글에서 작가는 다 다를지라도 한 가지는 공통적이라는 사실을 알아채게 된다. 모두가 시를 읽으며 엄청나게 즐거워한다. 어떻게 그럴 수 있을까?

나는 가장 좋은 대답이 예술가 아이 웨이웨이의 '시각'에 있다고 생각한다 "시를 경험하는 것은 현실 너머를 보는 것이다. 물리적인 세계 너머에 무엇이 있는지 찾는 것이며, 다른 삶과 다른 층위의 감정을 경험하는 것이다. 세상을 경이롭게 여기는 것이며, 인간의 본성을 이해하는 것이며, 가장 중요하게는 젊고 늙고, 배우고 못 배우고를 떠나 타인과 나누는 것이다." 이 말은 즐겁고 경이로운 동시에 광대하기도 한 뭔가를 묘사한다. 나는 어렴풋하게나마 그 광대함이 사람들이 처음으로 시를 대할 때 느끼는 어려움을 설명해준다고 생각한다. 니코 케이스는 심지어 생각만으로도 몸을 떤다. "시가 있는 공간에 들어가려면 어디서 허락이라도 받아야 할 것 같은 기분이었다." 하지만 앞으로 보게 되듯이, 알든 모르든 시는 우리와 같은 공간에 있다. 이 책에 실린 짧은 글들을 통해 저자들은 우리가 저마다 시에 대한 시각을 갖출 수 있도록 돕는다. 그뿐 아니라 그들은 일상과 일터에서 시와 함께할 수 있는 다양한 방법을 제시하는 훌륭한 동반자이다.

차례

신들의 광기

헬렌 피셔

나는 사랑에 빠진 뇌를 연구한다. 동료들과 함께 연구를 진행하며 나는 맹목적으로 사랑에 빠진 사람 49명을 뇌 스캐너(기능적 자기 공명 영상, fMRI)에 집어넣었다. 17명은 막 사랑에 빠져 행복에 겨운 상태였고, 15명은 상대방으로부터 막 거부당한 상태였다. 17명은 평균 21년 동안 결혼생활을 하고서도 여전히 배우자와 '사랑에 빠진' 상태를 유지하고 있는 마흔 줄의 남녀였다. 모두에게서 뇌 기저 부근에서 아주 작은 '공장'이 가동되는 현상이 보였다. 뇌 기저는 사람에게 활동력과 집중력과 열망과 고대 그리스인들이 '신들의 광기'라 부른 강렬한 낭만적 열정에 관련된 동기를 주는 신경호르몬인 도파민을 분비하는 곳이다.

뇌 스캔 프로젝트를 시작하기 전에 나는 낭만적인 사랑과 연관된 일군의 심리적 증상들을 찾아보려고 학술서들을 뒤졌다. 전 세계의 시도 읽었는데, 나로서는 그게 더 흥미로웠다. 다른 인류학자들이 인간의 사고를 이해하기 위해 화석이나 화살촉, 토기 조각을 연구할 때, 나는 시를 연구했다. 시는 실망을 주지 않았다. 세계 곳곳에서 시인들은 낭만적인 열정에 휩쓸린 사람의 뇌가 분출하는 감정의 낙진들을 묘사해왔다.

'특별한 의미'를 예로 들어보자. 우리는 사랑에 빠지면 사랑하는 사람을 특별하고 독특하며 다른 누구와도 같지 않다고 여기기 시작한다. "줄리엣은 태양이야." 로미오는 외친다. 인도의 시인 카비르는 이렇게 쓴다. "사랑의 길은 좁다. 오직 한 사람만 지나갈 수 있다." 그리고 20세기 중국 우화인 〈비취의 여신〉에서 창 포는 사랑하는 이에게 이렇게 말한다. "하늘과 땅이 생긴 이래로, 당신이 나를 위해 만들어졌으니 난 당신을 놓치지 않을 테요." 그러고 사랑에 빠진 이는 아주 사소한 것까지 사랑하는 이의 모든 것을 맹목적으로 사랑하기 시작한다. 대부분은 사랑하는 이에게서 자신이 좋아하는 않는 점이 무엇인지 짚어낼 수 있다. 하지만 그런 사소한 것들은 옆으로 밀어놓고 자신이 좋아하는 점들에 집중한다. 사랑하는 이가 모는 차는 주차장에 있는 다른 사람들의 차와 다르다. 그 사람이 사는 동네, 그가 듣는 음악, 그녀가 읽는 책, 사랑하는 이와 관련된 모든 것이 사랑에 빠진 이의 주의를 사로잡는다. 9세기 중국 시인인 유안 첸이 썼듯이 말이다.

> 저 대자리를
> 차마 치워버리지 못하네
> 당신을 집에 데려왔던 밤
> 저걸 펴는 당신을 지켜봤으니

"사랑은 온종일 눈멀었다." 초서는 이렇게 말하고, 열정이 커질수록 도파민에 젖은 뇌는 사랑에 빠진 이에게 지칠 줄 모르는 활동력과 일이 잘 풀릴 때는 도취감으로, 잘 풀리지 않을 때는 절망으로 치닫는 급격한 기분 변화를 안겨준다. "이 회오리바람, 에로스의 이 맹렬한 무아지경." 로버트 로웰*은 이런 상태를 이렇게 불렀다. 이런 정신적 폭풍에는 신체적 반응이 동반된다. 19세기 일본의 여성 시인인 오노 노 코마치는 이렇게 썼다. "누워서도 잠들지 못하는 밤, 뜨거워라/점점 커지는 열정의 불꽃/내 마음속에서 활활 불타는구나." 짜르르한 배 속에서부터 진땀 나는 손바닥, 후들거리는 무릎, 두방망이질 치는 심장까지, 이런 신체적 반란은 아마도 도파민과 밀접하게 관련된 화합물인 노르아드레날린의 효과일 것이다.

그렇게 다른 인간에 대한 신체적, 정신적 중독이 시작되고, 그 중독은 자주 시로 묘사된다. "오, 널 위해 기꺼이 내 모든 걸 걸리라." 휘트먼의 표현이다. 그리고 18세기 일본의 무명 시인은 그 갈망을 이렇게 요약했다. "나의 갈망은 그칠 때가 없어라." 하지만 사랑에 빠진 이의 뇌 속에서 무슨 일이 일어나는지 가장 잘 표현한 사람은 플라톤이라고 생각한다. 《향연》에서 그는 사랑의 신은 '늘

---

* 로버트 로웰Robert Lowell(1917~1977)은 미국의 시인으로 유서 깊은 이민가정 출신이었다. 엘리자베스 비숍과 윌리엄 카를로스 윌리엄스 등의 영향을 많이 받았다. 정형시와 자유시 모두에 뛰어났다. 1959년에 출간한 시집《삶의 연구》로 1960년 전미도서상을 수상했다. 고백시 운동의 주요한 시인 중 한 사람이다. 여섯 차례에 걸쳐 국회도서관 계관시인에 지명되었고, 1947년과 1974년에 퓰리처상을 받았다.

무언가에 목말라한다'라고 쓴다. 낭만적인 사랑이란 필요이고 욕구이고 갈망이고 항시적 불균형이고, 우리에게 삶의 가장 큰 목적인 짝을 얻으려는 에너지와 집중력과 동기를 주는 포유류 뇌의 원시적 부분에서 생기는 충동이다.

나는 사실 낭만적 사랑이 재생산에 관여하는 세 가지 뇌 체계 중 하나라고 생각한다. '성애 충동'은 일정 범위의 짝을 찾도록 부추긴다. '낭만적 사랑'은 한 번에 한 사람에게만 짝짓기 에너지를 집중하도록 자극한다. 그리고 '애착' 덕분에 우리는 아이가 유아기를 지날 정도까지 상대방과 오래 관계를 지속하며 같이 양육할 수 있다. 세 가지 사랑은 각기 다른 주요한 뇌 화학물질과 뇌 전달경로에 관여한다. 각각이 우리의 DNA를 영원히 전파하기 위해 진화했다. 하지만 이 세 가지 기본적인 재생산 기제 중에서 제일 잘 묘사되는 것은 낭만적 사랑인데, 아마도 도파민이 창의성과 연결되기 때문일 것이다. 이 화학물질이 뇌를 적시면 각성 상태와 에너지가 생기고, 뭔가를 창작하도록 사랑에 빠져 홍분한 이를 몰아가는 창의적인 불길이 일어난다.

"마음은 기본적으로 동사다." 철학자 존 듀이는 그렇게 썼다. 마음은 많은 일을 한다. 그리고 시인들은 이런 두뇌의 활동을 언어로 포착하여 우리가 사랑에 빠졌을 때 뇌가 만들어내는 복잡한 감정의 일부를 감지하고 느끼고 이해할 수 있게 해준다.

헬렌 피셔Helen Fisher(1945~)

생물인류학자로 킨제이연구소의 선임연구원이자 럿거스대 인류진화연구소의 연구교수이며 Match.com의 수석 과학고문이다. 피셔는 비교문화에 관한 데이터뿐만 아니라 fMRI 뇌 촬영 기술을 이용하여 진화와 인간의 낭만적 사랑과 애착, 가족생활의 변화 추이를 연구한다. 《사랑 해부학》, 《우리는 왜 사랑하는가?》, 《왜 그인가? 왜 그녀인가?》 등 6권의 책을 저술했다.

아무것도 모르기

지아 톨렌티노

나는 온종일 인터넷에 붙어살면서도 인터넷이 요구하는 많은 것들이 낯선데, 인터넷의 핵심적이면서도 자기모순적인 이중 명령을 보면 누구라도 내가 아주 이상하다고는 생각지 않을 것이다. 첫째, 우리는 마치 의무라도 되는 양 모든 세상사에 관여하여 계속 말을 해야 한다. 그리고는, 어처구니없지만, 늘 자신이 옳다고 믿어야 한다.

대중의 수사修辭에 형태를 제공하는 사람들에게 가해지는 그 압박이 갈수록 커진다. 인쇄 매체가 온라인 매체를 반영한다. 온라인 매체가 소셜 미디어를 반영한다. 어떨 때는 모든 것이 소용돌이처럼, 정체성을 놓고 벌이는 일련의 전투처럼 느껴진다. 그 전투에서는 모두가 끊임없이 자신의 이해관계를 잘못 전달한다. 인터넷에 글을 쓸 때의 위험이란 자신의 섣부른 의견에 너무 많은 신뢰를 주고, 그래서 자기 마음속의 귀중한 부분을 망쳐버릴 수 있다는 점이다. 스쳐 가는 생각은 내밀한 시간이 필요하다. 복잡한 고심 없이

자기 생각을 사랑하는 사람만큼 수상쩍은 것은 없다.

시 강습회에서 전혀 다른 두 무리의 사람들을 가르치면서 나는 지금의 인터넷을 지배하는 재귀적인 수다스러움과 자기 정당화에 잘 대비할 수 있게 되었다. 한 무리는 대학 신입생들이었고, 다른 무리는 일곱 살에서 아홉 살 사이의 아이들이었다. 전자는 미시간 대학이었고, 후자는 휴스턴 제4구에 있는 후줄근한 공립 초등학교였다. 당연히 수업 내용이 똑같지는 않았지만, 아이들은 리처드 사이켄("자동차 소리, 개 짖는 소리, 너는 어떻게 익숙해졌지, 너는 어떻게/그 새 거리를 네 것으로 만들었지")과 앤 섹스턴*("여기/내 인생의 방 안에서는/물건들이 자꾸 바뀐다")을 이해했다. 아이들은 찰스 시믹의 〈내 신발〉과 니키 지오바니의 〈내 멋대로 굴기〉와 리처드 브라우티건의 〈너의 메기 친구〉를 거친 뒤에 시를 써낼 수 있게 되었다. 그리고 약 세 편의 예외를 제외하면, 나로서는 어떻게 발을 들여놓아야 할지 알 수 없는 기술을 이해하라고 강요하면서, 계속해서 이 특정한 예술형식을 빌어 내 두꺼운 두개골을 꿰뚫으며 자명한 효

앤 섹스턴Anne Sexton(1928~1974)은 개인적이고 고백적인 시로 이름 높은 미국의 시인으로 1967년에 발표한 시집《살거나 죽거나》로 퓰리처상을 받았다. 평생 고통받았던 조울증과 자살 충동, 남편과 아이들을 포함한 다양한 사적 관계들을 주제로 삼았다. 첫 아이를 낳고 심각한 산후우울증으로 정신병원에 입원한 이후로 입원과 퇴원을 반복하며 평생 우울증으로 고통받다가 46살에 자살로 생을 마감했다. 치료의 한 방편으로 글을 써보라는 제안을 받은 그녀는 1957년에 보스턴의 어느 글쓰기 수업에 참여하면서 시를 쓰기 시작했고, 맥신 커민, 로버트 로웰, 조지 스타벅, 실비아 플라스 등의 문인들과 깊은 교유관계를 맺었다. 초기에는 엄격한 소네트 형식의 시를 쓰다가 점차 형식 파괴적이고 자유로운 시로 이행했다. 첫 시집이 1960년에 출간되어 평단의 호평을 얻은 이후 사실과 상상이 교묘히 섞인 시들을 꾸준히 발표하여 대중적인 사랑을 받았다.

과를 발휘하는 내가 제일 좋아하는 시들을 대상이 성인이든 어린이이든 상관없이 양쪽 교실 모두에서 가르칠 수 있었다.

그중 하나가 첫 세 행으로 내 인생의 작동 원리 같은 뭔가가 되어버린 루이스 글룩*의 〈붉은 양귀비〉였다.

위대한 건
이성이
아니다.

시가 더 진행되면 나는 얼버무린다. 의인화라는 시적 기법을 통한 깊숙한 본능의 탄원은 글로 쓰인다고 해서 더 선명해진다고 느껴지지 않는 몇 안 되는 주제 중 하나다. 그 말은, 내가 메리 올리버처럼 야생 기러기이고 부드러운 동물인 내 몸이 뭐든 좋아하는 걸 좋아하도록 내버려 둘 때마다, 문제의 '그 동물'이 늘 예쁘지는 않았다는 점이다. 하지만 얼마나 대단한 서두인가! 나는 이 시구에 의거해 살려고 노력한다. 나는 본능이 사회적 지위를 이기고 겸손이 확신을 이기기를 원한다. 위대한 건 이성이 아니다.

내가 아무한테나 시를 얘기하고 그러지는 않는다. 시와 나의 관계는 우회적이고 거의 전적으로 개인적이다. 나는 시를 못 쓴다.

* 루이스 글룩Louise Glück(1943~)은 미국의 시인으로 1993년에 시집《야생 아이리스》로 퓰리처상을 받았고, 2003년에는 미 의회도서관의 계관시인으로 선정되었으며, 2014년에는 시집《정숙하고 도덕적인 밤》으로 전미도서상을 수상했다. 지금까지 12권의 시집을 냈다.

꾸준하게 읽지도 않는다. 시를 가르치는 일에서 나는 아무 권한도, 아무 중요한 의견도, 내가 옳다는 느낌도 전혀 없이 스스로를 학생의 위치에 놓을 수 있을 뿐이다.

그리고, 결국 그 덕분에 나는 자유로워졌다.

글을 쓸 때 나는 여전히 '아름답다'라는 단어를 말해놓고도 계속해서 '거룩하다'나 '화려하다' 같은, 더 선명하고 신선한 물고기를 잡기 위해 교실 한가운데로 낚싯줄 던지는 시늉을 하는 초등학교 3학년이 된 듯한 기분을 자주 느낀다. 유심히 읽을 때는 랩 구절의 약약강격은 세면서도 "이 흑대흑黑對黑은 축복이다/내 무기에 흑대흑 범죄"라는 켄드릭 라마의 2행짜리 대구對句 하나를 이해하는데 한 시간이 걸리는 대학 신입생이 된 듯한 기분이 들기도 한다. 라마는 이 광고 전단지 같은 날렵한 대구를 내뱉고, 이 두 행이 서로의 의미와 운율을 전도하는 방식은 내게 글쓰기라는 기본적인 작업의 실제를 사랑하도록 되풀이해서 가르쳐주었다. 의견 따위는 잊어라, 그리고 자신이 옳다는 생각은 확실히 잊어라. 저마다의 의미를 품은 문장을 쓰겠다는 과제를 갖는 것으로, 너무 쉽게 얻어지는 건 뭐든 불신하는 법을 배우는 것으로, 그리하여 스스로 평형 상태를 다시 고찰하는 것으로, 그리고 작은 공간 내부의 평형 상태를 몇 번이고 되풀이하여 고찰하는 것으로 충분하다.

시는 시를 뺀 모든 것을 쓰는 방법을 가르쳐주었다. 시는 내가 기본적으로 아무것도 모른다는 사실을, 그리고 그걸 아는 것이 시작이며 끝은 없다는 사실을 가르쳐준다. 위대한 건 이성이 아니다.

무의 지점에서부터 세계가 반짝거리기 시작한다. 그러다 세계는 선언할 수 있는 것이 된다. 그러다 세계는 품고 앉아서 주변을 쿡쿡 찌르며 반드시 옳지 않을 수도 있지만, 약간의 중력을 가질, 심지어 새롭게 느껴질지도 모를 생각들을 형성해갈 가치가 있는, 저 무상한 감각들을 전해준다.

지아 톨렌티노Jia Tolentino
《뉴요커》 웹사이트의 기자다. 이전에는 《이세벨》의 부편집장과 《헤어핀》의 객원 편집자로 일했다. 음악 비평에서부터 젠더와 정체성 정치에 이르는 폭넓은 영역의 주제들에 관해 글을 쓰고 《뉴욕 타임스》, 〈피치포크〉를 비롯한 다양한 매체에 글을 게재하고 있다.

사면의 벽

이언 맥길크리스트

내가 영문학계를 떠난다면 시에 대한 열정이 시들해져서가 아니라 친구들을 수술하며 평생을 보내고 싶지 않기 때문일 것이다. 나는 내가 친구들을 죽일지도 모른다고 생각했다. 나중에야 테드 휴스가 꿨다는, 불에 그을려 털 타는 냄새를 풍기는 여우가 와서 그가 쓰던 원고에 피 묻은 앞발을 올려놓고는 "당신이 우리를 파괴하고 있어"라고 말했다는 꿈을 알게 되었다.

시는 스스로 뇌에 각인된다. 시는 대체로 언어가 그러는 것과 달리 대뇌피질 위로 그냥 쓱 미끄러져 사라지지 않는다. 시에는 삶의 모든 입자가 들어 있어 고대부터 인식과 정서적 의미의 자리였던 대뇌변연계 깊숙이에서부터 맹렬하게 존재를 공격한다. 때로는 외국어에서 이런 현상이 가장 확연하게 드러나는데, 매끄럽고 익숙한 말들이 물러나고 낯선 말과 마주치면서 그 의미에 담긴 선연한 경이감이 새롭게 다가오기 때문이다. 나는 어릴 때 아버지가 면도를 하면서 읊어 주시던 하이네의 시에 홀렸다. '임 아벤트조넨

샤인 ….' 그때 햇빛을 가리키는 진짜 단어는 '조넨샤인'이라고 생각했던 기억이 난다. 그래서인지 물건이 '사라졌다'고만 하면 뭔가 미진한 듯했다. 사물은 '페르슈분덴'일 때에만 정말로 사라졌다. 아버지가 스코틀랜드 사람이고 어머니가 잉글랜드 사람인데, 참 이상한 일이다. 뭔가 일종의 잠복성 지식 같다고나 할까.

음악과 그림에는 즐기기에 제일 좋은 시기가 있지만, 시에는 그런 게 없다. 시는 말이 있는 곳이라면 어디서나, 심지어 일상에서도 일어날 수 있다. 20년이 지난 일이지만 나는 아직도 내가 맡았던 정신과 환자에게 강과 운하의 차이를 물었을 때 그가 보인 반응을 기억한다. "강은 평화요, 운하는 고통입니다." 블레이크에 필적할 만한 시구였다. 시가 토대로 삼는 비일상적인 연결, 즉 상징을 벼리는 일은 단순한 논리적 통사나 의미보다는 언어의 종합적인 의미가 인식되는 뇌의 우반구에 달려 있다. 이 우반구에서는 경험 또한 이해하기 쉬운 표상으로 가공되지 않고 선명하게, 정말로 생생하게 남는다.

어른이 되고 나서 블레이크, 횔덜린, 스마트, 카우퍼, 클레어, 홉킨스 등 특히 좋아하는 남성 시인들의 많은 수가 정신병을 앓은 이력이 있다는 사실을 알게 되었다. 그리고 흥미롭게도 내가 제일 좋아하는 여성 시인인 디킨슨, 플라스, 샬럿 뮤, 스티비 스미스 모두가 정신병 아니면 성 정체성 혼란, 아니면 둘 다를 겪은 이력이 있었다. 그런 경험이 시를 키우는 비옥한 토양일지도 모른다는 사실과는 별개로, 나는 시인들 사이에 깜짝 놀랄 만큼 만연한 전반적인 우울감과 이런 병력이 현상학적 단계에서 보자면 예외적으로 우반구에 치우친 뇌기능의 편중 상태 때문이 아닐까 생각한다.

고통의 목소리에 귀 기울이는 정신과 의사로 일하다 보면 특정한 시구가 자꾸 떠오르곤 한다. 윌프리드 깁슨의 "사물의 심장에서 심장은 부서진다"라는 시구를 떠올리지 않은 날이 거의 없다. 그리고 라킨이 후회를 어떻게 이해했는지도.

> 정말이지, 우리는 시간으로 만들어졌으면서도
> 삶의 매 순간에 열리는
> 장기적인 전망에 잘 맞지 않는다.
> 그것들이 우리와 우리가 상실한 것들을 연결한다.

하지만 순전한 우울의 공포는 "그 어떤 신성한 목소리도 폭풍을 잠재우지 못하고/그 어떤 자비로운 빛도 보이지 않는다"라는 카우퍼의 〈표류자〉 마지막 연에 구현되어 있다고 생각한다. 아니면 다음과 같은 반쯤 미친 듯한 시구에나.

> 나 불쌍해라! 어떻게 해야
> 끝없는 분노와 끝없는 절망에서 벗어날 수 있는가!
> 죽음과 지구와 천국과 지옥이 망쳐버리기로 작당한 자
> 친구는 신이지만, 신은 날 돕지 않겠다 맹세했지!

나도 우울로 고통받았고, 내 감정을 전달할 유일한 길이 생의 마지막 몇 년을 정신병원에서 보낸 횔덜린의 시 몇 행밖에 없는 듯했

던 그 느낌을 기억한다. 두 연에 걸쳐 엘리시움에 거하는 신들의 행복하기 그지없는 영원한 생을 자세히 묘사한 뒤에, 시는 이렇게 전환된다.

> 하지만 고통받는 우리에게는,
> 인류에게는
> 쉴 곳이 주어지지 않고
> 더듬더듬 우리는 비틀거리고 엎어지며 가네
> 한 시간 또 한 시간
> 절벽에서 절벽으로
> 뒹굴며 떨어지는 물줄기처럼
> 내내 알 수 없는 어딘가 속으로.

최근에 발견한 이보르 거니*의 이글거리는 시 〈신에게〉는 정신과 의사라면 반드시 읽어봐야 할 시다. 내가 보기에는 시 전체가 정신적 우울과 어떤 무자비한 힘 앞에서 극단적인 무기력을 느끼는 환자들의 경험을 얘기하는 듯하다. 아무리 좋은 의도일지라도 도와준답시고 그런 느낌에 장단을 맞춰줘서는 안 된다는 유익한

이보르 거니Ivor Gurney(1890~1937)는 영국의 시인이자 작곡가이다. 평생 조울증으로 고통받았다. 글로스터에서 났고 어린 시절 글로스터 성당에서 성가대원으로 활동하면서 여러 친구와 멘토를 만나 문학과 음악에 대한 열정을 키웠다. 제1차 세계대전에 병사로 참전하여 전방에서 진지하게 시를 쓰기 시작했고, 부상을 딛고 1917년에 첫 시집인 《세번과 솜》을 출간했다. 같은 해에 독가스 공격을 받고 야전병원으로 후송되었고 퇴원한 뒤에는 후방에 배치되었으나 '전투 신경증'이 조울증을 악화시켜 평생 정신병원 입퇴원을 반복했다. 수백 편의 시와 300곡이 넘는 노래를 남겼다.

경고이기도 하다.

> 당신은 왜 삶을 이토록 견딜 수 없이 만들어놓고
> 나를 사면의 벽 안에 두었는가.

그의 마지막 시구는 아버지의 독일어 시구들처럼 등줄기를 타고 흐르는 전율을 일으키며 하우스먼의 면도 시험*을 통과한다.

> 내 마음에서 빛나는 것은 모조리 없어졌네.
> 신이 손수 기획했던 것들도 모두 사라졌네.
> 인간의, 인간에 대한 잔인함은 반도 적을 수 없네.
> 인간과 인간 사이만큼 지독한 악이 빈번히 짐작되는 곳도 없네.

영국의 학자이자 시인인 A. E. 하우스먼A. E. Housman(1859~1936)은 진짜 시를 가려내는 법으로, 면도할 때 나직이 되풀이하여 읊조려서 수염을 곤두서게 만드는 시가 진짜 시라고 말했다.

이언 맥길크리스트 Iain McGilchrist(1953~)

정신과 의사이자 철학자이다. 옥스퍼드에서 영문학을 공부했지만, 철학에 대한 관심에 이끌려 의학을 공부했고, 나중에는 존스 홉킨스에서 뇌영상에 관한 연구를 수행했다. 옥스퍼드 올소울스 대학의 연구원이며 로열칼리지 정신요법 학부의 연구원이었으며, 영국왕립예술협회의 회원이자 런던에 소재한 베들렘 로열 앤 모즐리 병원의 전 임상총괄이사이자 상담정신과 의사였다. 2009년에《영주와 밀사-분리된 뇌와 서양의 형성》을 출간하면서 세간의 주목을 받았다.

낭만과 현실

윌리엄 제임스 레녹스 주니어

지금 이 글을 쓰는 순간에도 미군들이 이라크 모술과 팔루자, 아프가니스탄 잘랄라바드와 같은 위험한 곳에서 복무하고 있다. 요즘 군대의 젊은 지도자들에게 테러와의 전쟁은 힘들고 때로는 비극적인 현실이다.

이 와중에, 웨스트포인트의 비좁은 교실에서는 젊은 사관생도들이 러디어드 키플링과 칼 샌드버그, 존 맥크래의 시선으로 전쟁을 고찰하고 있다. 모든 웨스트포인트 사관생도들은 신입생 때 한 학기 동안 영문학 수업을 들으며 오비디우스부터 오언*까지, 스펜서부터 브루스 스프링스틴(노래 〈선더 로드〉는 시적 장치들의 보물상자다)에 이르는 시를 읽고 토론한다. 사관생도들은 또 시를 암송해야 하는데, 세월이 지난 후에 이 과제가 제일 힘든 난관이었다고

* 윌프리드 오언Wilfred Owen(1893~1918)은 영국의 시인이자 군인이다. 그의 시에 드러난 참호전과 독가스전의 참상은 그 당시의 대중적인 전쟁관과 극한 대조를 이루었을 뿐만 아니라 전쟁을 그린 다른 시들과도 극명한 차이를 보였다.

회상하는 졸업생들이 많다.

오언의 역설적인 시 제목인 〈당연하고도 명예롭도다〉가 머릿속에 와서 박힐 정도로 쉽게 진술하듯이, 시도 전쟁과 마찬가지로 낭만과 현실이 충돌한 결과일 수 있다. 이와 판박이로, 우리의 신입 사관생도들은 낭만적인 이상주의에 가득 찬 채 사관학교에 들어와 훈련과 통합성과 지도력이라는 실질적인 현실을 배우며 47개월을 보낸다.

대체 왜, 갈수록 전쟁이 전문적이고 복잡해지는 시대에 미국의 미래 전투 지도자들은 직유법이니 역설법이니 압운이니 운율이니 따위를 공부하는 데 16주나 쓰는 걸까? 소통할 수 없는 이는 지도할 수 없다. 시는 힘 있고 간결하게 현실을 묘사하기 때문에 효과적인 소통을 위한 기본적인 도구가 된다. 다른 대학과 마찬가지로 웨스트포인트도 구두와 서면 소통 기술 둘 다를 강조하며, 우리 교수진은 생도들 저마다의 요지와 형식, 구성, 정확성을 평가한다. 생도들은 시를 배우면서 언어가 가진 힘을 저마다 이해한다. 두운에서부터 의성어에 이르기까지, 시인들이 쓰는 도구의 힘을 빌어 언어는 구문의 제약을 초월할 수 있다. 셰익스피어의 비유적 묘사와 휘트먼의 격정에 초월성이 있다는 얘기는 들었겠지만, 매아더 고별사의 마지막 운율에도 초월성은 있다. "강을 건너는 그때에도 저의 마지막 생각은 우리 군이고, 또 우리 군이고, 또 우리 군일 것입니다." 우리는 생도들에게 이렇게까지 우렁차고도 우아한 기준을 요구하지는 않는다. 하지만 이 언어를 다르게 만드는 것이 무엇인지 이해하도록은 가르친다.

둘째로, 시는 기존의 세계관에 도전하는 새로운 개념들로 무장하고 생도들과 맞선다. 웨스트포인트 교과과정에는 시와 역사, 철학, 정치학, 법학이 포함되는데, 이 과목들이 새로운 개념과 남다른 관점, 대안적인 가치, 서로 상충하는 감정을 가르쳐주기 때문이다. 우리 졸업생들은 전투 중에 그와 유사한 난제와 직면한다. 모스크에 숨은 저격수를 쏴야 할지, 또는 서로 경쟁하는 부족 지도자들 사이에서 어떻게 합의를 이끌어낼지 같은 난제들 말이다. 이런 문제에는 교과서적인 해결책이 존재하지 않는다. 전투 책임자들은 스스로의 도덕성과 스스로의 창의성과 스스로의 기지에 의지해야 한다. 생도들에게 시를 가르치면서 우리는 무엇을 생각해야 하는지가 아니라 어떻게 생각해야 하는지를 가르친다. 마지막으로, 시는 우리 생도들에게 세상을 보는 새롭고도 극히 중요한 방식을 알려준다. 우리 세대의 많은 수는 그런 세계를 상상할 수 없었다. 내가 웨스트포인트에 입학했던 1967년 여름, 졸업생들은 중앙유럽에서 극도의 냉전을, 동남아시아에서 극도의 열전을 치르고 있었다. 그로부터 38년 후, 어떤 것은 대단하고 어떤 것은 비극적인 수많은 변화가 일어나 우리 손주들에게 아주 다른 미래를 만들어주었다.

이런 역사와 사회의 구조적 전환은 분명하게 설명할 수 없는 경우가 잦은데, 특히 이런 전환에 군사적 분쟁이 포함되는 경우가 그렇다. 루이스 심슨*은 이런 모호함에 대해 이렇게 언급했다.

보병에게 전쟁은 거의 전적으로 물리적이다. 어떤 사람들이 전쟁을 생각할 때 침묵에 빠지는 이유가 그래서다. 언어는 물리적 삶을 위조하고, 그 물리적 삶을 절대적으로 경험한 이, 즉 죽은 이들을 배반하는 듯싶다.

《일리아드》 이후로 시는 다른 예술가들로서는 불가능한 강한 힘으로 전쟁의 혼란과 공포를 포착해내는 수단이었다. 예를 들어, 우리는 크림전쟁에 대한 수많은 기록을 읽을 수 있지만, 어느 것도 테니슨의 〈경보병여단의 돌진〉*만큼 그 무의미한 야만을 잘 전달하지는 못할 것이다. 테니슨의 시 몇 연은 전쟁의 낭만과 현실을 다른 어떤 수단보다 선명하게 전달한다.

미 육군사관학교가 계관시인을 배출하지는 못할 것이다. 그러나 우리가 선명하게 소통하고 비판적으로 사고하고 다른 관점으

루이스 심슨Louis Simpson(1923~2012)은 자메이카 출신의 미국 시인으로, 시집《도로의 끝에서》로 1964년에 퓰리처상을 받았다.

테니슨Alfred Tennyson(1809~1892)이 크림전쟁에서 러시아군을 공격한 영국군의 전술에 불만을 품고 쓴 〈경비병여단의 돌진〉 제2연은 이러하다.

"경비병여단은 진격하라!"
깜짝 놀란 사람이 있었던가?
그래도 병사는 몰랐으리라.
　　누군가가 실수했다는 건.
그들의 몫은 대꾸하지 않는 것,
그들의 몫은 이유를 따지지 않는 것,
그들의 몫은 따르고 죽는 것뿐,
죽음의 계곡 속으로
　　육백이 나아갔다.

로 세상을 이해할 수 있는 졸업생들을 키워낸다면, 우리는 군과 이 나라에 더 나은 지도자들을 준비해줄 수 있을 것이다.

윌리엄 제임스 레녹스 주니어 William James Lennox Jr.(1949~)

퇴역한 미 육군 중장으로 2001년부터 2006년까지 웨스트포인트 미 육군사관학교 총장을 역임했다. 웨스트포인트 사관학교를 졸업한 후에 야전 포병대에서 다양한 임무를 수행했고, 교육부 장관 특별보좌관으로 백악관 펠로우십을 받는 등 여러 참모직을 수행했다. 프린스턴대에서 문학박사 학위를 받았으며 현재 세인트리오대 총장으로 재직 중이다.

하이쿠 경제학

스티븐 T. 질리악

나는 경제학자다. 하지만 내게 시는 창의성, 다른 말로 하자면 상징의 발견으로 가는 첫 번째 정거장이다. 청중이 누구든 간에 모형은 비유다. 경제학자라고 다 그걸 이해하는 건 아니다. 시는 경제학에 느낌을 더해주며 이성과 감정 간의 틈을 메워줄 수 있다. 예를 들어, 호라티우스 덕분에 나는 내가 공공연하게 비판하는 동료들인 추상적인 수학 이론가들을 '유행하는 요리'와 연결할 수 있었다.

> 제일 비싼 가게에서 생선을 휩쓸어와도 … 충분치 않다
> 구워서 대접할 때 잘 어울리는 소스가 무엇인지
> 배부른 손님들이 몸을 일으키며 달려들 소스가 무엇인지
> 알지 못한다면.

내가 하이쿠와 경제학을 접목시킨 때는 조지아 공과대학에서 경제학을 가르치던 시기였다. 나는 225명의 경제학, 자연과학, 기계공학 전공 학부생과 친해질 필요가 있었다. 그들은 예를 들어 세

계은행을 고려하는 데에 시와 감정은 중요하지 않다고 믿도록 교육받고 있었다. 그때 나는《이서리지 나이트* 걸작선》을 읽고 있었고, 하이쿠와 사랑에 빠지는 중이었다. 나는 표준 경제학 모형들로는 거품경제와 경제 붕괴와 전 세계적 불평등을 설명할 수 없다는 점과 시장 근본주의자들이 완강하게 이 주제들을 논의하기를 거부한다는 점을 생각했다. 나는 다음 시에서 내게 필요했던 가교架橋를 보았다.

보이지 않는 손
부푼 희망의 어머니이자
절망의 정부情婦여!

과연 애덤 스미스다. 시인들로부터 정밀성과 효율성을, 객관성과 효과의 극대화를, 다른 말로 하자면, 가치중립적인 과학의 덕목을 가장 많이 배울 수 있는 이들이 아마 경제학자들일 것이다.

역설적으로, 이 덧셈에서 생기는 이익은 비용이다. 전형적인 하이쿠 예산은 17음으로 구성된다. 바쇼는 하이쿠 경제학의 재미있는 역설을 잘 이해했다. 적을수록 많고, 많을수록 좋다! 각 시는 대략

* 이서리지 나이트Etheridge Knight(1931~1991)는 아프리카계 미국인 시인으로, 1968년에 절도로 복역 중에 첫 시집《감옥으로부터의 시》를 출간하며 이름이 알려졌다. 출소에 맞춰 자신과 동료 수감자들의 작품을 엮은 두 번째 책을 내면서 흑인 민권운동과 궤를 같이하던 흑인 예술운동의 주요 시인으로 부상했다. 미국의 주류 문학계에서도 그의 중요성을 인정하여, 평론가인 마이클 콜린스는 그와 윌리스 스티븐스를 미국 현대 시단의 두 축이라 칭했다.

사람이 숨 한 번에 읊을 수 있을 만한 길이다. 이런 세약이 가혹하다 할 만하지만, 거기서 느껴지는 가없는 자유로움이 그를 상쇄하고도 남는다.

창에 비친 상像, 새끼 참새가 앉아 유리를 듣네.

존 스튜어트 밀은 감동적인 작품인 《자서전》에서 자신이 경제를 '느끼지' 못한다고 썼다. "나는 무딘 감각 상태였다." 밀은 말했다. 이 위대한 철학자는 제러미 벤담의 비용-편익 분석에 기초한 도덕성 이론을 너무 많이 주입받은 덕분에 13살에 정치경제학의 '대가'로 일컬어진 천재 소년이었다. 그는 스무 살에 신경쇠약을 앓았는데, 자서전에 그와 관련된 내용이 구구절절 묘사돼 있다. 18세기 후반기에 경제학자들은 열정과 이성을 체계적으로 가르치고 배양했다. 하지만 결국 벤담의 《보상의 이유》가 애덤 스미스의 《도덕 감정론》을 대체함으로써 과학은 감정에 대한 전반적인 무시를 정당화했다. 밀은 나중에 이렇게 결론 내렸다. "이로부터 이론과 실제 양쪽 모두에서 자연스럽게 감정의 수양을 무시하는, 다른 무엇보다도 시와 인간 본성의 한 요소인 상상력 전반에 대한 과소평가라는 결과가 나왔다." 자신이 경험한, '쾌락적 공리주의'에 대항하는 심리적 전쟁과 뒤이은 신경쇠약은 시에 가치를 뒀더라면 피할 수도 있었으리라고 그는 말했다. "나는 감정을 기르는 수단으로서 시가 인류 문화에서 차지하는 위치에 완전히 무지했다."

거의 두 세기가 지난 지금, '경제학에서의 감정과 상상력 배양'이라는 오래된 과제는 어떻게 되어가고 있는가? 달팽이 속도다. 시인인 이서리지 나이트는 어느 회견에서 이렇게 말했다. "삶과 예술이 어떻게 분리되었는지를 역사적으로 추적하려면, 플라톤을 필두로 한 철학자들이 '머리에 관련된 뭔가'를 이상화理想化한 그리스 시대로 돌아가야 할 것이다. … 거기에서 이성과 감정 간의 분리가 일어났다." 밀과 마찬가지로 나이트도 경험에 입각하여 말한다. 시를 발견하기 전까지 '분리'는 나이트의 현실이기도 했다. 그는 말한다. "나는 한국에서 유산탄을 맞고 죽었다가 마취약 덕분에 소생했다. 나는 1960년에 실형 선고로 죽었다가 시 덕분에 다시 살아났다."

다들 알겠지만, 플라톤이 예술과 삶을 분리한 것은 과학이 아니다. 과학은 이성과 감정이, 말하기와 느끼기가 물리적으로 상호연관된 변수라는 밀의 믿음을, 나이트의 믿음을, 나의 믿음을 선호한다. 말하기와 느끼기는 가르치기와 듣기처럼 물리법칙에 좌우되는 물리적 행위들이다. 나이트는 말한다. "내가 말할 때 네 속귀 안에서 뼈가 움직인다는 말이 사실이라면, 나는 내 목소리로 너를 물리적으로 만지는 셈이다." 그러므로 심상들, 소리들, 감정들은 '나에게서 우리로'를 만들어내는 최초의 생산자이며, 분리될 수 없는 것들이다. 우리는 분리될 수 없다. 이제부터 실증 경제학 입장에서 이 모든 것은 '가치중립적 과학'이다.

나이트는 이렇게 말을 잇는다. "일반적으로 말해서, 사람들이 하는 말 속의 상징과 비유적 표현은 각자의 기본적인 경제활동에서 나온다. 대양 근처에 사는 이는 물고기를 잡을 것이고, 언어는 그런 상징들로 가득할 것이다. 농부라면 농부다운 종류의 비유적 표현을 사용할 것이다. 상징은 살아 있다. 상징이 등장할 때는 현재의 정치와 사회와 경제로부터 정보를 전해 받는다. 언어라는 것이 그렇다."

경제학 언어도 마찬가지지만, 놀랄 만한 차이도 있다. 그리고 바로 그 차이가 시인들의 도움을 받아 경제를 고칠 수 있는 지점이다. 경제학 이론들이 지나치게 허구적인 장치에 의존하는 반면, 나이트가 보여주었듯이 시는 현실적인 것들을 다룬다.

시장 경제학의 지배적인 상징인 애덤 스미스의 '보이지 않는 손'을 다시 생각해보라. 보이지 않는 손 이론의 제창자는 이성적인 자기애적 개인 간, 국가 간 자유 무역이 마치 보이지 않는 손에 조정되는 것처럼 더 큰 부로 인도하리라 주장한다. 어떤 사람들은 이 말이 경제적 결과를 (가난한 사람들에게 복지 지원금을 주거나 외국에 재정적 원조를 주는 것과 같이) 조정하려는 집단적인 시도가 당연히 그릇된 결과로 향하리라는 뜻으로 받아들인다. 사람들은 이미 싸게 사고 비싸게 판다고, 최선을 다하고 있다고, 보이지 않는 '말하는' 손이 경제학자들에게 은밀히 말한다. 그리고 2011년 현재, 경제는 어떠한가? 부푼 희망의 어머니, 절망의 정부여.

스티븐 T. 질리악 Stephen T. Ziliak(1963~)

루스벨트 대학의 경제학 교수이자 뉴캐슬 대학의 경영학 및 법학 교수이다. 비평가들의 찬사를 받은 책《통계적 유의성이라는 종교》와 옥스퍼드를 졸업한 기네스의 양조전문가인 윌리엄 S. 고셋의 과학적이고 통계적인 유산인 '기네소메트릭스'에 관한 다수의 논문 등 통계학에 관한 연구로 잘 알려져 있다. 질리악은 루스벨트 대학의 경제학 교수이자 사회정의연구 프로그램의 교수진으로 참여하고 있으며, 콜로라도주립대의 경제학 대학원 부교수이자 혈관형성재단의 운영진이다.

푸름이여, 너를 사랑해

날리니 나드카니

이 세상에서 내가 맡은 일은 과학적 접근법을 통해 숲을 이해하는 일이다. '과학science'이라는 단어는 라틴어 'scio'에서 나왔는데, '가능한 한 완전하게 알기'라는 뜻이었다. 코스타리카에 있는 숲 현장들을 방문하면 나는 산악 등반 장비를 걸치고 높은 나무에 올라 숲 꼭대기 높은 곳에 사는 희귀한 동식물들을 연구한다. 그러고는 실험을 계획하고, 데이터를 모으고, 과학계 동료들에게 정량적인 발견 내용을 알린다.

그러나 경작과 개발, 기후변화 등 인간의 활동이 숲에 가하는 환경적 위협이 갈수록 커지는 상황에서, 과학의 정의에는 비과학자들에게 나무에 관한 정보를 보급하고 관심을 불러일으키는 것도 반드시 포함되어야 한다. 이런 의사소통에는 특히 나무와 자연의 중요성을 알지 못하거나 어스레하게만 아는 이들, 예를 들자면 식물원에 거의 가지 않거나 자연 다큐멘터리를 거의 보지 않는 사람들이 포함되어야 한다. 과학적 의사소통의 언어와 양식은 그런 이들의 흥미를 거의 돋우지 못한다. 대중에게 자연과 과학 활동의 중요성을 알리기 위해 과학자들이 쓸 수 있는 다른 표현 양식으로는 무엇이 있을까?

"시는 기도이자 좋은 약이다." 내가 나무와 인간의 관계에 관해 쓰고 있던 책에 넣을 만한 문구를 알려달라고 요청하자 동료인 크레이그 칼슨은 그렇게 썼다. 그가 옳았다. 시가 복잡한 주제를 어떻게 포착하고 그 풍부한 의미를 어떻게 통합해내는지 보여주는 하나의 사례에 불과한 로버트 모건*의 〈해석〉을 생각해보라. 모건은 나무 둥치에서부터 땅까지, 그리고 다시 이파리까지 이어지는 유기물의 춤을 묘사한다. 이 시는 쉼 없이 이어지는 우아한 순환 과정에서 영양분이 어떻게 저장되고 전달되는지를 설명하는 내 과학 논문에 필적한다.

> 나무들이 빽빽하고 드높이 자라는
> 원시의 숲에서
> 늙은 것들은 쓰러지지 못한다
> 그저 부러질 뿐
> …
> 곁에 선 피붙이에게 흡수되어

---

* 로버트 모건Robert Morgan(1944~)은 미국의 시인이자 소설가이다. 노스캐롤라이나주립대에서 기계공학과 수학을 전공하다가 노스캐롤라이나대 채플힐로 옮겨 영문학을 전공했고 노스캐롤라이나대 그린스버러에서 예술학 석사 학위를 받았다. 1971년부터 코넬대 교수로 재직 중이다. 15권이 넘는 시집과 여러 권의 단편집과 소설을 출간하는 등 왕성한 창작활동을 펼치고 있다.

솟아오르는 젊은 것의 뿌리를 먹이며
보이지 않게 사라져간다
저마다 해석한 대로의
미래를 그리며
그늘진 숲 바닥으로

시는 인간과 우리 생물권 간의 결정적인 관계를 독자들에게 알려줄 수 있다. 믿을 수 없이 단순한 시 〈뒤집힌〉에서 빌 예이크는 인간의 폐와 나무의 형태적인 중복성과 기체 교환 기능의 유사성을 모두 드러낸다.

나무는 뒤집힌 우리의 폐
& 눈에 보이는 서늘해진 우리 날숨을 들이쉰다.

우리의 폐는 뒤집힌 나무
& 그들의 깨끗한 날숨을 들이쉰다.

시는 또 나무를 포함한 자연의 여러 부분에 존재하는 흥미로운 이중성을 농축해낼 수 있다. 예를 들어, 나무는 힘과 연약함 둘 다의 좋은 예이다. 나무는 보호를 해주기도 하고 요구하기도 한다. 팸 갤러웨이의 시 〈갈리아노에서〉는 나무가 지닌 힘과 나무가 주는 힘의 영감을 드러낸다.

이 나무는
갈라진 벼락처럼 서서

내게 소리치네
움켜쥘 수 있는 모든 것 중에서도, 보라, 저 하늘 전부를
두 팔을 들어 올리면, 뻗어라
대기가 내 살갗을 매만지면,
벗겨지게 두어라
밑에는 더 단단한 층들이 있으니

하지만 나무가 얼마나 연약한지도 반드시 알려져야 한다. 과학적 연구자료에는 아주 작은 위턱을 가진 나무좀 한 마리가 정글의 거인을 급사시킬 수 있다는 증거가 있다. 열대 무화과나무 종들은 인간이 대기 중에 이산화탄소를 내뿜어 지구의 평균 온도를 딱 1도만 올려도 멸종할 수 있다. 게일 마주르는 〈어린 사과나무, 12월〉에서 이런 연약함을 일깨운다.

아이에게 바라듯이 나무에게도 바라지
정착하기를, 제자리를 찾기를
뿌리가 그 바위투성이

겨울 땅에서, 성큼성큼 계절을,
자신의 모양을 만들고 또
다시 만들 계절을 뛰어넘기를, 무용수처럼

팔다리가 나긋하게 자라기를, 우아하고
놀랍도록, 새 가지를 내면서
균형을 찾는 법을 스스로 알기를,

꽃을 피워야 할 때를, 결실을
기다려야 할 때를 알기를, 너그러운
태양을 향하기를, 무르익는

과실을 알기를, 잃어버린 것들이
되돌아옴을 알기를, 초여름 오후
활짝 꽃을 피운

나무여, 하늘하늘한 그림자를 던지기를,
자신의 바뀐 모습에 겁먹지 않기를.

과학자들이 보기에 시의 가장 큰 가치는 아마도 스스로가 자신의 연구 영역에 품는 감정들, 열정과 깊은 호기심, 책임감 같은 감정들을 명확하게 표현해내는 점일 것이다. 우리가 과학의 용어에만 의존한다면 이런 감정들을 과학계 동료들에게 드러내는 일은 아주 드물 것이다. 하지만 시는 그 감정들을 자유롭게 놓아준다. 페데리코 가르시아 로르카*의 유명한 글귀인 '푸름이여, 너를 사랑해'는 내가 하는 연구의 기쁨과 궁극적인 이유를 요약해준다. "베르데 비엔토. 베르데스 라마스.(푸른 바람. 푸른 가지.)"

* 페데리코 가르시아 로르카Federico García Lorca(1898~1936)는 에스파냐의 시인이자 극작가 겸 극장 감독이다. 전통적인 서정을 현대적으로 표현하여 고향인 안달루시아를 초현실주의 기법으로 시에 담았다. 1931년 미국을 여행한 뒤에 극단 '바락카'를 조직하여 에스파냐 고전 연극의 부흥에 힘썼고 민족적인 소재를 시와 극이 융합된 형식으로 담아내 전 세계 연극계에 영향을 끼쳤다. 스페인 내전 중 고향에서 총살되었다.

날리니 나드카니 Nalini Nadkarni(1954~)
생태학자로 1980년대에 코스타리카 열대우림에서 숲 최상층의 비밀을 밝히는 획기적인 연구를 수행했다. 코스타리카와 워싱턴주의 숲을 연구 현장으로 삼아 숲의 파괴가 생물다양성과 공동체 기능에 미치는 영향을 꾸준히 연구하고 있으며, 그 결과를 예술가와 종교 단체들, 도시 청소년, 재소자들을 포함한 비과학계 청중들에게 전달하려는 여러 광범위한 시도에도 참여하고 있다. 유타대 생물학 교수이며, 《땅과 하늘 사이-나무와 우리의 밀접한 관계》의 저자이자 《숲의 꼭대기》, 《몬테베르데-생태학과 열대우림 보전》의 공동 저자이다.

명징한, 피할 수 없는 리듬

니컬러스 포티노스

내가 첼리스트로 활동하는 실내악 앙상블 이름이 '에잇스 블랙버드'인데, 미국 시인인 월리스 스티븐스의 시 〈검은 찌르레기를 바라보는 열세 가지 방법〉의 여덟 번째 연을 참고한 이름이다. 그 여덟 번째 연은 이렇다.

> 나는 고귀한 억양과
> 명징한, 피할 수 없는 리듬을 안다.
> 하지만 나는 또 안다,
> 저 검은 찌르레기가
> 내가 아는 것에 깊이 관련돼 있음을.

합주단 이름을 '에잇스 블랙버드'라 지을 때는 사람들이 무슨 뜻이냐고 물어보리라는 예상을, 또 우리가 십 년이 넘도록 그때마다 설명을 해야 하리라는 예상을 해야 한다. 가끔은 그 이름을 제안한 우리 바이올린 주자가 그때 20세기 초반 미국 시를 공부하고 있었노라고, 그리고 잠깐이나마 또 다른 고전인 '붉은 외바퀴 손수레'를 이름으로 고려했었노라고 상세하게 알려준다. 그러나 때로 우리는 간단한 설명과 함께 저 연을 읽어주고는 질문자가 알아서 의미를 생각하도록 내버려둔다.

저 시구는 우리에게 무슨 의미일까? 앞부분의 몇 단어가 강력한 힘을 발산하며 울려 퍼진다. 고귀한 억양, 명징한, 피할 수 없는 리듬. 우리가 매일 연습실과 무대에서 만들어내려 애쓰는 것들이다. 그러나 저기엔 모든 것의 밑에 깔린 숨은 요소가 있다. 검은 찌르레기 말이다. 검은 찌르레기는 무엇일까, 어떻게 관련되어 있을까? 수수께끼이고, 응당 수수께끼여야 한다 나는 예술에는 알 수 없는 어떤 요소가, 생각하도록 만드는, 질문하도록 만드는 뭔가가 있어야 한다고 믿으니까. 그 요소가 우리가 앙상블에 '에잇스 블랙버드'라는 이름을 붙인 이유를 요약해준다. 우리는 사람들이 왜냐고 질문하기를 원했다. 답으로 이 위대한 시의 일부를 안겨줄 수 있다는 건 굉장한 일이다.

음악에서 시는 까다로운 존재다. 말로 하건 노래로 부르건 청중이나 음악가나 할 것 없이 글이 전면에 나오기를 바라는 것이 공통적인 반응인데, 나는 글이 음악을 뒷자리로 밀어내지나 않을까 싶어 음악에 텍스트를 연루시키기 마뜩잖아하는 유명 작곡가를 적어도 한 명은 알고 있다. 음악에 포함된 시는 종종 길이나 구성, 리듬, 악기 편성, 화성, 곡조, 양식을 포함한 음악적 구조의 거의 모든 요소를 결정하고, 음악 해석자에게는 납득할 만한 연주를 하려면 그 시를 탄탄하게 이해해야 한다고 요구한다. 대체로는 좋은 일이다. 작곡가는 연주자가 그 시를 지침으로 삼아 음악적 해석의 깊이를 더할 것을 의도한다. 하지만 어떤 작곡가들은 그것과 싸워왔다. 아르놀트 쇤베르크의 유명한 〈달에 홀린 피에로〉에 쓰인 텍스트는 알베르 지로가 지은 21편의 짧은 시를 독일어로 번역한 것인데, 작곡가는 연주자들에게 주는 머리말에서 이렇게 말한다.

> 여기서 연주자의 과제는 절대 글의 의미에서가 아니라 언제나 음악에서만 개별 작품의 분위기와 성격을 끌어내야 한다는 점이다. 작곡가에게 텍스트에 있는 사건과 감정의 서사적 재현이 중요했다면, 음악에서도 어떻게 해서든 그걸 찾아볼 수 있어야 한다. 연주자는 그걸 찾지 못하는 지점이 생길 때마다 작곡가가 의도하지 않았던 뭔가를 덧붙이고 싶은 욕구에 저항해야 한다. 만약 덧붙인다면, 연주자는 덧셈이 아니라 뺄셈을 하는 셈이다.

작곡가가 가질 만한, 이해할 수 있는 심정일 테고, 배우가 즉흥연기를 시작할 때 대본에 충실하라고 권고하는 시나리오 작가의 심정과 기본적으로 다르지 않을 것이다. 그러나 몇 가지 점에서는 부적절해 보인다. 시의 많은 부분이 음악에서 재현된다는 쇤베르크의 말은 맞지만, 작품의 예술적 해석을 구성하는 주요 요소, 즉 시를 무시하는 것은 이상해 보인다. 연주자에게 '어쨌든 음악에서 찾아지는' 것에 집중하라는 지시는 약간 두서가 없는데, 모든 음악가가 각자 다른 것을 찾을 테니 말이다. 제대로 된 음악가라면, 정말로 이 놀라운 작품을 이해하고 연주하는 데 헌신하는 이라면, 음악의 뒷배경에 있는 시를 전혀 알고 싶지 않다고 말할 이가 누가 있겠는가? 그리고 일단 알게 되면, 그것이 어떻게 음악 해석에 영향을 미치지 않을 수가 있겠는가?

텍스트가 없어 보이는 음악에서도 이런 일이 일어난다. 내가 처음으로 에른스트 블로흐의 첼로와 오케스트라를 위한 작품인 〈셸로모〉를 배울 때는 제목 자체이기도 한 솔로몬왕에 대해 정말로 아무것도 모르면서도 그 작품이 내뿜는 순수한 관능에 휩싸였다. 선생님이 〈셸로모〉에 영감을 준《전도서》1장 2절부터 9절까지를 읽어보라고 말씀하셨다. 그 구절은 "헛되고 헛되니 모든 것이 헛되도다"라는 유명한 문구로 시작하여 절망으로 끝난다.

> 모든 만물이 피곤하다는 것을
> 사람이 말로 다 말할 수는 없나니
> 눈은 보아도 족함이 없고
> 귀는 들어도 가득 차지 아니하도다
> 이미 있던 것이 후에 다시 있겠고
> 이미 한 일을 후에 다시 할지라
> 해 아래에는 새것이 없나니

그 솔로몬은 강건하고 생명력과 사랑에 가득 찬《아가서》의 솔로몬이 아니라 여전히 권력을 잡고는 있으나 세상에 염증이 난 말년의 솔로몬이다. 그 사실이 내가 작품을 바라보고 연주하는 방식을 극적으로, 그리고 구체적으로 변화시켰다. 더 느리고 지친 듯한 비브라토, 중간 악절에서는 이전의 영광을 떠올리며 발버둥 치는 느낌, 끝으로 가면서는 다음 음으로 이어지지도 않을 듯한 기진한 느낌, 그러다 마침내 끝에 이르러서는 완전한 무無.

니컬러스 포티노스Nicholas Photinos
첼리스트로 그래미상을 네 번 수상한 클래식 앙상블 '에잇스 블랙버드'의 창단 멤버이다. 1996년에 창단한 이 앙상블은 전 세계를 돌며 연주 여행을 해왔고, 2013년 그래미 시상식과 CBS의 '선데이 모닝', 블룸버그 TV, 《뉴욕 타임스》에서 특집으로 다뤄졌다. 에잇스 블랙버드는 2017년에 캘리포니아주 오자이에서 연례 여름 축제인 '블랙버드 크레이티브 랩'을 시작했고, 같은 해에 챔버뮤직어메리카의 제1회 비저너리 상을 수상했으며, 뮤지컬어메리카의 올해의 앙상블로 선정되었다. 포티노스는 뷔욕과 윌코, 오텀 디펜스, 바이올린 연주자인 자크 브록, 콘트라베이스 연주자인 맷 울러리, 가수인 그라지나 아우구시치크와 같은 재즈 연주자들과 함께 공연하고 음반을 녹음했고, 세딜, 넌서치, 낙소스를 포함하는 여러 음반사에서 음반을 냈다.

나의 삶은 한 편의 시다

체 '라임페스트' 스미스

시카고는 에드거 앨런 포가 쓴 시다. 정치적 부패와 살인과 불안과 차별과 경제적 불평등이 있는 아름답고 비극적인 시다. "어둠이 들여다보는 저 깊은 곳에 서서 나는 오래 궁금했다, 두려웠다,/의심했다, 어느 필멸자도 감히 꿈꾸지 못했던 꿈을 꾸었다." 그러는 사이에, 그 안에서는 인류가 지금껏 본 적이 없을 정도로 왕성하게 활동하는 예술가와 운동선수들과 세계적인 인물들이 창조되었다.

내 어머니는 그웬돌린 브룩스가 쓴 시였다. 혼자 길러야 할 아이가 딸린 시카고 출신의 열다섯 살짜리 소녀는 단순하지만 심원하다. 정신은 강하지만 접근은 섬세하다.

어리고, 너무나 가늘고, 너무나 꼿꼿하다.
너무 꼿꼿해! 아무것도 그녀를 굽히지 못할 것처럼.
하지만 가난한 남자들이 그녀를 굽힐 테고, 가난한 남자들이 하는 일을 할 테고,

…

그리고 삶의 나머지 일은 가난한 여자들의 몫이지.

—〈제시 미첼의 어머니〉에서

어머니는 배제의 세상에서 사랑을 찾고 있었다. 그녀는 나이와 경험과 과거를 놓아줌으로써만 얻는 지혜를 통해 자신의 재능을 발견했다.

내 아버지는 마야 안젤루가 쓴 시다. 그는 일차원적인 세계관으로 보면 거칠지만, 역동적인 영혼의 렌즈로 보면 멋진 캐릭터다.

내 영혼의 안식처를 어떻게 찾을까

물이 목마르지 않은 곳

빵 덩어리가 돌덩어리가 아닌 곳

하나는 안다

내가 틀렸다고 생각하지는 않는다

누구도

어느 누구도

홀로 살아갈 수는 없다는 것 말이다.

—〈홀로〉에서

아버지는 아버지의 아버지로부터 학대를 받았고, 알코올을 남용했으며, 유일한 아이를 내버리고 28년간 노숙 세계로 여행을 다녔지만, 건강한 유머 감각을 지녔고, 더 나은 뭔가를 갈망한다. 이것이 그가 선한 성정을 지녔음을 나타내는 증거이다.

나는 힙합이 쓴 시다. 나는 부모님이 살아온 시적 삶에서 태어났고, 비극적인 도시에서 자랐다. 내 이야기는 시카고 사우스 사이드 구역의 무너진 사회기반시설 밑에서 펼쳐진다. 나는 어디서든 글자를 발견해내고는 자석처럼 이끌렸다.

> 손을 하늘로, 누구 하나 무기 하나 없이
> 저항의 대열을 짓지, 그래 은총이 내릴 거야.
> 매일 여자와 남자가 전설이 되고,
> 우리 피부색에 반하는 죄악들이 축복이 되네.
> —〈은총〉에서

청소년기의 나는 눈에 들어오는 모든 단어를 읽으려 했다. 벽과 지하철에, 버스에, 모두가 볼 수 있는 전략적인 지점들에 적힌 색색의 낙서들. 영세한 가게에 달린 기울어진 광고판과 간판을 보면 이상하게 그 가게가 더 친근하고 근사해 보였다. 나는 대화의 리듬을 귀담아들으며 말과 리듬이라는 두 실체가 서로 어우러지며 아름다움을 창조한다는 사실을 일찌감치 깨달았다.

사실 그때 몰두했던 것을 청소년 시라고 부른 적은 없다. 우리 동네에서는 힙합이라고 불렀으니까. 힙합은 우리의 좌절을 표현하고, 우리의 재능을 드러내며, 브레이크 댄스(비보잉)와 음악(디제잉)과 시각예술(그래피티)과 공동체(정보)와 내가 가장 좋아하는 요소인 랩을 통해 삶을 축하하는 일종의 청소년 문화였다.

랩은 십대였던 나의 분노가 폭력으로 귀결되지 않도록 배출시

켜주는 통로가 되었다. 랩은 말에 대한 나의 애착을 세상에 보여주는 타당한 수단이기도 했다. 랩은 남의 이목을 끄는 긍정적인 방법이었고, 어쩌면 괜찮은 직업이기도 했을 것이다. 초등학교부터 고등학교까지 선생님들이 보기에 나는 수수께끼였다. 수업 시간에 늘 뭔가를 쓰고 있으면서도 한 번도 숙제를 내지 않아 낙제점을 받았다. 선생님들은 어머니께 말하곤 했다. "애가 숙제하는 걸 봤는데 제출을 안 해요." 나는 완벽하게 단어들을 조합하고 다듬으며 랩을 만들고 있었을 뿐이다. 나는 긴 시를 외웠고, 종이와 연필 없이 머릿속으로 쓰는 법을 익혔다. 지금도 나는 머릿속에서 음악을 쓰고, 완성된 다음에야 베껴낸다.

나는 결국 고등학교를 자퇴했고 대학도 졸업하지 못했다. 내게 꾸준했던 건 말밖에 없다. 나는 전투가 아니라 적을 현명하게 골라야 한다는 믿음으로 살아왔다. 적이 정해지면 모든 전투를 예측할 수 있기 때문이다. 내 적은 그때도 지금도 그릇된 교육이다.

내가 〈예수가 걷는다〉와 〈은총〉과 같이 공동 작업한 노래로 비평가상과 그래미상과 골든글로브상과 아카데미상을 받을 수 있었던 것도 말이 나를 이끌어준 덕이다. 말이 내게 직업을 안겨주었다. 말은 내가 가진 막강한 힘이다. 나는 말로 치유하고, 말로 짓는다. 내 말은 시카고로 돌아와 '돈다스 하우스'라는 프로그램을 세우도록 나를 이끌었다. 나는 똑같이 말에 전념하는 재능있는 젊은이들을 가르친다. 나는 그들이 힙합을 온 세계의 시와 이었으면 좋겠다.

말은 세계를 창조할 수 있고, 시가 읽힐 수 있을 뿐만 아니라 살아질 수도 있다는 걸 나는 깨달았다.

나의 삶은 한 편의 시다.

체 '라임페스트' 스미스 Che 'Rhymefest' Smith(1977~)
시카고 사우스 사이드 출신 작가이자 활동가, 교사, 힙합 가수다. 세 장의 솔로 앨범을 발표했고 2005년에 그래미상을 받은 칸예 웨스트의 〈지저스 웍스〉를 포함한 몇몇 곡에 대한 공동 저작권을 소유하고 있다. 현재는 시카고에서 더욱 활발한 정치적 활동을 벌이기 위해 잠시 음악을 쉬고 있다. 2011년에 시카고 의회 선거에 출마하여 결선 투표에서 현역 시의회 의원이던 성직자에게 근소한 표차로 진 바가 있다. 2013년에 칸예 웨스트, 도니 스미스와 함께 위기에 처한 지역의 청소년들에게 예술 교육을 제공하는 비영리 예술 프로그램인 '돈다스 하우스'를 설립했다.

이런 훌륭한 토론장에서 공개적으로 시를 논의하는 데 대한 불타는 햄스터 쳇바퀴 같은 나의 돌연한 공포

니코 케이스

《시》에서 글을 하나 써달라는 청탁이 왔을 때는 황홀했다. 우쭐했다. 내가 이렇게 중요한 사람이야! 나는 즉시 수락했다. 수락한다는 전자우편을 보낸 지 약 20분쯤 지나서 의기양양하게 칼을 벼리기 위해 책장 앞에 섰다가 나는 벽에 적힌 빛나는 네온 글귀를 보았다. 그 글은 말했다. '넌 문학 기초반도 들은 적이 없잖아? 이 잡지를 읽는 사람이라면 다들 알아챌 거야.' 내가 왜 이런 걸 신경 쓰지? 확실히는 모르겠다. 시를 실망시키고 싶지 않기 때문이라고 나는 생각한다. 시는 바스락거리는 종이옷 겉에 사탕 외골격을 두른 섬세하고 어여쁜 숙녀다. 나는 고등학교를 중퇴한, 야물지 못하고 솜씨 없는 노새다. 시가 있는 공간에 들어가려면 어디서 허락이라도 받아야 할 것 같은 기분이었다.

5학년 되던 해에 이 공포가 시작된 것 같다. 사람들은 별 고민 없이 시에는 '형식'이 있어야 한다고 말했다. 아주 짧은 하이쿠 한 수를 쓰는 일도 내게는 외눈박이 거인과 레슬링 경기를 치르는 것만 같았다. (내가 신밧드 얘기를 너무 많이 봤다.) 시를 쓰기에 우리가 너무 냉정해서는 아니었다. 뭔가 다른 이유였다. 적어도 그것이 내가 공립학교에서 받은 인상이었다. 그런 느낌이 성인이 돼서까지 남는다는 사실이 웃기다. 우리 모두에겐 시를 할 권리가 있다! 나라는 인간은 어떻게 아직도 시가 누군가 다른 사람, 더 똑똑한 사람들을 위한 것이라고 생각할 수 있단 말인가? 거기서 더 혼란스러운 건 시에 음악이 동반될 때는 그런 거리낌이 없다는 점이다. 우리 주변에 늘 음악이 있어서 그렇게 느끼는 듯하다. 음악은 우리 삶의 배경이다. 교향악단이 연주하지 않는 한, 미국 문화에서 음악은 대단하게 여겨지지 않는다.

나는 인쇄된 글 한 줄에 눈물샘이 터지는 바람에 티셔츠 자락으로 흘러내리는 눈물을 훔쳐내는 그런 순간을 잘 안다. 일이 터지기 전엔 언제인지 말할 수 없는 것이, 마치 박쥐가 얼굴로 날아들 때처럼 갑작스럽기 때문이다. 그 순간은 달콤하고 격렬하고 어리벙벙하고 당황스럽다. 그 순간에는 심지어 약간의 소속감 같은, 마치 내가 '시를 대할 준비'가 되어 있었기 때문에 그런 순간을 맞은 듯한 느낌마저 든다.

내가 어떤 종류의 시를 제일 좋아하는지 고를 수가 없다. 소네트? 산문시? 용어도 모르겠다. 난 그저 광대한 숲 같은 시의 나라로 영문 모를 몇 조각 말을 불쑥 내뱉어 보낼 뿐이다. 그 말들은 공중에서 얼어붙는다. 여기 그런 예들이 좀 있는데…

셰익스피어의《티투스 안드로니쿠스》가 머리에서 떠나지 않았다. 아론이 남긴 유언은 베일에 덮인 독기 어린 복음성가다. 나는 사랑에 빠진 십대처럼 이미 외운 그 글을 읽고 또 읽었다. W. H. 오든을 읽을 때는 (익살을 떨 때조차도) 무서워서 소파 밑에 숨고 싶었다. 나는 한 손에 묵직한 사전을 들고 다른 손엔 손전등을 들고서 꿈에도 나올 것 같은 '곱사등이 외과의사들/그리고 가위인간'이 나오는 〈목격자들〉을 팔이 아플 때까지 보았다. 도로시 파커를 읽을 때는 미쳐 날뛰었다. 난 〈대모〉의 첫 세 줄을 채 다 읽지도 못하고 울음을 터트렸다. 린다 배리와 셔먼 알렉시는 끊임없이 내 목숨을 구했다. 둘은 유머 감각과 언어로 무장하고 정체성 위기에 맞서 싸운다. 둘이 나와 같은 지역, 같은 시대 사람인 데다 우리만의 특별한 화법으로 말을 걸기 때문에 그들의 언어는 내게 아주 강력한 힘을 발휘한다. 그들은 자신들의 경우를 기억하기 때문에 내가 미친 게 아니라고 말해준다. 언어에 대한 나름의 심상('미'는 '미송 나무'의 '미'다)을 심어준 것은 정말로 친근한 워싱턴주다. 다시는 돌아갈 수 없는 그 워싱턴주 말이다. 배리와 알렉시가 선뜻 나를 대신하여 나선다. 둘의 기억이 내 기억과 친구가 된다. 나는 그들 없이는 살 수 없다.

이 시인들에게 공통된 것은 무엇일까? 그들은 알랑거리는, 여러 권의 두꺼운 책으로 엮인, 신에게 보내는 엽서를 쓰지 않는다. 그들은 온통 사랑사랑거리지도 않는다. 나는 그들이 독자들을 떠올리며 위안을 주고 싶어 한다는 느낌을 받는다. 어찌나 그 일을 잘

하는지, 그들은 공포를 얘기하면서도 우리에게 위안을 주는 능력을 지녔다. 슬픔도 마찬가지다. 나는 그것이 강력한 마법이라 생각한다. 그들이 그저 시만 쓰는 것도 아니다. 그들은 극작가이며 화가이며 가수이며 소설가다.

우리는 어떻게 그들을 도울 수 있을까? 나는 그들이 끊임없이 우리를 필요로 하리라고 짐작한다. 그 사실이 일종의 비밀 같은 거라도 말이다. 시인들이 숨어 있는 우리 같은 시 애호가들에게 익명의 설문지를 주고 의견을 쓰라고 하면, 우리가 무엇을 필요로 하는지 더 명확하게 개념을 잡을 수 있을 텐데! 나는 미국 남부 컨트리 음악의 고전인 오스본 형제의 〈로키산맥 꼭대기〉를 들어보라고 말할 것이다. 그 형제는 단 두 줄로 시인과 작가 들이 표현하고 싶어 죽을 정도로 안달하는 것을, '밍크만큼 제멋대로지만 청량음료처럼 달콤한/내가 여전히 꿈꾸는' 소녀를 말한다. 저 구절이 나를 보고 쓴 것이라면, 나는 당장 죽어도 여한이 없다. 저것은 완성이다. 내 본연의 완성 말이다.

니코 케이스Neko Case(1970~)

미국의 가수 겸 작곡자로 1990년 초에 퍼시픽 노스웨스트 지역에서 활동하는 여러 펑크 밴드에서 드럼을 연주하며 가수 겸 작곡가로서의 경력을 시작했다.《블랙리스티드》(2002),《미들 사이클론》(2009)을 포함한 여러 장의 앨범을 발표했고, 최근에는《트럭운전사, 검투사, 노새》라는 제목으로 그간의 솔로 음악 활동을 묶은 8장짜리 레코드 세트를 발매했다. 캐나다 출신 록 밴드인 '뉴 포르노그래퍼스'와도 함께 작업하고 있다.

격렬한 불안

케이 레드필드 제미슨

나는 어디서도 찾을 수 없는 종류의 위안을 시에서 찾았다. 아마도 시가 너무나 기민하게 이런저런 기분을 불러내기 때문일 것이다. 역으로 기분은 내 삶의 너무 많은 부분을 결정했다. 나는 17살 때부터 조울증을 앓았다. 다른 가족들도, 많은 친구와 동료들도, 내 환자들 대부분도 마찬가지로 기분장애로 고통받았다. 놀라울 것도 없이 내 연구와 임상 관련 글쓰기의 많은 부분이 정상적인 기분과 병리적인 기분, 특히 조증과 우울증, 그리고 '혼재성 우울증'(조증과 우울증 증상이 동시에 존재하는 것이 특징인 정신과적 상태)의 심리학을 이해하려는 노력과 더불어 예술적이고 과학적인 창작 과정에서 기질과 강렬한 기분이 차지하는 역할을 규명하려는 시도에 집중되었다.

개인적인 차원에서 나는 위안과 이해를 얻기 위해 자주 시를 들여다보았다. 임상의이자 교수로서, 나는 젊은 의사들과 대학원생들에게 우울증과 조증과 같은 극단적인 기분 상태에 대한 주관적인 경험을 더 깊이 있게 제시하기 위해 시를 이용했다. 심리치료사와 신경정신약리사 양쪽 다 정신의학과 심리학에서 임상적 진단의 토대로 삼는 DSM이라고도 알려진 《정신장애 진단과 통계 매뉴얼The Diagnostic and Statistical Manual of Mental Disorders》에 두서없이 건조한 산문으로 설명된 내용보다 기분장애를 더 깊이 이해할 필요가 있다.

물론 엄밀하게 연구된 객관적 기준에 따라 진단이 이루어져야 하는 건 기본이다. 주관성만으로는 어떤 환자도 잘 치료할 수 없다. 공감은 중요하지만, 공감이 환자를 낫게 하지는 못한다. 부정확한 진단에 기초한 부적절한 약물치료는 잘해봐야 효과가 없는 정도이고 최악의 경우에는 위험하다. 하지만 심리적 고통에 대한 더 깊은 이해는 그걸 겪었던 사람들의 경험으로부터 와야 한다. 그런 지식의 가장 중요한 원천은 분명 환자들 본인의 말과 임상자료이다. 하지만 환자가 너무 아프거나 의식이 혼란하거나 말을 못할 수 있으므로, 또 완벽한 상황에서도 묘사하기가 극도로 어려운 경험을 말로 분명하게 옮기지 못할 수도 있으므로, 시는 의사에게(그리고, 궁극적으로는 환자 본인에게도) 기분장애를 가르치는 부가적이고도 강력한 방안이 될 수 있다.

정신이상과 그에 연관된 흥분 상태는 경험해보지 않은 사람에게는 설명이 거의 불가능하다. 하지만 시인들은 이 일을 놀랄 만큼 잘해낸다. 예를 들자면, 나는 '지칠 줄 모르고, 미친 듯이 쾌활하며, 위태롭고, 위협적이다'라는 로버트 로웰의 간결한 시구보다 나은 조증 설명을 알지 못한다. 그와 마찬가지로 정신이상을 '소용돌이치는 몽상과 화염의 심연'이라 표현한 바이런의 시구는 이성에 접근할 수 없게 된 이들 누구에게나 고통스러울 정도로 사실감을 준다. 대개 조증과 혼재성 우울증에 나타나는 격렬한 불안감은 그걸 먼저 겪었던 시인들이 훌륭하게 표현해놓았다. 그래서 에드거 앨런 포는 관리하지 않고 놓아두면 자신을 '손쓸 수 없을 정도로 미치게' 만들 '두려운 흥분'에 관해 썼고, 실비아 플라스는 그 격렬함을 '죽음의 피처럼 뜨겁다'라고 표현했다. 심리적, 신체적 불안을 잘 알았던 바이런은 '잔인한 기분에 빠진 마음의 궤양'에 대해 말했고, 테니슨은 커다란 슬픔을 겪은 후에 '불행에 깃들어 사는 그 격렬한 불안'에 대해 훌륭하게 써냈다.

DSM이 정확하기는 하겠지만 냉혹하게 '우울한 기분 또는 거의 모든 행위에 흥미나 즐거움을 느끼지 못하는 상태'라 묘사한 우울증이 윌리엄 카우퍼가 자살 시도 후에 쓴 시에서는 보다 인간적으로 묘사된다.

> 천 가지 위험에 둘러싸여
> 지치고, 어질어질한 채, 천 가지 공포에 떨며
> …
> 육신의 무덤에 갇힌 나는, 판결을 받아먹으며
> 땅 위에 묻혔다.

카우퍼는 우울증 증상들뿐만 아니라 그 공포도 잡아낸다. 테니슨이 다음과 같이 쓸 때도 마찬가지다. “피가 슬금슬금 기어오르고 신경이 쿡쿡 쑤시고/따끔거린다. 그리고 심장이 아프면,/존재의 모든 수레바퀴가 느려진다.” 비탄의 우울을 그린 그의 묘사는 잊을 수 없는 만큼이나 임상적으로도 정확하다.

감정의 고양과 과대망상은 조증 초기 단계의 특징이지만, 우울증에서도 그러듯이, 임상 교재로는 이런 심리적 상태가 제대로 이해되기 힘들다. 그러나 델모어 슈왈츠와 조지 허버트가 쓴 위대하고 황홀한 시와 제라드 맨리 홉킨스와 딜런 토머스, 월트 휘트먼의 시는 웅장함과 생명력으로 맥박친다. 휘트먼이 다음 글을 쓸 때 정말로 조증을 앓지는 않았을 것이다.

> 오 내 정신의 기쁨이여, 해방되었노라, 번개처럼 날아가노라!
> 이 지구를, 또는 특정한 시간을 가진다 해도 충분치 않으리니,
> 내 수천 개의 지구와 모든 시간을 가지리라.

하지만 그의 시는 조증이 무엇인지 온몸으로 표현한다.

절망이나 정신이상에 접근한 시인들은 그 경계에서 지혜를 가져와 그들이 없었으면 흥미를 느끼지도 정보를 얻지도 못했을 치료자들뿐만 아니라 그들이 없었으면 위안을 얻지 못했을 환자들에게도 건네준다. 마음이 아팠던 수많은 다른 사람들과 마찬가지로 나도 시에 말로 표현할 수 없는 빚을 지고 있다.

케이 레드필드 제미슨 Kay Redfield Jamison(1946~)

존스 홉킨스 의대 정신과 교수로 기분장애, 그중에서도 특히 양극성 질환을 전문으로 하는 임상 심리정신과 의사다. 그녀의 글은 학계와 대중 모두에게 널리 영향을 미치며 치료하지 않고 방치하는 경우가 많은 정신질환에 대한 경각심을 높였다.《똑같은 건 없다》,《충만함-삶에의 열정》,《어둠은 금방 내린다-자살의 이해》등의 저서를 냈다. 2001년 맥아더 펠로우십을 받았다.

생명의 불

리처드 로티

나는 〈실용주의와 낭만주의〉라는 제목의 글에서 셸리가 〈시를 위한 변론〉에서 펼쳤던 주장을 다시 천명하려 했다. 내 말은, 낭만주의의 중심에 '이성은 그저 상상력이 먼저 뚫어놓은 길을 따라갈 뿐'이라는 주장이 있다는 얘기다. 언어가 없으면 이성도 없다. 상상력이 없으면 새로운 언어도 없다. 새로운 언어가 없으면 도덕적 진보나 지적 진보도 없다.

나는 우리에게 더 풍부한 언어를 안겨주는 시인의 능력과 비언어적으로 진정한 실체에 접근하려는 철학자의 시도를 대조하며 그 글을 맺었다. 그런 접근을 시도했던 플라톤의 꿈은 그 자체로 위대한 시적 성취였다. 하지만 그런 꿈이 널리 퍼져 있었던 때는 셸리의 시대라는 것이 나의 주장이다. 지금 우리는 플라톤이 우리의 유한성을 인식해야 했던 시대, 우리가 우리 자신보다 더 큰 무언가에 절대 닿지 못하리라고 인정해야 했던 그때보다 더 많은 일을 할 수 있다. 우리의 먼 후손이 쓸 언어는 우리보다 훨씬 풍부할

터이니, 우리는 여기 지구상 인간의 삶이 시간이 지날수록 더 풍부해지리라 희망한다. 그들이 보는 우리 어휘는 우리가 원시 조상들을 볼 때와 비슷할 것이다.

앞서 썼듯이 나는 그 글에서 시를 확장된 의미로 사용했다. 나는 우리가 가지고 놀 새로운 언어 놀이를 창조해내는 운문 작가들, 밀턴과 블레이크 같은 시 작가들뿐만 아니라 플라톤과 뉴턴, 마르크스, 다윈, 프로이트와 같은 사람들을 한데 묶기 위해 해럴드 블룸이 쓴 '강한 시인'이라는 용어를 빌렸다. 그런 놀이에는 수학 방정식이나 귀납적 논거나 극적인 서사나 (시작가의 경우에는) 작시법의 혁신 등이 포함될 것이다. 하지만 운문과 산문의 구분은 내 철학적 목적과는 관계가 없다.

〈실용주의와 낭만주의〉를 쓴 직후에 나는 수술도 불가능한 췌장암 판정을 받았다. 나쁜 소식을 들은 지 몇 달 후에 큰아들과 병문안을 온 사촌과 같이 둘러앉아 커피를 마셨다. (침례교 목사인) 사촌이 생각이 좀 종교적인 쪽으로 흐르게 되었는지 물었고, 나는 아니라고 답했다. "음, 철학 쪽으로는요?" 아들이 물었다. "마찬가지야." 나는 대답했다. 직접 쓴 것도 읽었던 것도 내가 처한 상황에 대해 특별한 의미를 주는 글은 없는 듯했다. 나는 죽음에 대한 두려움이 비이성적이라는 에피쿠로스의 주장과도, 존재신론存在神論(Ontotheology)이 우리의 필멸성을 회피하려는 시도에서 기원했다는 하이데거의 암시와도 싸우지 않았다. 하지만 아타락시아(불안으로부터의 자유)도 '죽음을 향한 존재Sein zum Tode'도 적절해 보이지 않았다.

"읽은 것 중에 뭐라도 소용이 있는 건 없어요?" 아들이 끈질기게 물었다. "있지." 대답이 무심코 튀어나왔다. "시." "어떤 시요?" 아들이 물었다. 나는 최근에 기억을 더듬어 찾아내고는 이상하게 격려를 받은 듯했던 진부한 시구 두 개를 인용했다. 스윈번*의 〈프로세르피나의 정원〉에서 가장 많이 인용되는 구절과 랜더*의 〈그의 일흔다섯 번째 생일에〉에서 인용한 구절이었다.

어느 신이 됐든
우리는 조촐한 축제를 열어 감사했다
어떤 생명도 영원히 살 수 없다는 것을
죽은 자는 절대 다시 살아올 수 없다는 것을
가장 느리게 흐르는 강물도
구불구불 흘러 틀림없이 바다에 닿는다는 것을,
—스윈번, 〈프로세르피나의 정원〉에서

앨저넌 찰스 스윈번Algernon Charles Swinburne(1837~1909)은 영국의 시인이자 평론가로 옥스퍼드대 재학 시 '라파엘 전파' 운동에 가담하면서 시를 쓰기 시작했다. 이교도적인 자유분방함과 관능을 드러내는 한편 사회적 터부를 건드리는 시들로 빅토리아 시대의 기성세대와 고정관념에 도전했다. 《시와 발라드》를 포함한 여러 권의 소설과 시집을 냈고, 브리태니커 백과사전의 11번째 권을 편집하는 데 기여했다.

월터 새비지 랜더Walter Savage Landor(1775~1864)는 영국의 시인이자 작가다. 동시대 시인들과 평론가들로부터 찬사를 받았지만 대중적 인기는 그다지 얻지 못했다. 89년을 사는 동안 산문과 서정시, 정치평론 등 다양한 장르의 글을 왕성하게 발표했지만, 그의 삶은 사고와 불행의 연속이었고, 일부는 자초한 것이었다. 완고하고 성급한 성격에다 권위에 대한 경멸까지 더해져 수많은 사건사고에 연루됐으며, 학교는 물론이고 가정에서도 여러 번 쫓겨났고, 정치적 견해 차이로 평생에 걸쳐 수많은 유력인사들과 대립했다.

내 첫 번째 사랑은 자연이며, 다음은 예술이라
생의 불꽃에 두 손 쬐다가
그 불꽃 가라앉으니 나, 떠날 채비를 마쳤어라.
—랜더, 〈그의 일흔다섯 번째 생일에〉에서

나는 그 느린 강물과 저 깜박거리는 잔불에서 예상치 못하게 위안을 받았다. 산문에서는 그에 상응하는 효과를 볼 수 없는 게 아닐까 하는 의심이 들었다. 그런 효과를 내려면 상상력뿐만 아니라 운율과 박자도 필요하다. 저런 시구에서는 이 셋이 어우러져 어떤 수준의 압축을 만들어내는데, 그 효과란 운문만이 성취할 수 있는 것이다. 시 작가들이 인위적으로 꾸며낸 성형 폭탄들에 비교해도, 가장 뛰어나다는 산문은 산탄에 불과하다.

생의 특정 순간마다 다양한 시의 파편들이 커다란 의미를 주었지만, (지루한 교수회의에서 일종의 낙서 삼아 긁적거렸던 소네트들을 빼면) 내가 직접 쓴 적은 한 번도 없었다. 동시대 시인들의 작품을 계속 접하지도 않았다. 그나마 읽는 시는 대체로 청소년기에 좋아했던 작품들이었다. 나와 시의 이런 양면적인 관계가 좁은 의미로 보자면 시인 아버지를 둔 데서 생긴 오이디푸스 콤플렉스의 결과가 아닐까 의심스럽다. (제임스 로티의 《태양의 아이들》[맥밀란 출판사, 1926]을 참조하라.)

어쨌든, 지금 나는 생의 더 많은 시간을 시와 보냈더라면 좋았을 거라고 생각한다. 산문으로는 천명될 수 없는 진실을 놓쳤을까 두려워서가 아니다. 그런 진실은 없다. 죽음에 관해 스윈번과 랜더가 알았던 걸 에피쿠로스와 하이데거가 파악하지 못한 것은 없다. 그보다는 친숙한 시구들을 좀 더 많이 읊을 수 있었다면 좀 더 충만하게 살았을 듯하기 때문이다. 친한 친구를 더 많이 사귀었으면 좋았을 것처럼 말이다. 풍부한 어휘를 가진 문화가 그렇지 못한 문화보다 짐승의 상태로부터 더 멀리 있고, 더 온전하게 인간적이다. 인간은 저마다의 기억이 충분히 시로 저장될 때 더 온전하게 인간적이다.

리처드 로티Richard Rorty(1931~2007)
미국 실용주의 학파를 부흥시킨 것으로 잘 알려진 탁월한 미국의 철학자다. 뉴욕에서 태어났고 정치적으로 활동적인 집안 분위기에서 자라 시카고대와 예일대에서 수학했다. 스탠포드대 비교문학과 명예교수로 재직했고, 지식이 자연계를 '반영'한다는 오래된 가설을 비판하는 자신의 핵심 입장을 설파한《철학 그리고 자연의 거울》등 여러 권의 저서를 남겼다.

땅을 향해

에이미 프리콜름

루산나와 나는 온기를 얻으려 오븐 문을 열어놓은 채 리놀륨을 깐 식탁에 앉는다. 식탁에는 반쯤 마신 설탕을 탄 차와 마리나 츠베타예바*의 시 〈이미 얼마나 많은〉의 복사본이 놓여 있다. 루산나는 그 시를 러시아어로 읽는 법을 가르치는 중이다. 그녀는 내 강하고 약한 모든 '츠'와 부적절하게 굴리는 모음과 여기저기 흩어진 강세를 일일이 고쳐주는 수고를 마다하지 않는 선생님이다. 하지만 그녀는 또 침울하고 산만하기도 하다. 그녀는 '미국 남자들은 어떻게 사랑을 나누는지 말해봐'라며 우리 수업을 방해한다. 스물한 살인

---

* 마리나 이바노브나 츠베타예바Мари́на Ива́новна Цвета́ева(1892~1941)는 러시아와 소련의 시인으로 20세기 러시아 문학사에서 가장 위대한 시인 중 한 명으로 추앙받는다. 1917년 러시아 혁명과 모스크바 기근을 경험했고, 딸이 굶어 죽지 않도록 1919년에 딸을 국영고아원에 맡겼다. 1922년에 러시아를 떠나 경제적 어려움을 겪으며 파리와 베를린, 프라하에서 살다가 1939년에 모스크바로 돌아온다. 1941년에 남편과 딸이 간첩 혐의로 체포되어 남편이 처형되자 자살을 기도했다. 자신의 시대와 인간의 조건을 열정적이고도 실험적인 언어의 서정시로 담아냈다.

내가 미국인이고 자시고 간에 애인을 둔 적이 없다고 실토하니, 그녀가 피식 비웃고는 입을 삐죽거린다. "왜 거짓말을 해? 난 너한테 뭐든 다 얘기해줬는데. 미국 여자애들이 누구보다 남자친구를 많이 사귄다는 건 세상이 다 알아."

사랑에 실망한 루산나는 몬태나와 존 웨인의 나라에는 자신의 열정에 맞춰줄 남자들이 있으리라 상상한다. 그녀는 이 주제에 대한 나의 과묵함을 이기적이라고, 남자들을 혼자 다 차지하고 싶은 거라고 말한다. 우리는 자꾸 이 막다른 골목에 이른다. 젊음과 허영에 찬 우리는 그 시의 화자와 같다.

보두가 점점 식어가리라
한때 내 눈의 녹색을
내 머리카락의 금색을
내 부드러운 목소리를
노래하고 다투고
반짝이고 기뻐하던 모두가

루산나는 아르메니아인이다. 내 식탁은 루산나가 딸을 기르고 내가 영어를 가르치는 에스토니아에 있다. 우리는 거의 비밀리에 러시아어를 공부하는데, 에스토니아어를 배우는 편이 더 유용한데다 확실히 정치적으로 더 올바르다는 걸 둘 다 알기 때문이다. 하지만 우리는 내가 딱 적절하게 부드러운 소리로 '마약키즈나크'를 발음할 수 있을지도 모른다는 가능성에 사로잡혀 있었다. 사실을 말하자면, 루산나는 에스토니아어를, 에스토니아의 겨울을, 무엇보다 자기가 보기엔 냉정하고 무정한 에스토니아 남자를 싫어했다. 길고 어두운 겨울밤마다 나는 그 세 가지 불만을 들어주는 저장소가 되었고, 그동안에 나는 형태가 너무 익숙한 나머지 내 몸의 일부라고 느낄 정도로 〈이미 얼마나 많은〉을 낭독하고 암기한다. 루산나의 지도로 러시아어를 향한 문이 끼익 열리고, 나는 버스에서, 시장에서, 잠에 빠져들면서, 그 시의 단어들을 속삭인다.

처음에는 러시아어를 배우는 가장 좋은 방법이 시라는 걸 이해하지 못했다. 문법 구조와 단어 수첩을 외웠다. 나는 언어를 빈칸 채우기 문제처럼 취급했지만, 대학 1학년 때 처음으로 러시아에 오고 보니 전혀 대화가 되지 않았다. 2년이나 공부를 하고서도 빵집에서 빵을 주문하거나 친구에게 생일 축하한다고 인사를 건네도 아무도 내 말을 이해하지 못했다. 거의 절망에 빠진 어느 날 음성학 수업을 들었는데, 선생님이 미국인 학생들에게 러시아어의 선율을 들어보라고 권했다. 우리는 여러 억양 패턴을 시험하며 같은 문장을 자꾸 반복해서 연습했다. 갑자기 이해가 되었다. 러시아어는 무엇보다 음악이었다. 러시아어를 하려면 그 언어를 노래하는 법을 배워야 했다.

러시아어와 러시아어 시는 불가분의 관계다. 러시아인들은 수십 편의 시를 암기한다. 논쟁할 때도 시를 동원하고 길모퉁이에서도 시를 낭송한다. 러시아의 시인들은 어느 분야에서나 사랑받는 권위자들이다. 1991년, 러시아의 어느 지방 도시로 공부하러 갔을 때, 어느 초등학교로 초대되어 아이들에게 실제 미국인을 만날 기회가 되어준 적이 있다. "어린이 여러분, 명심하세요." 선생님이 말했다. "이번이 미국인을 볼 유일한 기회일지도 모릅니다." 그러고는 나더러 '미국인의 말'을 들을 수 있도록 자장가나 고등학교에서 배운 시 한두 행이라도 좋으니 영어로 시를 낭송해달라고 요구했다. 하지만 우리 미국인은 요람기를 넘어가면 메마른 사람이 된다.

다행히 나는 그 얼마 전에 상사병에 걸려 로버트 프로스트의 〈땅을 향해〉를 외운 상태였기 때문에 아이들이 무슨 말인지 모르고 나를 빤히 쳐다보는 와중에 적어도 일부는 암송할 수 있었다. 아이들은 내가 자신 있게 암송하지 못하는 걸 눈치챘다. 아이들은 낯선 언어만큼이나 그 사실에 혼란스러워했다.

나는 자꾸 러시아 시를 찾아볼 수밖에 없었다. 츠베타예바가 처음이었다. 하지만 뼈다귀를 문 개처럼 나는 나중에 씹을 요량으로 일단은 러시아어 시들을 무의식에 파묻곤 했다. 내가 파묻은 시구들은 안나 아흐마토바*가 아들의 체포 소식을 듣고 쓴 다음 구절 같은 단순하고 현실적인 것들이다.

안나 아흐마토바Анна Ахматова(1889~1966)는 20세기 러시아 문학계에서 가장 두드러지는 시인으로서 1965년 노벨문학상 후보에 올랐다. 짧은 서정시부터 스탈린 시대의 공포에 관한 비극적인 걸작인 〈레퀴엠〉 연작시(1935~1940)까지 폭넓은 작품을 남겼다. 간결하고 건조한 문체와 여성적 목소리가 동시대 작품들과 뚜렷한 대조를 이룬다. 오랫동안 정부로부터 공식적인 배제를 당했고, 많은 가까운 이들이 혁명의 여파로 사망하였다. 첫 남편은 소비에트 비밀경찰에 의해 처형되었고, 아들과 둘째 남편은 강제수용소에 장기간 감금되었으며, 두 번째 남편은 거기서 사망했다.

오늘 난 할 일이 많다
모든 기억을 파괴해야 한다
영혼을 돌로 바꾸어야 한다
사는 법을 다시 배워야 한다
—안나 아흐마토바, 〈선고〉에서

아니면 만델스탐의 마음 아린 유장함이나 록 밴드 출신인 유리 셰브추크의 시노래 같은 것들. 외롭거나 피곤할 때마다, 힘들게 출퇴근하거나, 잠을 못 자거나, 일상의 실마리를 잃었을 때마다, 이십 년을 공부해도 조금밖에 이해할 수 없는 언어로 쓰인 그 시들이 시금석이 되어준다. 그 시들의 의미를 꿰뚫지 못하는, 아니면 'ㅊ' 발음을 완벽하게 익히지조차 못하는 나의 무능함 자체가 내 입이나 의식이 가진 지식 너머로 나를 이끄는 신비한 목표가 되어준다. 그 시들은 내 안에 있는, 예언자 '노리치의 줄리언'이 '사랑에 대한 갈망'이라 불렀던 것을 휘젓는다. 그 시들은 늘 손이 닿을락 말락 하는 곳에 있다.

에이미 프리콜름 Amy Frykholm(1971~)

미국의 작가이자 기독교 잡지인《크리스천 센추리》의 언론 관련 기고란의 편집자이다. 듀크대에서 문학박사 학위를 받았고 현재 7세기 사막 성인인 '이집트의 메리'에 관한 책을 저술하고 있다. 프리콜름은 자신의 글쓰기를 대화식이라 묘사하는데, 자신의 글을 통해 다른 목소리들이 발화될 수 있도록 대상들과의 대화를 포함한다는 의미다.《광희의 문화》,《노리치의 줄리언》,《발가벗은 나를 보라》 등 네 권의 논픽션을 출간했다.

행복하고, 자극적이고, 촉촉한

대니얼 핸들러

당신이 어느 주말 밤에 우리 집 거실로 들어온다면 난 오싹하겠지. 하지만 내가 놀라서 벌떡 일어나 대체 여기서 뭘 하는 거냐고 힐난하기 전에, 당신은 거실에 비해 너무 크다는 얘기를 듣는 커다란 검은 가죽 의자에 앉은 나를 보겠지. 나는 말끔하게 정장을 차려입고 시를 읽고 있을 것이다.

지겹다거나 당최 알아먹질 못하겠다거나 하는, 대부분의 사람들이 시를 대할 때 겪는 문제들을 나는 한 번도 겪은 적이 없다. 게걸스러운 독자인 나는 성인을 대상으로 만든 것들을 읽으며 어린 시절을 보냈고, 문학이 구현한 평형 상태에서 평화를 찾는 법을 일찍이 터득했다. 14살 무렵에 (어디선가 D. H. 로렌스의 소설이 야하다는 얘기를 듣고) 《무지개》를 읽었더니 로버트 하스의 시에 행위가 가득 찬 듯이 느껴진다. 그리고 내가 이해하기로, 다른 무엇과 비교하더라도 실제로 시에는 수수께끼가 거의 없다. 오늘 아침만 해도 버스 정류장에서 작은 전자 안내판이 내가 탈 버스가 2분 안에

도착한다고, 그러고는 1분 안에 도착한다고, 그러고는 '도착하고 있다고' 알려주었지만, 차도에는 아무것도 없었다. 그러고는 안내가 사라졌다. 나는 도착하지 않은 버스를 놓쳤다. 애쉬베리의 〈테니스장의 맹세〉에 나오는 시구도 이렇게 완전히 어리둥절한 감정을 불러일으키진 못할 것이다.

시가 어렵다고 느꼈을 때는 재미로 시를 읽을 때였다. 진짜다. 시를 공부할 때는 어떻게 읽어야 하는지 안다(예를 들자면, 흥미로운 체하는 동료 여학생과 같이 내 기숙사 방에서 큰 소리로 읽는다거나). 시를 쓰려고 할 때는 어떻게 읽어야 하는지도 안다(1992년도 코네티컷 학생 시인상은 사실 엘리자베스 비숍이 받았어야 했다. 그러니까, 그녀의 전집에서 이것저것 잔뜩 훔쳐다 쓴 내가 아니라). 그리고 시를 비평할 때는 어떻게 읽어야 하는지도 안다(동네 술집에서 내 비평적 견해들을 맛깔나게 흔들어줄 버번을 곁들여 3회에 걸친 긴 식사를 하면서). 공동 필명인 리머니 스니켓으로 글을 쓸 때도, 프랑스인들이 '오마주'라고 부르는 차원에서 보들레르라고 이름 붙인 고아에게 일어나는 끔찍한 일에 대한 열세 권의 책을 쓰는 동안은 확실히 책이 너덜너덜해질 때까지 어떻게 《악의 꽃》을 읽어야 하는지 알았다. 하지만 몇 년 전까지만 해도 나는 그냥 시를 읽고 싶을 때는 언제 시를 읽어야 하는지 몰라서 애를 먹었다.

크고 묵직한 시집들은 아예 방법이 없었다. 나는 그런 시집이 나오는 족족 샀는데, 너무 근사하고 무거워서, 근사하고 무거운 사람들이 그러듯이 뭐라도 금방 바로잡아줄 듯했다. 하지만 집에 오면 그 시집들은 위압적이다. 체스와프 미워쉬의, 그 뭐더라, 아, 〈운데 말룸〉 정도는 누구나 외우고, 집집마다 그런 시집 정도는 그냥 '참조용'으로라도 책장에 있으리라 가정하는 평론들도 전혀 도움이 되지 않았다. 하지만 어떤 시인들한테는 쓰는 데 대략 8년이 걸리고, 찰스 시믹*에게는 열흘 정도밖에 걸리지 않는 표준적인 두께의 시집을 보더라도, 한자리에서 읽기에는 시인 한 명이 쓴 시도 너무 많다. 캠벨 맥그래스가 쓴 시를 연달아 두세 편 읽으면 그의 웅대한 열정에 내 가슴은 기쁨으로 가득 찬다. 일고여덟 편을 읽으면 그가 어조를 일정하게 유지하면서도 늘 놀라울 수 있다는 사실이 정말로 훌륭하게 느껴진다. 하지만 열 편 또는 열두 편 정도면 당분간 캠벨 맥그래스는 충분하다. 악의로 하는 말이 아니다. 중간에 쉬지도 않고 시 열여덟 편이면, 진지하게 하는 말인데, '캠벨, 입 좀 닥쳐'다. 달리 뭘 어쩌겠는가?

늘 그렇듯이 답은 어느 토요일 밤에 아내가 내놓았다. 세상은 불공평하고, 내 성별 인간의 대부분과 마찬가지로 나도 운동복 차림으로 록 밴드 공연을 보러 갔다가 15분 만에 샤워하고 면도하고 멋지게 차려입고 첫 마티니를 마실 준비를 마칠 수 있다. 20분이면 넥타이를 윈저 매듭으로 맬 수도 있다. 반면에 아내는 어디서 훔

찰스 시믹Charles Simic(1938~)은 세르비아 출신의 미국인 시인이자 《파리 리뷰》의 시 부문 공동 편집장이었다. 1990년에 《세상은 끝나지 않는다》로 퓰리처상을 받았고, 이후에도 몇 차례 최종후보에 올랐다. 여러 잡지의 시 부문 자문과 신인상 심사, 각종 문인협회와 학회 임원 등을 맡아 활발한 시단 활동을 펼치고 있으며, 특히 왕성한 창작활동으로 유명하다. 2007년에 15번째 의회도서관 계관시인으로 지명되었다.

쳐 온 카디건을 입어도 변함없이 매혹적이라는 나의 항의에도 불구하고 격식을 차린 사랑스러운 모습으로 등장하기 위해서는 있는 시간을 모두 써야 한다고 주장하는 가부장적 사고를 가지고 있다. 이 때문에 내겐 너무 많은 시간이 남는다. 아내를 기다리는 동안 뭘 하지? 한잔할 수도 있지만, 술이라면 이따가 잔뜩 마실 예정이다. 아이를 볼 수도 있는데, 아들은 된장국을 뒤집어쓴 채 애 봐주는 사람을 비난하는 중이다. 전자우편을 보낼까 생각해봐도, 토요일 밤에 답장을 보내는 주제에 어떻게 시간이 없어서 아무래도 그 일은 못 하겠다고 말할 수 있겠는가? 아내에게 가서 지금 출발하지 않으면 고작 20분밖에 일찍 도착하지 못할 위험이 있다고 경고하자 아내가 말했다. "나가. 가서 당신이 굳이 사겠다고 고집했던 그 거실에 비해 진짜 너무 큰 의자에나 앉아 있어."

나는 그렇게 했다. 그러고는 충동적으로 체사레 파베세*의 전집을 집어 들었다. 침실에서는 아내가 세 번째로 헤어드라이어를 켰다. 나는 읽었다.

세상에 깜짝 놀라, 나는

체사레 파베세Cesare Pavese(1908~1950)는 이탈리아의 시인이자 소설가이며 문학평론가 겸 번역가이다. 20세기 이탈리아 문학계의 주요 작가로 인정받는다. 일찍이 영문학에 관심을 가져 당시 이탈리아 사회에 잘 알려져 있지 않던 미국과 영국 작가들의 고전과 현대작품들을 번역했으며, 월트 휘트먼의 시에 관한 논문으로 토리노대를 졸업했다. 공공연히 파시즘에 반대하여 1935년에 체포되었고 남부 이탈리아로 유배되었다. 제2차 세계대전이 끝나자 이탈리아공산당에 입당하여 당 기관지를 만드는 일을 했고, 이때 그의 많은 작품들이 발표되었다. 1950년에 우울증과 실연, 정치적 실망이 겹쳐 자살했다.

공중에 주먹을 날리고 혼자 우는 나이에 이르렀다.
어떻게 반응해야 할지 모르면서
사람들의 연설을 듣는 일은 재미없다.
하지만 이 역시 지나갔다. 더는 내가 혼자가 아니고,
여전히 어떻게 반응해야 할지 모른다면,
그럴 필요가 없는 것이리라. 자신을 찾으면서 나는 동료를 얻었다.
—체사레 파베세, 〈조상들〉에서

나는 읽고 또 읽었다. 나는 마테아 하비 말마따나 욕조가 인간의 형태에 맞는 만큼이나 시에 맞는 완벽한 짬을 찾아냈다. 나는 이런 식으로 먼저 하비를 읽었고, 이어 첼시 미니스를, 조슈아 벡맨을 읽었다. 나는 조슈아 클로버를 샅샅이 훑었고, 캐롤린 카이저와 함께 격노하며 소리질렀다. 나는 D. A. 파웰을 읽으며 자극을 받았고 제임스 테이트를 읽으며 행복했고 로버트 프로스트를 읽으며 촉촉해졌다. 나는 웨이브북스와 어글리 덕클링 프레스의 책 디자인에 감탄한다. 나는 데이지 프라이드 때문에 너무 질질 짜거나 앤 카슨 때문에 너무 암울한 기분을 느끼지 않으려 애쓰고, 자꾸만 《샌도버의 변화하는 빛》을 읽는 속도를 정당화하려 애쓴다. 벌써 이십 년째 읽고 있는 데도 찾을 수 없는 애인의 귀걸이만큼이나 갈피를 잡지 못하니 말이다. 시를 읽는 동안 세상이 딱 멈추지는 않지만, 그 안에 있는 나의 공간은 행방불명된다. 《호두나무의 투지를 위하여》를 이해하는 데 이보다 더 좋은 맥락을 누가 감히 요구할 수 있겠는가? 옷을 잘 차려입고 여기에 동참하고 싶은 사람은 누구나 환영한다. 소문에도 불구하고 우리 거실 공간은 충분하다. 그 의자가 있어도 말이다. 거기 앉지만 않으면 된다. 그 의자는 내 거다.

대니얼 핸들러 Daniel Handler(1970~)

미국의 소설가 겸 음악가로《베이직 에이트》,《말조심해》,《부사副詞들》, 마이클 L. 프린츠 아너 상을 수상한《우리는 왜 헤어졌을까》, 전국적인 베스트셀러인《우리는 해적》등 여섯 권의 소설을 냈고, 마이러 캘먼과 함께 리머니 스니켓이라는 필명으로는 13권짜리《불행한 사건들 시리즈》와 4권짜리《모든 잘못된 질문들》, 샬롯 졸로토 상을 받은《어둠》,《열세 단어》를 포함한 수많은 작품을 출간했다. 음악 활동도 활발히 벌이는 가운데 특히 밴드인 마그네틱 필즈에서 보조 아코디언 연주자로 활동하고 있으며, 넷플릭스에서 제작하는 '불행한 사건들 시리즈'의 수석연출가 겸 작가이기도 하다.

뭐랄까, 눈에 띌 정도의 오줌

마이클 랜 피트렐라

나의 시 경험은 늘 학교에 국한된다. 딱 한 번의 예외만 빼고. 내가 열 살 때 아버지가 로버트 루이스 스티븐슨의 〈일어날 때〉를 외우게 했다. 그 시는 부모님이 내게 창피를 줘서 한낮이 되기 전에 일어나게 한 데 대한 우리끼리의 아주 유쾌한 농담이었다. 그걸 제외하면, 초등학교가 고양이cat와 박쥐bat로 운을 맞춘 엄청난 시의 세계를 알려주었다. 그때 썼던 시의 대부분은 무섭거나 우스웠는데, 어중간한 건 하나도 없었다. 내게 시는 일련의 불길한 공포의 '심상' 아니면 운을 맞춰 학교 급식을 조롱하는 것이었다.

내가 진짜로 시에 얽혀든 건 대학에 가서였다. 처음에는 시 수업에 별 기대가 없었는데 어쩔 수 없이 수강하게 되면서 특정 종류의 시가 나와 공명한다는 사실을 알게 되었다. 예를 들어, 내가 제일 좋아하는 수업은 하이쿠 수업이었는데, 웬만하면 이상한 어법도 허용해주었기 때문이다. 표준적인 하이쿠 형식을 벗어나지만 않으면 뭐든 마음대로 쓸 수 있었다. 우리는 부손이나 바쇼와 같은 대가들을 모방하고 자연의 이미지나 미묘한 지혜 같은 걸 불러내면 좋다는 격려를 받았다. 내가 하이쿠를 좋아한 건 맞지만, 꼭 그 지혜 때문만은 아니었다. 나는 번역이 만들어내는 소리를 좋아했다. 하이쿠를 번역하면 거의 스타워즈 제다이가 하는 소리처럼 들렸다. 잇사의 유명한 하이쿠가 있다.

> 죽이지 마라! 파리가 손으로 빌고 발로도 빈다.

내가 쓰는 하이쿠가 전부 그런 소리가 나면 좋겠다고 생각한 게 기억난다. 나는 내 시가 비요크와 같은 서정성을 지니기를 바랐다. 비요크는 모든 것이 너무 이상하게 독특한 동시에 부적절하게 웃긴다.

내가 쓴 하이쿠는 대체로 이런 식이었다.

> 마당에 아기, 보호자는 휴대폰만 보호하고 있네.

아니면,

> 으깬 멜론 수프, 생각한 맛이 아닐걸, 불행하게도

아니면,

> 멍청하고도 멍청하게 멍청한 저 멍청한 말馬.

학생들도 한둘 또는 여럿이 웃긴 했지만, 교수님은 거의 틀림없이 웃음을 터뜨렸다(물론, 짐짓 훈계하는 듯이 고개를 젓는 것도 잊지 않으셨지만). 나는 사람들 대부분이 시에 내포된 유머를 제대로 알아차린다는 사실을 발견했다. 뭔가 슬프거나 지겹지 않은 걸 듣고 싶어 하는, 기꺼운 청중이 있었다. 학생들의 시 대부분은 죽음이나 할머니나, 할머니의 죽음이나, 비나, 삶에 관한 의문을 다루었고, 하나같이 진부한 표현과 극적인 묘사에 빠져 너무 긴장돼 있었다. 많은 수가 노골적인 고백이나 비나 상처 같은 심상을 통한 은유였다. 때로는 상처 안으로 곧장 비가 내렸다. 때로는 비가 고통스러웠다. 때로는 상처 자체가 화자의 뺨 위로 피를 비처럼 쏟아냈는데, 나는 눈에서 나는 피를 암시한다고 추측했다.

우리는 감정이 제일 북받치는 순간에는 편집을 하지 않는 경향이 있다. 나는 재미있는 시가 순전히 편집과 시기적절한 기회 포착에 달린 것이라서 효과가 좋다는 사실을 알았다. 나는 전달하려는 딱 적절한 농담이나 감정을 조형해내는 데 시간을 많이 할애했다. 수업을 들으면서 겪은 최고의 순간은 다음과 같은 구절로 끝나는 특히나 짧은 시를 읽었을 때였다. "우리 개 페퍼가 수영장에 오줌을 눴을 때. 뭐랄까, 눈에 띌 정도의 오줌." 웃음이 일었는데 그 웃음이 커다란 안도의 한숨처럼 느껴졌다. 죽은 할머니 시들로 점철된 하루의 마지막으로 낭독된 시이고, 견실한 편집의 교과서적 사례이기도 했다.

교수님이 시의 여러 부분을 지적하며 내가 손을 더 봤다면 그 부분들이 근본적으로 핵심 구절의 효과를 죽였을 거라고 설명했다. 그녀는 단순할수록 감정이 더 강렬해지고, 그 결과, 반응도 더 커지게 된다고 말했다. 우리는 편집과 시기적절한 기회 포착과 '오줌'이라는 단어에 대해 모둠 토론을 펼쳤다.

시를 재미있게 만드는 법을 배우면서 값진 편집 경험을 얻었다. 나는 시의 세계에서 동지를 발견했다. 그 경험이 편집이 무엇인지 이해하는 데 도움을 주었고 나를, 바라건대, 더 재미있는 작가로 만들어주었음을 알고 있다. 역설적이게도 산만한 《햄릿》 제2막 제2장에서 폴로니우스가 이를 훌륭하게 표현했다. "간결함은 재치의 영혼이다." 아니면 예리한 우리 교수님이 자주 말씀하셨듯이, '간결함 = 재치'다. 그러니 이 지혜를 가슴에 새기고 나는 이 글을 같은 방식으로 끝맺고자 한다. 좋은 시 = 편집된 시.

마이클랜 피트렐라 Michaelanne Petrella

미국의 작가로 자매인 앤절러 피트렐라와 함께 어린이용 도서인 《요리법》을 썼고, 사람들이 북마크를 해놓고는 읽지 않는 것들을 인터넷에 쓰고 있다. 샌프란시스코 베이 지역에 거주하며 《맥스위니스》에 글을 기고한다.

행진하는 군인들처럼

레이철 코헨

할머니의 사촌인 소피 할머니는 가끔 폴란드어를 할 줄 아는, 그러면서 시를 아는 사람이 있었으면 좋겠다고 말하곤 했다. 소피 할머니는 이따금 시에 대해 말하기를 즐겼다. 한두 번쯤은 60년 전에 돌아가신 어머니가 어린 자신에게 시를 읽어준 얘기를 했다. 소피 할머니는 언어를 빨리 배웠는데, 언제나 그랬던 듯, 처음에는 폴란드어였고 다음에는 수용소에서 배운 독일어였고, 전쟁이 끝난 뒤에는 스웨덴어와 영어였으며, 그 뒤에는 이스라엘에서 배운 히브리어였고, 또 미국에서 다시 배운 영어였다. 그래도 어릴 때 가족이 쓰던 언어가 폴란드어라서 폴란드어를 익히는 것이 제일 빨랐다. 그녀는 말한다. "난 시를 한 번 읽고 눈을 감고 있으면 그 시가 머릿속에서 조합되곤 해." 그런 때의 그녀를 몇 번 본 적이 있다. 기쁨에 차서 머리를 꼿꼿이 들고 감각의 날을 세운 채 앙상한 두 팔을 펼친 소녀. 그녀는 여전히 소녀 같고 기쁨에 차 있고 감각의 날을 세운 채다. 나이 탓도 있고 해서 덜 앙상하긴 하지만.

소피 할머니는 아직도 전화선 너머로 브루노 야센스키가 제1차 세계대전을 비판하며 할머니 말마따나 '행진하는 군인들같이' 딱 두 음절로만 쓴 특이한 유형의 시를 낭송할 수 있다. 바르샤바 게토에서 살던 어느 오후에 배우셨다고 한다. 할머니는 길 양쪽을 막고 집을 하나씩 뒤지던 독일군들을 피해 어머니와 함께 도망치는 중이었다. 둘은 어느 건물 꼭대기 층으로 달려갔는데, 그곳 현관문 하나가 부서진 채였다. 소피 할머니의 어머니는 독일군들이 부서진 문을 보고 그 집을 이미 수색했다고 생각하지 않을까 싶어 안으로 들어갔다. 집 안에는 가구가 그대로 있었다. 침대에 펼쳐진 시집이 있었다. 소피 할머니는 이렇게 말했다. "어머니는 내가 미쳤다고 생각했지만 난 그 책을 읽기 시작했어. 살면서 그때처럼 그냥 다른 세계로 들어가고 싶었던 적이 없었거든. 난 그 책 안으로 들어가고 싶었어. 그 시를 외웠지. 독일군들이 건물로 들어와 아기를 창밖으로 던졌어. 난 어떤 여자가 뛰어내리는 걸 봤지. 'A'를 들어가 숨을 수 있는 피신처라고, 'M'을 걸어서 건너갈 수 있는 다리라고 생각했던 게 기억나."

소피 할머니가 부모님과 남동생 스테판을 마지막으로 본 곳이 그 바르샤바 게토였다. 할머니는 열다섯 살에 혼자서 수용소에 들어갔다. 그리고 수용소 열네 군데를 전전했다. 마즈다네크와 아우슈비츠에 있었고, 베르겐-벨센에도 있었다. 베르겐-벨센에서는 아무 일도 하지 않고 그저 갇혀만 있었다. "놈들은 우리한테 먹을 걸 거의 주질 않았어." 그리고 소등 시간이 매우 일렀다. "시를 위한 시간이었지." 소피 할머니는 말한다. 저녁마다 다 같이 나무판자에 누우면 할머니가 큰 소리로 시를 낭송했다. 학교와 어머니에게서 배워 외운 시들이었다. 할머니는 고음이면서도 드물게 감미로운 목소리를 지녔고, 그 목소리에는 약간의 떨림이 있었다. 할머니는 영어로 말할 때 늘 단어에 든 모든 철자를 발음하는데, 글자 하나하나를 인식하고 중요하게 여기는 듯한 느낌을 준다.

수용소가 해방된 지 삼십 년쯤이나 지나서, 소피 할머니가 미국 워싱턴 DC에 있는 국제연합 사무실에서 수년째 상임이사로 일하고 있을 때, 딱 한 번 폴란드 억양을 가진 여자가 들른 적이 있었다. 두 분은 얘기를 나누다 둘 다 수용소에 있었다는 사실을, 심지어 같은 수용소에 있었던 적도 몇 번 있다는 사실을 발견했다. 그 여자가 말했다. "그러리라고 짐작했어요. 밤에 시를 낭송하곤 했잖아요, 당신의 목소리를 듣고 알았어요."

소피 할머니는 가끔 말한다. "시는 내 언어를 지키는 방편이었어. 오랫동안 폴란드어로 얘기를 나눌 사람이 없었어도, 나는 앉아서 시를 떠올리곤 했어. 마음속에서 실타래를 풀어내는 느낌이었지. 실을 하나 끌어내면 또 다른 실이 딸려 나오는 거야. 그렇게 나는 여태 폴란드어를 잊지 않았어. 그 여자분과 수년 동안 연락을 주고받았는데, 지금은 그 옛날의 시를 같이 얘기할 수 있는 사람이 아무도 없어."

레이철 코헨 Rachel Cohen (1973~)

미국의 작가이자 교육자이다. 《우연한 만남》과 《버나드 버렌슨-회화 거래의 세계에서 보낸 한생》의 저자이며, 《뉴요커》, 《빌리버》, 《스리페니 리뷰》, 《런던 리뷰 오브 북스》와 같은 잡지들에 글을 기고하고 있다. 《미국 수필 걸작선》과 《푸시카트 문학상 수상집》에 글을 올렸다. 예술에 관한 저술 작업으로 구겐하임 장학기금을 받았고 현재 시카고대 문예창작과 교수로 있다.

그건 전혀 아니다

리처드 랩포트

일상은 대체로 별일 없이 흘러가지만, 수술실에서 잔뼈가 굵은 사람들은 끔찍하게도 단 한 번의 혈관 파열이, 단 한 번의 감염이, 단 한 번의 우연한 생물학적 실패가 더없이 행복한 삶을 끝장낸다는 걸 안다. 우리의 생화학 체계는 대부분의 시간 동안 믿음직하게 아무 탈 없이 잘 굴러간다. 하지만 임의의 DNA 가닥 두 개가 엉키게 될 가능성은 어떤가? 어떤 사람에게는 스물다섯에 동맥류 파열을 일으킬 수 있는 어떤 가능성이 다른 사람에게는 좋은 버릇을 들이게 도와 여든아홉까지 살다 급사하게 해준다는 점이 의사 노릇의 시학을 구성한다.

그 가능성이 교수이자 미식축구 선수이자 시인이자 내 환자였던 리처드 블레싱을 덮쳤을 때, 그는 나와 아주 비슷한 사람이었다. 40대 초반이었고, 스포츠맨이었고, 책을 좋아했고, 자기 삶을 사랑했다. 그러던 어느 날, 농구장에서 어느 대학원생을 왼쪽으로 밀치던 와중에 블레싱 교수가 발작을 일으키며 딱딱한 나무 바닥에 쓰러졌다. 쾨당. 성공적이고 행복했던 삶이 슬픔으로 변했다. 힘들고 고통스럽고 짧은, 슬픈 삶이었다.

투병 생활이 18개월을 넘어가자 리처드는 언어에 아주 긴한 관심을 두게 되었다. CT 촬영, MRI, 종양, 조직 검사, 방사선치료, 화학요법… 이런 것들이 환자의 어휘다. 그의 성정 덕분에 이런 단어들이 뇌 속 종양 주변을 빙빙 돌다가 시가 되어 나왔다. 내가 그에게 건넨 말들도 그곳을 서성거렸다. 내가 다른 도시에 가 있을 때 그의 상태가 갑자기 나빠졌다. "때가 됐나요?" 그가 물었다. "어쩌면요." 나는 대륙 반대쪽에서 말했다. "그럴지도요." 이틀 후에 시애틀로 돌아가 보니, 그는 눈을 감고 벽을 향해 모로 누운 채 혼수에 빠져 있었다. 그는 그렇게 일주일을 보냈다.

그러고는 깨어나 일 년을 더 살았다.

그의 시집인《닫힌 책》에 〈사망 지침서〉라는 제목을 단 짧은 시가 있다. 당연히 그저 수사적인 제목은 아니다. 나이와 습관이 나와 같은 사람, 나는 그를 살리지 못했다. 나는 무용지물인가? 세상에 정의 같은 건 없나? 음, 아니다. 생물학의 많은 부분이 우연이고, 시공간을 초월한 어떤 무한한 힘이 작용한다고 인정하더라도 그 우연을 바꾸거나 피할 수는 없다. 의학은 세상의 경로를 아주 조금 변경할 뿐이다. 우리는 여러 암이나 유전병, 노화를 썩 잘 치료하지 못한다. 그리고 당연히 치료는 치유와 다르다. 최선의 치료라 해봐야 조언과 위로 정도밖에 없는 때도 가끔 있다.

모르는 것을 이해하는 데는 산문이 크게 도움이 됐지만, 마음속

깊은 곳에서는 알지도 모르지만 말할 수 없는(또는 말하지 않을) 것들을 잘 볼 수 있게 해주는 건 시라고 생각한다. 시는 공감을 일으킨다. 수술칼을 든 사람은 교육과정이 가르쳐주는 수준보다 '아마'라는 말의 의미를 더 잘 이해할 필요가 있다. 우리 시대의 사람들은, 그리고 어쩌면 특히 외과의들은 의사가 타인의 운명과 죽음을 책임진다고 믿는 경향이 있다. 하지만 사실 우리는 일부밖에 보이지 않는 우주를 정처 없이 떠돌 뿐이며, 우주의 나머지에 대해서는 계속 짐작만 할 뿐이다. 카뮈는 물리학자들이 시로 돌아가게 된다고 말했다. 그때는 초끈이론이 나오기도 전이었다. 드니스 레버토프*는 우주에 있는 생명을 다루는 우리의 일을 두고 '이 거대한 무지'라 불렀다. 그녀는 후기 시인 〈원초적 경이〉에서 무엇인가가 존재한다는 신비, 무엇이라도 존재한다는 신비에 관해 쓴다. '모든 것'은 고사하고 말이다.

우리 수술실과 진료실에서 드러나도록 시가 도움을 주는 부분이 바로 이 '모든 것'에 대한 부분이다. 의학의 과제 중 하나는 우연의 방향을 예측하고 일어날 듯한 일에 대비할 수 있도록 환자들을

드니스 레버토프Denise Levertov(1923~1997)는 영국 출신의 미국 시인으로 일찍부터 언어에 관심을 보여 5살 때 작가가 되겠다고 선언했고, 12살에 T. S. 엘리엇에게 자작시를 보내 격려의 편지를 받기도 했으며, 17살에 등단했다. 1947년에 첫 시집《이중상二重像》을 발간했다. 결혼과 함께 미국으로 이주하여 주로 뉴욕에 거주했다. 초기에는 전통적인 형식의 시를 주로 쓰다가 1960년대와 1970년대에 이르러 삶과 글 모두에서 정치적인 성격이 강해졌다. 특히 베트남전에 반대하는 '전쟁저항자동맹'에 가입하여 납세거부 운동 등을 이끌기도 했다. MIT, 스탠포드대 등에서 후학들을 가르쳤다. 시집과 평론, 번역서를 합해 24권에 이르는 책을 냈고, 수많은 문학상을 수상했다.

돕는 일이다. 하지만 사람들이 의사들과 상의하는 일 중에서 그건 아주 작은 부분에 불과하다. 일어날 수 있는 일이나 일어나야 할 일이나 일어나지 않을지도 모르는 일은 어떤가? 거의 일어나지 않을 듯한 일이 매복하고 있는 경우는? 이삭 바벨*은 예술의 정수가 '의외성'이라 말했다. 그런 의외의 일은 삶의 샛길들에서 일어나는데, 여기서는 교과서보다 시가 더 좋은 안내서가 된다.

40년 전 의대를 다닐 때만 해도 내 일이 과학이라 믿었다. 하지만 임상의학은 과학이 아니라 기술의 문제가 되었다. 과학은 세계를 보는 방식이다. 반면에 기술은 축적된 통계적 규칙들 안에서 작동하는 방법이다. 그리고 방법은 산업화된다. 산업적인 세계관과 인도주의적 세계관을 하나의 마음 안에 욱여넣기는 매우 힘든 법이며, 수많은 의과대학이 '의료인문학'과를 설치하는 이유도 그래서이다. 우리 공동의 삶을 규정하는 것은 정말이지 사랑과 노동이다. 의대생들과 수련의들은 그 사실을 꼭 배워야 한다. 의사가 되려고 공부하는 젊은 사람들에겐 시인들이 필요하다. 리처드 블레싱이 죽음에 다가가는 자신의 경험에 관해 쓴 다음 시처럼, 그들에게 그런 걸 보여주는 건 시다.

---

* 이삭 바벨Исаáк Эммануи́лович Бáбель(1894~1941)은 러시아의 작가이자 저널리스트이다. 러시아 남부 오데사의 유대인 가정에서 태어나 유대공동체 문화의 영향을 많이 받았다. 1917년 볼셰비키 군대에 자원하여 정보요원 또는 종군기자로 활약했다. 제대 후 《오데사 이야기》(1927), 《기병대》(1926) 등을 발표하여 20세기 전반의 주요 작가로 떠올랐다. 스탈린 정권의 대숙청 시기인 1939년에 체포되어 1941년에 처형된 것으로 추정된다.

이건 거울로 들어가는 것과도 문을 닫는 것과도
뼈로 만든 해먹 안에서 잠드는 것과도 다르다.
당신이 무엇을 상상하든, 그건 전혀 아니다.

리처드 랩포트Richard Rapport
워싱턴대 의과대학 신경외과 임상교수이자 시애틀에 소재한 하버뷰 메디컬센터 소속 의사다. 수술적 간질 관리와 경련방지제에 중점을 둔 연구와 더불어 언어와 말의 지역화에 초점을 둔 연구도 병행하고 있다. 랩포트는 오랫동안 사회정의에 관한 사안들에 관심을 두고 다양한 형태의 글을 여러 지면에 싣고 있다. 발표된 글이 거의 40편에 이르며, 몇 편이 푸시카트상 후보에 올랐고, 《미국수필걸작선》에 한 편이 실리기도 했다. 저서로는 《신경의 끝 – 시냅스의 발견》과 《의사–폴 베슨 전기》가 있다. 작가인 아내 발레리 트루블러드와 함께 시애틀에 거주한다.

말하는 편이 낫다

행크 윌리스 토마스

내가 처음으로 시인들과 의미 있는 교류를 시작한 건 청소년 때 친구들과 같이 뉴욕과 워싱턴 D.C.의 시 전문 카페들이 주최하는 열린 공연 행사에 자주 참가하면서였다. 결정적인 순간이 두 번 있었다. 첫 번째는 어머니 데버러 윌리스가 시인인 세코우 선디아타*를 스미소니언에 초대해 그의 작품인 《깨지지 않는 원은 하드 밥*》을 공연했을 때다. 그 직후에 친구인 니키샤가 니키 지오바니*의 〈내가 느끼는 방식〉과 와츠 프로페츠*의 〈랩 하는 흑인〉이 포함된 낭송 믹스테이프를 주었다. 용기와 부끄러움을 모르는 솔직함과 존

세코우 선디아타Sekou Sundiata(1948~2007)는 아프리카계 미국인 시인이자 연주자, 교육자이다. 뉴욕주 할렘에서 로버트 프랭클린 피스터로 태어났으나 20대에 자신의 아프리카 혈통을 존중하는 의미에서 개명했다. 그의 작품은 시와 음악, 극, 영상 등을 혼합한 다매체적 특성을 보여준다.《사랑이라는 수수께끼》,《51번째 꿈의 주》 등의 희곡을 발표했고, 그래미상 후보에 오른《푸른 꿈의 동일성》을 포함한 몇 장의 음반도 발표했다.

하드 밥Hard Bop은 비밥 음악에서 확장된 현대 재즈의 한 장르이다. 리듬 앤 블루스와 가스펠 음악에서 많은 영향을 받았으며, 1950년대 중반에 크게 유행했다.

재의 취약성을 드러내는 그 작품들에 나는 경외감을 느꼈다. 흑인 민권운동 세대가 가진 확신 및 낙관주의와 내 세대가 공유하는 비딱한 허무주의 사이의 첨예한 대조가 느껴졌다. 그 시들은 모두 사회적이고 도덕적인 행동을 요구하는 시대에 침묵하거나 귀를 기울이지 않는 청자들을 비난했다.

몇 년 후에는 오드리 로드*의 〈생존을 위한 탄원〉을 접하게 되었다. 마지막 몇 구절이 내 영혼에 새겨졌다.

> 그리고 두렵다고 말하면
> 우리 말은 들리지도
> 환영받지도 못할 것이다
> 하지만 침묵한다면

니키 지오바니Nikki Giovanni(1943~)는 세계적으로 잘 알려진 아프리카계 미국인 시인이자 작가 겸 비평가이다. 인종과 사회적 사안들에 관한 주제에서부터 아동문학에 이르는 다양한 작품을 발표했다. 1960년대에 흑인예술운동의 핵심 인물이자 흑인민권 운동과 블랙파워 운동의 영향을 받은 주요 작가로 널리 알려져 '흑인 혁명의 시인'이라는 별명을 얻었다. 이후 아동문학으로 발을 넓히고 출판사를 공동 설립하여 흑인 여성 작가들의 출간 창구를 마련해주기도 했다.

와츠 프로페츠The Watts Prophets는 미국 캘리포니아주 와츠시 출신 음악가 겸 시인 셋으로 이루어진 트리오로 재즈와 빠르게 읊는 시를 결합하여 힙합의 전신이라 할 만한 작품들을 발표했다. 1969년에 《흑인의 목소리-와츠의 거리에서》, 1971년에 《백인 세상에서 랩 하는 흑인》을 발표하여 지역에서 인기를 얻었으나 레코드 계약을 약속했던 레코드사가 사주인 밥 말리 사망 후에 도산하면서 후속 음반을 내지 못하다가 1997년과 2005년에 음반을 내면서 재기했다.

오드리 로드Audre Lorde(1934~1992)는 미국의 작가이자 페미니즘 활동가이자 흑인민권 활동가였다. 주로 흑인민권과 페미니즘, 흑인 여성의 정체성을 탐구하는 시와 산문을 썼고, 기술적 완결성과 감성적 표현으로 유명했다.

우리는 여전히 두려울 테지

그러니 말하는 편이 낫다
우리가 생존한 예정이 아니었음을
기억하면서

나를 드러내거나 평가를 받기보다는 움츠려 구석에 숨고 싶다고 느낄 때마다 마음속에서 '말하는 편이 낫다!'라는 구절이 울려 퍼졌다. 많은 사람들을 대상으로 글을 쓰는 데에는 말 그대로 대담함이 필요하고, 일어서서 그 글을 소리 내어 읽는 데에는 더 많은 대담함이 필요하다. 나는 동시대 시각예술가들도 그렇다고 느낀다. 발화發話는 '나는 안다'라고 말하는 셈이나 마찬가지지만, 대개 예술가들은 모르는 것이나 여전히 알아가는 과정에 있는 것을 말하게 된다. 머릿속으로 들어오기 직전에 마음에 걸려 대롱거리는 이 알아가는 과정을 논할 때는 시가 최고인 듯싶다.

명시적일 때도 있고 전복적일 때도 있지만, 내 작업의 상당 부분은 청중이나 다른 예술가들과의 협업으로 이뤄진다. 나는 시인과 무용가, 음악가로 구성된 팀과 함께 작업하며 〈비트〉라는 종합적인 오프브로드웨이 무대극을 쓴 카말 싱클레어(현재는 내 작품 〈질문 다리-흑인 남성들〉을 같이 만드는 협업자이다)가 제시한 협업 개념을 우연히 접했다. 평범한 나로 왔다가 무대에 마음을 놓고 가는 경험이었다. 그때는 대니 호치가 〈감옥, 병원, 힙합〉을 쓰던 즈음이었다. 나는 그 문어文語가 행동주의로서의 구어口語로 옮겨지는 걸 보았다.

그러고 사울 윌리엄스*가 있다. 나는 1990년대 말 뉴욕대에서 학생들이 만들던 영화 촬영장에서 그를 처음 마주쳤다. 볼드윈의 〈소니의 블루스〉를 각색한 작품이었는데, 사울이 소니 역을 맡았다. 이틀 후에 나는 그의 근본적인 추종자가 되었다. 그가 촬영장 커피 탁자에서 칼림바(아프리카식 손가락 피아노)를 집어 든 순간을 잊지 못할 것이다. 그는 잠깐 가볍게 연주해보더니 악기를 뒤집어 뒤에 붙은 오래된 버거킹 스티커를 찾아냈다. 그가 말했다. "이거, 우리보다 오래됐네." 그러고는 악기를 내려놓았다. 이태도 채 지나지 않아 나는 미국 흑인의 역사와 문화에 비춘 상품문화에 대한 작품을 만들게 되었다.

문자를 기반으로 한 내 작품 중에서 최고는 두말할 필요 없이 '나는 사람이다'라는 흑인민권운동 시대의 상징과도 같은 구호를 각색한 작품이다. 수많은 아프리카계 미국인들이 스스로의 '인간다움'을 주장하는 손팻말을 든 이미지를 보면 나는 늘 그 힘에 놀라곤 했다. 내 세대와 부모님 세대 간의 틈을 잘 보여주는 듯도 했다. 무엇보다 우리가 사용했던 문구는 '나는 소중한 사람이다'였다. 우리는 어떻게 인종 차별의 억압에 반대해 외쳤던 집단적 주장에서부터 단결을 통해 '해방'을 얻은 세대로서의 분명히 이기적인

* 사울 윌리엄스Saul Williams(1972~)는 미국의 랩퍼 겸 싱어송라이터, 음악가, 시인, 작가, 배우이다. 힙합과 시를 결합한 독특한 작품으로 유명하고, 1998년에 발표된 독립영화 〈슬램〉의 주연을 맡은 것으로도 유명하다. 2013년에는 투팍 샤쿠르의 음악을 이용한 주크박스 뮤지컬에서 주연을 맡기도 했다.

주장까지 나아가게 됐을까?

나는 그걸 탐구하고 싶어서 손팻말의 구문을 반복하며 변주하는 스무 장으로 이루어진 그림 시리즈를 창작했다. 그리고 스팔라 스와라는 이름을 가진 작곡가의 도움을 받아 한 편의 시가 되도록 그림을 배치했다. 뒤의 10장은 이렇게 읽혔다. "나는 소중한 사람, 소중한 사람은 누구인가, 너는 소중한 사람, 얼마나 멋진 사람인가, 나는 사람, 나는 인간, 나는 많다, 내가 있다 그렇지, 나는 나다, 내가 있다. 아멘." 다른 이의 기준에 따라 스스로를 평가하거나 인정할 것이 아니라, 어쩌면 내가 가진 의식 자체가 내게 주어진 재능일지도 모른다. 나는 있다. 아멘. 아니면 랭스턴 휴스가 말한 대로든가.

> 내가 여전히 여기 살아 있는 이유로,
> 나는 계속 살아가겠지.
> 사랑 때문에 죽을 수도 있었어—
> 하지만 나는 살기 위해 태어났다
>
> 넌 내가 소리 지르는 걸 들을지도,
> 그리고 내가 우는 걸 볼지도 모르지만—
> 다정한 이여, 내가 죽는 걸 보게 된다면,
> 나는 끈질겨질 테야.
>
> 사는 건 좋아!
> 포도주만큼 좋아!
> 사는 건 좋아!
>
> —〈사는 건 좋아〉에서

행크 윌리스 토마스Hank Willis Thomas

개념주의 사진 예술가로 주로 정체성과 역사, 대중문화와 관련된 주제를 중심으로 활동한다. 뉴욕대에서 사진학과 아프리카학으로 미술학사 학위를 받았고, 캘리포니아예술대에서 사진학과 시각예술비평으로 예술학 석사 학위를 받았다. 졸업작품집인《칠흑 같은 검정》이 사진집 전문 출판사에서 출간되며 이름이 알려지기 시작하여, 현재는 뉴욕 현대미술관MoMA과 구겐하임 미술관, 휘트니 미술관을 포함한 여러 미술관이 그의 작품을 소장하고 있다. 〈질문 다리-흑인 남성들〉과 〈코스 콜렉티브의 진실을 찾아서〉와 같은 공동작업 프로젝트도 진행했으며, 2015년에 예술가가 이끄는 첫 정치활동위원회인 '자유를 위해'를 공동 창설했다.

거기 있다

릴리 테일러

어느 날 나는 '벨치메르츠(염세)'를 앓았다. 가슴이 아팠다.

나는 친애하는 친구 마리(시인 마리 하우*)에게 전화를 건다.

"마리, 가슴이 아파."

"너, 잭 길버트*의 《천국을 거부한다》 갖고 있지? 거기 맨 앞에 시가 한 편 있어. 제목은 기억이 안 나네. 첫 줄이 '슬픔은 어디에나'인가 그래. 그걸 읽어줘."

마리 하우Marie Howe(1950~)는 미국의 시인으로 1988년에 출간한 첫 시집 《착한 도둑》이 평단의 호평을 받으며 내셔널 포이트리 시리즈 상을 비롯한 여러 상을 받았다. 1997년에 《산다는 것》, 2008년에 《평범한 시간의 왕국》을 냈고, 그때마다 이전과는 확연히 다른 미학을 보여주었다. 사라로렌스대와 컬럼비아대, 뉴욕대 등에서 시를 가르쳤다.

잭 길버트Jack Gilbert(1925~2012)는 미국의 시인으로 가난하고 위태로운 어린 시절을 보낸 뒤 고등학교를 중퇴했다가 대학에 입학하면서 시를 쓰기 시작했다. 1962년에 예일젊은시인상을 수상한 뒤 출중한 외모가 주목을 받아 여러 대중잡지에 사진이 실리기도 했다. 50년이 넘게 시를 쓰면서도 시집은 단 4권만 출간했다. 환상이나 상상, 가정 등을 배제한 현실적이고 직접적인 시가 특징이다.

> 슬픔은 어디에나. 살육은 어디에나. 이곳의 아기들이
> 굶주리지 않는다 해도 어딘가의 아기들은
> 굶주리리라. 콧구멍마다 파리를 단 채.
> 하지만 우리는 삶을 즐긴다. 신이 원하시니까.
> ―〈피고인을 위한 변론 요지서〉에서

나는 시 낭송을 마친다. 한동안 둘 다 아무 말도 하지 않는다. 숨소리. 나는 고개를 든다. 창밖으로 나무 한 그루가 보인다. 개똥지빠귀 우는 소리가 들린다. 하늘이 보인다. 구름이 천천히 흘러간다.

말할 수 없는 걸 말하는 것이 시인의 직무라고 어느 시인이 내게 말했다. 다른 시인은 어떤 식으로 잘라내더라도 시는 결국 감정에 관한 것이라고 했다. 시는 깊은 감정에 관한 것이다.

내 일(연기)에는 감정이 포함된다. 어떻게 하면 감정을 연기할 수 있는 무언가로 바꿀 수 있을까? 그 감정을 어떻게 살펴볼 수 있을까? 하나하나 특정해서 이름을 붙일 수 있을까? 한 번은 어떤 시인이 원래 시인의 일이란 이 세계의 사물에 이름을 붙이는 거라고 말해주었다.

어떻게 보면 나는 내 감정으로 사물에 이름을 붙이려 애쓰는 중이다. 나는 대본을 살필 때 첫 장면부터 시작하여 장면 하나하나가 그 정수에 이를 때까지 반복해서 정제해 나간다. 그러고는 한두 마디, 때로는 그보다 길게 각 장면에 이름을 붙여본다. 불완전한 것들, 묘사할 수 없는 것들, 알 수 없는 것들을 하나하나 호명하며 장면마다 시를 쓰려 애쓰는 것이나 매한가지다. 그렇게 나는 대본을

연습하고 연습하고 또 연습한다. 마음을 담아, 그리고 무심히. 시를 읽을 때와 거의 똑같다. 그러고는 연극이나 영화가 시작되면 대본을 내려놓는다. 좋은 연기가 어떤 연기냐는 좋은 시가 어떤 시냐는 질문과 마찬가지로 내게는 아직 수수께끼다. 그러나 그게 무엇인지 정확하게 말할 수는 없지만, 나는 안다.

나는 매번 시를 이해하려고 무지하게 애를 썼다. 나는 매사에 일단 받아들이고 보기보다는 경계하고 의심하는 편이다. 시가 말할 수 없는 것을 말하고 있다면, 그걸 스스로에게 다시 상세하게 설명할 필요는 없다. 나 자신과 다시 연관시킬 필요는 없다. 나 대신 시인이 이미 했다. 시가 감정에 관한 것이라면, 시를 읽을 때 사용해야 하는 건 그 언어다. 시는 내가 보다 능숙하게, 말하자면 감정의 언어로 말할 수 있도록 도왔다.

시인들이 시와 함께하듯이 내가 내 연기와 함께 '거기 어디쯤에' 있을 수 있다면 황홀할 것이다. 우리 주변에서 보글거리는 것들, 보이지 않지만 느껴지는 것들을 향해 훌쩍 건너뛰는 일. 미지의 날 것. 원하는 이들을 위해 되찾아 온 나름 순수한, 걸러지지 않은 물질.

이 하늘은 가없는 다정함과 같아서, 슬쩍 보았다
자주, 너무나 자주, 그랬지만 한 번도
묘사하지 않았다, 할 수 없다, 어쩐지, 하지도 않을 것이다.

나는 어째서 행복해지는 데에, 다른 인간의 얼굴을 사랑하는 데에 평생을 바치지 않았나.

그리고 파도가 일고 또 일면, 늦은 팔월의 바다에선
라일락 향이 인다.

— 프란츠 라이트*, 〈마사의 포도원으로 걸어가며〉에서

프란츠 라이트Franz Wright(1953~2015)는 미국의 시인으로 아버지인 제임스 라이트와 함께 같은 부문의 퓰리처상을 받은 유일한 부자이다. 산문시를 즐겨 썼으며 《마사의 포도원으로 걸어가며》로 2004년에 퓰리처상을 받았다.

릴리 테일러 Lili Taylor(1967~)
연극배우 겸 영화배우로 특히 독립영화계에서 비중이 큰 배우로 이름이 높다. 독립영화의 고전이라 일컫는 〈미스틱 피자〉를 비롯하여 〈숏컷〉, 〈나는 앤디 워홀을 쐈다〉, 〈컨저링〉 등에 출연했고, 〈랜섬〉과 같은 대형 상업영화에도 다수 출연했다. TV 시리즈인 〈식스 피트 언더〉와 최근에는 〈아메리칸 크라임〉에서 연기했고, 〈세 자매〉를 포함한 여러 브로드웨이 연극에도 출연했다.

러브 존스

나탈리 Y. 무어

어릴 때 어머니는 우리 세 남매를 불러모아 이야기를 해주시곤 했다. 가끔은 시를 읽어주셨다. 어머니가 처음으로 폴 로렌스 던바*를 알려주셨을 때가 생각난다. 〈아침에〉는 단번에 내가 제일 좋아하는 시가 되었고, 제일 처음 외운 시가 되었다.

> 리아스! 리아스! 이런 세상에!
> 해가 벌써 중천에 뜬 것도 모르니?
> 이 장난꾸러기야, 당장 일어나지 않으면
> 곤란한 일이 생길 거야.
> 내가 네 아침상을 차리고 지키면서
> 널 자게 내버려 둘 것 같니?
> 꽤 불행한 상황이 될 거야.
> 내 말 안 들리니, 얘, 리아스야?*

나와 언니 메간, 남동생 조이는 던바가 쓰는 흑인 방언을 정말 좋아했다. 우리는 돌아가며 한 절씩 큰 소리로 읽으며 이 '리아스' 라는 인물이 꼭두새벽에 일으키는 소란에 배꼽을 잡고 웃었다. 메간은 낭송대회에 나갈 때마다 이 시를 낭송했다.

나는 시카고 남부, 흑인 중산층으로 구성된 일종의 인종적 보호막 안에서 자랐다. 주변에는 흑인들이 운영하는 가게들이 있었고, 막강한 지역 야경단이 있었다. 부모님은 우리 어린 시절을 흑인의 인권을 드높여야 한다는 교훈과 아프리카계 미국인들에 대해 파다한 주류 서사들에 대항하는 긍정적인 이미지들로 채워주셨다. 우리를 아프리카계 미국 문학에 접하게 해준 분도 어머니였다. 흑인 시인과 작가 들에 관한 배움이 나의 자양분이 되었고, 나도 작가가 될 수 있다는 사실을 알려주었다. 언니와 나는 힘든 날을 겪으면 이런 농담을 하곤 했다. "내게 삶은 수정 계단이 아니었다." 우리가 일찍이 배웠던 랭스턴 휴스의 시구였다.

시는 내가 무엇을 원하는가에 따라 달라진다. 어린아이들이 재능잔치에서 우서니 유진 퍼킨스의 〈어이 검은 아이야〉를 낭송하는 것을 얼마나 많이 들었는지 모르겠다. 시카고 토박이인 퍼킨스는 1960년대 흑인예술운동의 영향을 받은 시인이자 청소년운동

폴 로렌스 던바Paul Laurence Dunbar(1872~1906)는 19세기 말에 활동한 미국의 시인이자 소설가, 극작가다. 오하이오주에서 태어나 남북전쟁 전까지 켄터키주에서 노예 생활을 했다. 어릴 때부터 글을 쓰기 시작하여 16살에 처음으로 지역신문에 시를 발표했다. 남부 흑인 방언으로 쓰인 작품들이 특히 대중과 평론가들의 찬사를 받으며 아프리카계 미국인으로서는 거의 최초로 국제적인 명성을 쌓았다.

원문은 19세기 남부 흑인 방언으로 쓰였다.

활동가이다. 그는 '시카고 베터보이즈파운데이션' 사회사업기관에서 상임 이사로 일했다. 청소년들과 함께 일한 경험이 그의 글을 특징지었다. 그는 청소년들이 할리우드가 차려내는 고정관념들을 넘어 비상하기를 원했다. 퍼킨스의 연극은 아이다 B. 웰스*와 폴 롭슨*의 명성을 드높였다.

> 어이 검은 아이야
> 넌 네가 누군지 아니?
> 네가 정말로 누구인지
> 무엇이 될 수 있는지 아니?
> 너는 무엇이 되고 싶니
>
> 네가 될 수 있는 것이
> 되려고 한다면
> 어이 검은 아이야!
> 넌 어디로 가고 있는지 아니?
> 네가 정말로 어디로 가고 있는지

흑인 극단에서 연기 수업을 들은 경험 덕분에 흑인 정신을 고양

아이다 B. 웰스Ida B. Wells(1862~1931)는 미국의 탐사저널리스트이자 교육자이며 흑인 민권운동의 초기 지도자 중 한 명이다.

폴 롭슨Paul Robeson(1898~1976)은 미국의 성공적인 바리톤 가수이자 배우이며 정치 활동가로도 명성을 쌓았다. 영국에서 실업 노동자들과 반제국주의 학생운동가들과 만나면서 정치 활동을 시작하여 스페인 내전에서는 공화파를 지지했으며 미국에서도 흑인 민권운동과 다른 여러 사회운동에 지속적으로 참여했다. 매카시즘 광풍이 부는 동안에는 블랙리스트에 올랐다.

시키는 그런 메시지들이 더 강하게 다가왔다. 십대 때 내 단골 독백극은 엔토자키 샹게이*의 무용시《무지개가 떴을 때 자살을 생각한 흑인 소녀들을 위하여》의 한 장면이었다. 나는 〈빨간 옷을 입은 여인〉처럼 다 큰 어른인 척했다.

내게 필요 없는 한 가지를 꼽으라면

그건 더 이상의 사과
현관을 나서면 나를 반기는 사과를 만났지
네 건 넣어둬도 돼
그걸 어째야 할지 나는 모르겠으니까
사과는 문을 열어주거나
피해를 복구해주지 않아
사과는 날 행복하게 해주거나
조간신문을 가져다주지도 않아
사과했다고
내 눈물로 세차하기를 멈춘 사람은 아무도 없었어.

내가 대학을 다니던 1990년대에는 커피점/재즈/시 문화가 흥했다. 시를 쓰는 주인공이 나오는 〈러브 존스〉라는 영화에 담배 연기 자욱한 그 분위기가 잘 표현돼 있다. 공개 낭송회에서 마이크를 잡

엔토자키 샹게이Ntozake Shange(1948~)는 미국의 극작가 겸 시인이다. 흑인 페미니스트임을 선언한 그는 인종과 페미니즘에 관련된 주제들을 즐겨 다룬다. 희곡《무지개가 떴을 때 자살을 생각한 흑인 소녀들을 위하여》로 오프브로드웨이연극상을 받았다. 소설도 여러 편 발표했으며, 구겐하임 장학기금을 비롯한 여러 기금과 상을 받았다.

고 즉석에서 개인기를 뽐내는 사람들부터 문방구 카드보다 내용이 빈약한 이들까지, 불행히도 현실 세계에서 만나는 많은 시가 형편없었다. "독자의 구미라는 무덤에 피상적으로 '조국'을 부르짖는 호전적인 작품과 섹스로 점철된 성애물을 던져주어라." 속물근성에서 한 말이 아니라, 그때는 내가 시를 써야 한다고 생각했기 때문에 한 말이었다. 그게 내가 추구하던 보헤미안적인 작가의 미학에 맞았다. 그러다 보니 친척들 사이에서는 내가 머리를 가닥가닥 꼰 시인들하고만 연애한다는 농담이 돌았다. (사실이 아니다. 하지만 아버지와 사촌 오빠는 시나 읽는 그런 작자들하고 연애 좀 작작 하라는 말을 자주 했다. 둘은 웃고, 나는 어처구니없다는 시늉을 했다.)

어느 커피점에서 우호적인 청중 앞에 한 번 서본 후에 나는 그런 일을 다시 할 필요가 없다는 사실을 깨달았다. 아무도 야유하지 않았다. 사실은 박수를 쳐주었다. 하지만 나는 그 공개 낭송 경험 이후로 시사 분야의 글쓰기에 전념하자고 맹세했다. 내가 되고자 계획했던 작가에게는 시가 어울렸지만, 그런 작가는 사람들이 작가라면 누구나 소유하고 있으리라 생각하는 외딴 호숫가 통나무집만큼이나 비현실적이었다. 그런 가공의 개념으로부터 자유로워지자 나는 논픽션 작가로서 시를 감상하고 바라보며 서정적인 영감과 간결함, 사랑스러움을 얻을 수 있었다. 아니면 뻔뻔스러움이나. 내 개인 전자우편의 맺음말은 니키 지오바니의 시에서 따온 구절이다. "나는 너무 힙해서 실수마저도 옳다."

10년도 더 지난 후에 어느 지역 인문학 프로그램에 참여한 적이 있다. 좋은 친구이자 시인인 앨리스가 이끄는 토론회에서 우리는 그웬돌린 브룩스*의 시 한 편을 놓고 재미있는 토론을 벌였다. "우리는 서로의 결실이다. 우리는 서로의 임무다. 우리는 서로의 중요성이며 결속이다." 우리는 몇 명씩 모여앉아 시카고처럼 인종적으로 분리된 도시에서 어떻게 우리가 서로의 임무가 될 수 있는지 토론했다. 나는 시가 그 순간의 우리를 묶어주는 느낌을 사랑했다.

나는 그 뒤로 시적인 표현을 찾아달라고 앨리스에게 여러 번 도움을 요청했다. 최근작인 《사우스 사이드-시카고와 미국 인종 차별의 초상》을 쓸 때는 앨리스에게 집의 의미에 관한 시구를 추천해달라고 부탁했다. 가끔은 내가 못하는 것을 시가 해내기 때문이었다. 앨리스는 마야 앤절루*의 《신의 아이들은 모두 여행용 신발이 필요하다》를 찾아냈다. "집, 우리가 우리로, 의심받지 않고 있을

그웬돌린 브룩스Gwendolyn Brooks(1917~2000)는 미국의 시인이자 작가이며 교육자이다. 시집 《애니 앨런》으로 1950년에 아프리카계 미국인으로서는 처음으로 퓰리처상을 받았고, 1976년에는 아프리카계 미국인 여성으로서는 처음으로 미국 문학예술아카데미에 입성했다. 일찍부터 시를 쓰기 시작해 13살에 처음으로 자작시를 어린이 잡지에 실었고, 17살부터 여러 잡지에 시를 투고하기 시작해 마침내 1944년에 시 전문잡지인 《시》 11월호에 두 편의 시를 실었고, 이듬해에 첫 시집인 《브론즈빌의 어느 거리》를 출간하여 평단의 호평을 받았다. 20여 권에 이르는 책을 냈고 수많은 상과 기금을 받았으며, 여러 대학에서 글쓰기를 가르쳤다.

마야 앤절루Maya Angelou(1928~2014)는 미국의 시인이자 배우, 감독, 제작자이자 흑인 민권 활동가이다. 어린 시절과 청년기에 초점을 둔 일곱 권의 자서전 시리즈가 유명하다. 흑인민권운동을 주도하며 마틴 루터 킹 주니어와 말콤 엑스와 함께 일했다. 흑인과 여성의 대변인으로서 대중적 존경을 받았으며 흑인문화를 옹호하는 그의 작품은 전 세계 대학과 학교에서 교재로 사용되고 있다.

안전한 장소에 대한 갈망이 우리 모두의 안에 살아 있다."

나는 최근에 아이를 낳았다. 출산 축하 모임에 온 친구와 친지들이 주옥같은 지혜들을 담은 기념책을 만들어주었다. 앨리스는 또 마야 앤절루의 시구를 골라 금색 흘림체로 적어주었다. "사랑에는 아무것도 장벽이 되지 않는다. 사랑은 희망에 가득 차 목적지에 도달하기 위해 장애물을 뛰어넘고, 울타리를 훌쩍 건너고, 담장을 뚫는다."

우리가 서로의 임무라는 사실을 일깨워주는 또 다른 구절이며, 적절한 표현을 찾지 못하던 그 감정을 시가 채울 수 있다는 사실의 증거였다.

이제 갓 태어난 딸이 있으니, 나도 어머니가 했던 대로 흑인 시인들을 알려주고 싶다. 지금은 딸에게 어떤 시를 처음으로 읽어줄지 결정해야 한다. 왠지 마야 앤절루가 끌린다.

나탈리 Y. 무어 Natalie Y. Moore
시카고에 기반을 둔 미국공영미디어방송국인 'WBEZ'의 기자 겸 작가다.《디트로이트 뉴스》,《세인트폴 파이오니어 프레스》, 예루살렘에 소재한《어소시에이티드 프레스》의 기자로 일하다가 2007년에 이 방송국에 합류했다. 무어는《티론 해체하기-힙합 세대의 흑인 남성성에 대한 새로운 고찰》과《올마이티 블랙 P 스톤 네이션-미국 갱단의 흥망과 부활》을 공동으로 집필했다. 최근작으로는《사우스 사이드-시카고와 미국 인종차별의 초상》이 있다.

온 마음을 다해 말하라

로저 에버트

머릿속에 오래 각인된 시구들이 많다 보니 말하거나 글을 쓰다가 저절로 떠오를 때가 있다. 어떨 때는 무심코 인용한다. 어떨 때는 무의식적으로 그 저장고에서 생각을 끌어낸다. 일부 시인들도 거기에 일조하는데, 뭔가 중요한 것을 거의 필연적이라 보이는 글로 말하는 법을 찾아낸 이들이 그들이기 때문이다. 대체로는 외우려고 애를 쓴 적이 없는 문장들이다. 그냥 멋대로 자리를 잡고서 눌러앉은 것들이다.

자진해서 열심히 외운 시 한 편이 있다. 8학년 때 로잔느 수녀님이 시 한 편씩을 외우라고 시킨 적이 있다. 내게는 윌리엄 컬런 브라이언트*가 쓴 〈물새에게〉가 배정되었다. 그 후로 수년 동안 나는 듣는 사람이 질릴 때까지 그 시를 대접하곤 했다.

> 어디로 가는가, 떨어지는 이슬방울 사이로,
> 낮의 마지막 걸음들로 하늘은 붉게 달아오르고,

멀리, 저 깊고 깊은 장밋빛 속으로, 너는 가려는가

그 외로운 길을?

내가 유일하게 외우는 다른 시는 E. E. 커밍스*의 시인데, 왠지 소리 내어 읽고 싶어지기 때문이다. 그의 시를 너무 많이 너무 여러 번 소리 내어 읽다 보니 자연스럽게 그렇게 되었다. 학부 때 내 멘토였던 대니얼 컬리는 커밍스의 활자 배치가 낭독의 안내서 역할을 할 수 있다고 말했다. 내 나름의 해석을 거치면 커밍스 본인이 한 사무적인 배치보다 훨씬 활기차게 들린다.

일리노이 대학에서 커밍스가 낭독하는 걸 한 번 들은 적이 있다. 컬리가 명민한 눈빛을 빛내는 한 왜소한 대머리 남자를 소개하자, 커밍스가 무대로 올라와 의자에 앉았다. 책상에는 물병 하나와 물

윌리엄 컬런 브라이언트William Cullen Bryant(1794~1878)는 미국의 낭만파 시인이자 저널리스트이다. 13세에 정치적인 시를 발표하여 인기를 얻었으나 17세 때 쓴 〈타나톱시스〉가 그의 대표작이자 미국 문학작품의 걸작 중 하나로 꼽힌다. 1821년에 첫 시집《시집》을 내고 1832년에 증보판을 내면서 미국뿐 아니라 영국에서도 문명文名을 얻었다. 10년 가까이 변호사로 일하다가 1825년에 뉴욕으로 이주한 후 잡지 편집자로 일하기 시작해 1827년에《뉴욕 이브닝 포스트》의 부편집장을 맡았다가 곧 편집장 겸 공동소유주가 되어 거의 반세기 동안 이 일간지를 위해 일했다.

E. E. 커밍스Edward Estlin Cummings(1894~1962)는 미국의 시인이자 화가, 작가, 극작가이다. 거의 3천 편에 이르는 시를 썼고, 현대적 자유시를 지향했다. 구급차 부대에 배속되어 제1차 세계대전에 참전하는 중에 파리를 사랑하게 되어 평생에 걸쳐 오가게 된다. 커밍스는 집으로 보내는 우편이 검열에 걸려 프랑스 군대에 체포되어 구금되었다가 아버지가 미국 대통령에게 서한을 보낸 뒤에 석방되었다. 그는 이때의 경험을 바탕으로 한 소설《거대한 방》을 1922년에 발표했다. 전후에는 아방가르드 시인으로 명성을 얻었다. 이후 정치적 성향을 거의 드러내지 않았으나 냉전이 발발하자 공화당원이 되어 조지프 매카시를 지지했다.

잔 하나, 마이크, 낭독할 시들이 든 서류철이 있었다. 커밍스가 우리를 둘러보았다.

"시작하겠습니다. 약 사십 분간 읽을 겁니다. 중간에 휴식 시간이 있습니다. 그러고 제가 돌아와서 약 삼십 분 정도 더 읽을 겁니다. 질의응답 시간은 없습니다."

그는 녹음으로 듣던 대로 자기 작품을 읽었다. 건조했다. 차가운 서정미였다. 언어를 팔거나 강조하려고 시도하지 않았다. 커밍스는 언어를 사실로 취급했다.

나는 늘 시가 노래에 더 가깝다고 생각했다. 1965년에 케이프타운 대학에서 담배 연기 자욱한, 유사 비트* 문화적 분위기를 풍기는 학내 커피점에서 실제로 커밍스의 시를 낭송한 적이 있지만, 그게 내 공연 경력의 출발점이 되지는 못했다.

내가 살면서 본 위대한 시 낭송자는 일리노이 대학 동급생인 빌 낵이었다. 빌은 나중에 《스포츠 일러스트레이티드》의 존경받는 선임 필자이자 장관들의 전기 작가가 되었지만, 지금까지도 늘 새로운 시나 산문 구절을 암기한다. 대학 일학년 때 그가 《위대한 개츠비》의 마지막 쪽을 낭송해주고는 이어서 흔히 듣기 힘든 첫 번째 쪽을 낭송해주었나.

비트Beat 문화는 1950년 중반 미국 뉴욕과 샌프란시스코를 중심으로 일어난 문화예술 운동으로 소수의 작가 모임을 중심으로 주류 질서와 도덕 문화에 반발하며 시작되었다. 잭 케루악, 앨런 긴즈버그, 윌리엄 버로스 등이 비트 세대의 문학을 대표하는 작가이다. 권위와 억압의 상징인 제도권에 흡수되지 않기 위해 실존적 가치와 행동의 무의미함, 허무주의를 내세우며 동양 신비주의와 재즈(특히 비밥), 시, 약물, 문학에 심취했다.

빌은 끝없이 계속해서 낭송할 수 있는데, 만날 때마다 내게 그 능력을 보여주었다. 그게 내 홍행주 경력에 영감을 주었다. 나는 볼더 시 콜로라도 대학에서 열리는 연례 세계문제회의에서 빌이 낭송을 하는 '말로 하는 콘서트'라는 제목의 프로그램을 기획했고, 이어서 멕시코 테카테에 있는, 둘 다 좋아하는 온천 휴양지인 란초 라 푸에르타에서 저녁 식사 후의 밤 공연을 준비했다. 학내 행사에 사람이 많이 몰린 건 놀랍지 않지만, 란초 건에 대해서는 의심이 들었다. 새벽에 일어나 산행을 한 사람들이 저녁까지 먹고 나서 시를 듣고 싶은 마음이 들까?

방 하나가 가득 찼다. 빌이 조명을 약간 어둡게 하더니 책 한 권 없이 거의 내내 연설대에 선 채로 한 시간 동안이나 낭송했다. 야영자들이 앙코르를 외쳤다. 빌은 삼십 분을 더 낭송했다. 기립박수가 이어지고, 사람들이 운영 담당자에게 몰려가 재공연을 요구했다. 빌은 다음날 오후에도 한 시간 동안 낭송했다. 그가 선택한 문장들에는 나보코프와 프로스트, 엘리엇, 예이츠, 그리고 당연하게도 커밍스가 포함돼 있었다. 사람들은 각자가 예상했던 것보다 시를 더 즐겼다.

나는 빌의 활력과 글에 대한 사랑이 부럽다. 공연을 할 때마다 그는 비학문적인 신선한 열광을 불러왔다. 시시하고 생기 없는 산문들이 넘치도록 출간되는 이런 시기에, 나는 그가 사람들의 마음속에 잠자고 있는 언어에 대한 사랑을 자극한다고 생각한다. 지금 초등학교에서도 시 한두 편을 암기하도록 해볼 수는 없을까? 로잔느 수녀님은 우리가 나중에 자기에게 감사할 거라고 확신했다. 그 시절 급우들을 만나 보니 수녀님 말씀이 옳았다.

또 다른 평생 친구인 존 맥휴는 예이츠의 나라인 아일랜드 슬리고에서 태어났다. 1960년 후반에 우리가 만났을 때, 그는 (칼 샌드버그가 한때 영화평론가로 있던) 《시카고 데일리 뉴스》 기자였고, 나는《시카고 선-타임스》에 있었다. 존은 예이츠를 다량으로 섭취한 것이 분명했고, 시카고 오루크 선술집에서 맥주를 마시는 늦은 밤이면 자주 예이츠를 읊곤 했다.

나는 생각보다 그 구절들을 많이 기억하고 있었다. 어느 날 밤 텔루르 영화제에서 어찌하다 보니 피터 오툴*과 무대 인터뷰를 하게 되었다. 우리는 그가 출연한 많은 영화와 그에게 주어진 도전들에 관해 얘기를 나눴다. 그러고 내가 말했다. "늘 잭 예이츠* 역을 하고 싶어 하셨다고 알고 있습니다."

그 말은 사실이었다. 오툴이 윌리엄 B. 예이츠의 시 한두 구절로 답했다. 그 시구가 내 안에 있던 뭔가를 건드렸다. 나도 예이츠의

피터 오툴Peter O'Toole(1932~2013)은 영국의 연극배우이자 영화배우이다. 로열연극아카데미를 졸업한 후 무대에 서기 시작해 셰익스피어 배우로 명성을 얻었다. 1959년에 영화계에 데뷔하여 〈아라비아의 로렌스〉(1962)에서 맡은 T. E. 로렌스 역으로 국제적인 인기를 얻었다. 골든 글로브상을 비롯한 여러 상을 수상했다.

잭 버틀러 예이츠Jack Butler Yeats(1871~1957)는 아일랜드의 예술가로, 시인 윌리엄 버틀러 예이츠의 동생이다. 런던에서 태어나 아일랜드 슬라이고에서 자랐고, 영국 웨스트민스터 미술학교에서 그림을 배웠다. 잡지와 책에 삽화와 글을 실었고, 1894년에 셜록 홈즈의 카툰집을 발행했다.

시 몇 구절로 대답했다. 우리의 시선이 만났고, 뭔가가 반짝였다. 그가 예이츠의 시 몇 구절을 더 인용했고, 나도 그랬다. 십여 분 동안이나 계속 그러다가 마침내 그가 웃으며 말했다. "자, 우리 할 일은 다한 것 같군요."

로저 에버트Roger Ebert(1942~2013)
저널리스트 겸 시나리오 작가이자 1967년부터 사망할 때까지 《시카고 선-타임스》의 영화평론가로 일했다. 1960년대 초 일리노이대 학생이던 시절에 《데일리 일리니》의 스포츠 담당 기자로 활동했고, 1967년 시카고대 박사 과정에 다니면서 영화평론가로서의 경력을 시작했다. 1975년에 영화평론가로서는 최초로 퓰리처 평론 부문 상을 받았다.

그들은 읊조릴 수 있다

아치 랜드

초등학교 때 우리는 롱펠로와 포, 키플링, 휘트먼, 브라우닝 외에도 십수 명의 시를 암기했다. 나는 늘 그게 감사하다. 고등학교 때 어울렸던 패거리는 제 딴에는 근사하게 보이려고 입단식에서 〈무디의 사랑하고픈 기분〉과 애니 로스의 〈트위스티드〉를 낭송했다. 나는 카멜 담배를 피웠고, 사르트르의 책을 끼고 다녔으며, 긴즈버그와 크레인, 스티븐스*를 읽었다. 나는 비트 운동에 물든 경박한 풋내기였다.

뉴욕시립대 일학년 수업 첫날에 로스 펠드*를 만났다. 그가 물었

* 월리스 스티븐스Wallace Stevens(1879~1955)는 미국의 시인으로 하버드대와 뉴욕대를 졸업하고 변호사로 활동하다가 코네티컷주 하트퍼드의 재해보험회사에 입사하여 부사장까지 승진했다. 44세에 첫 시집《작은 풍금》(1923)을 발표하여 비평가들로부터 천재성을 인정받았다. 언어 자체의 모양과 발음의 음조 등을 효과적으로 사용하여 실험적이고도 세련된 시풍을 선보였다. 1955년에 퓰리처상을 받았다. 시집으로는《질서 개념》(1935),《푸른 기타를 지닌 사나이》(1937),《가을 오로라》(1950) 등이 있으며 사후에 출간된 시집으로는《마음의 끝에 종려나무》(1972) 등이 있다.

다. "넌 뭐야?" 나는 대답했다. "난 화가야. 넌 뭐야?" 그가 말했다. "난 시인이야." 스스로를 시인이라 칭하는 사람을 만나본 적이 없었다. 나는 그게 제법 멋지다고 생각했다. 로스는 내게 윌리엄스와 파운드, 주코프스키, 스파이서와 그때그때 관심을 뒀던 다른 시인들을 소개해주었다. '뉴 디렉션스'* 상표는 앞표지와 뒤표지 사이에 있는 건 무엇이든 읽어도 좋다고 알려주는, 내 식사 계율의 상징이 되었다. 술집과 낭독회에서 길버트 소렌티노와 아미리 바라카(리로이 존스), 조엘 오펜하이머, 필딩 도슨, 폴 블랙번이 내 멘토에 추가되었다. 심지어 모셰 리브-핼프를 읽다가도 나는 소렌티노와 윌리엄 브롱크와 배절 번팅을 가리키는 유사한 목소리를 발견했다. 의지적이고 어른스러운 박자와 억양만으로도 뭐든 구원할 수 있을 만큼 명백한 확신 말이다.

마침내 나는 그런 걸 어떻게 사용하면 좋을지 알아냈다. 나는 문자를 하나의 동등한 시각적 요소로 차용하는 색채화와 소묘 시리즈를 잇따라 만들었다. 클라크 쿨리지의 시가 들어가는 책을 여러 권 만드는 사이에 나는 인쇄된 단어들이 이미지를 배경으로 시각적으로 반응하고 공명하며 그림을 형성한다는 것을, 이 오페라에서는 다 폰테*가 모차르트가 될 수 있음을 깨달았다. 존 야우*와 나

로스 펠드Ross Feld(1957~2001)는 미국의 작가이자 비평가, 시인 겸 출판편집자이다. 뉴욕시립대를 졸업하고 타임라이프 북스에서 교정편집자로 일하다가 그로브 프레스의 편집장으로 일했다. 소설 4권과 비평서 1권, 시집 1권을 냈다.

실험적인 시집을 주로 출간하는 미국의 출판사.

는 이십 년 동안이나 종이와 캔버스 위에서 마상 창 시합을 벌여왔다. 이건 인정해야겠다. 그의 아이디어였다. 우리는 우리의 공동작업을 가내수공업으로 정착시켰고, 나는 그와 일하는 걸 아주 좋아한다. 우리의 공동작업은 공식적으로는 일시적인 시도라 여겨지지만, 주파수가 우리가 만지작거리는 곳보다 한 단계 더 깊은 곳을 가리키고 있지 않은지 나는 의심한다. 이 문제에 대해서는 둘 다 말을 꺼내지 않는다. 천벌만이 우리의 협력작업을 유명하게 만들 테지만, 나는 우리가 치는 장난들에 교훈이 있다고 생각한다.

1970년대 중반에 티보 드 나기 갤러리의 담당 디렉터였던 데이비드 커매니를 통해 존 애쉬베리*를 만났다. 당시 젊은 화가였던 나는 천을 잘라 캔버스를 엮지 않고 필正 채로 이야기 덩어리를 아로새겨 끼워 넣는 작업을 하곤 했는데, 애쉬베리의 작품은 교육적이면서도 뭔가 확고한 믿음을 주었다. 내가 잭슨 폴록과 존 콜트레인, 세실 테일러의 작품에서 보았던 것에 상응하는 리듬이 그의 시

로렌조 다 폰테Lorenzo Da Ponte(1749~1838)는 이탈리아 출신의 미국인 오페라 대본 작가이자 시인이며 가톨릭 신부다. 그는 11명의 작곡가와 함께 28편의 오페라 대본을 썼고, 그중에는 모차르트의 오페라 중에서도 가장 대중적 인기가 높은 〈돈 조반니〉, 〈피가로의 결혼〉, 〈코지 판 투테〉가 있다.

존 야우John Yau(1950~)는 미국의 시인이자 비평가이다.

존 애쉬베리John Ashbery(1927~2017)는 미국의 시인으로 20권이 넘는 시집을 냈고, 시집《볼록렌즈에 비친 자화상》으로 1976년에 받은 퓰리처상을 비롯하여 미국의 주요 시 관련 상을 거의 모두 받았다. 자기고백적이고 자아성찰적인 당대 시단의 경향에 반해 보다 많은 독자들과 교감할 수 있는 시를 지향했으나 풍부한 어휘와 독특한 문법을 사용하는 그의 시는 미국 시단에 커다란 영향을 끼치면서도 불가해한 작품이라는 평을 들었다.

에도 흘렀으니, 나는 늘 그와 같이 작업할 기회를 바랐다. 어느 날 데이비드가 일러주었다. 애쉬베리가 〈천국의 나날〉이라는 시를 쓰고 있는데, 그 작품이 어쩌면 둘의 협업에 적절할지도 모르겠다고. 나는 그 시가 지닌 목소리의 원천이 뉴욕주 허드슨에 있는 범상치 않은 분위기의 애쉬베리 하우스라고 결론짓고, 수없이 거길 오가며 그 집의 내부를 그렸다.

47장짜리 협업 프로젝트를 완성하기 위해 새로운 각도나 대상을 또 추가하는 나를 존이 어리벙벙한 표정으로 지켜보았다. 내가 파일을 넘겨주고 존이 그 위에 글을 쓰자 스필버그적인 효과가 일이나 그림을 변화시켰다. 필리델피아에 적합한 아크릴 그림들이 〈회전초에 막힌 배수구〉나 〈다른 이들은 완하제와 쇠고기를 피하고〉나 〈그들은 읊조릴 수 있다〉나 〈그 철학자는 너의 남자친구〉 같은 이름을 얻었다. 가장 위대한 시인들만이 우리를 재건해줄 무언가를 내놓을 수 있다. 스스로의 무자비함에 대한 실증보다 더 효과적인 선물이 있을 수 있을까?

더 어릴 때에는 로버트 크릴리*의 〈어떤 사람을 안다〉가 내가 아는 가장 중요한 시였다. 크릴리의 시는 우리 시대의 위대한 인도주

로버트 크릴리Robert Creeley(1926~2005)는 미국의 시인이자 작가로 60권이 넘는 책을 냈다. '블랙 마운틴 시파'로 분류되지만 시풍에서는 다른 시인들과 차이가 있다. 하버드대에 입학했으나 졸업하지 못하고 블랙 마운틴대에서 학사 학위를 받았다. 1956년에 샌프란시스코를 방문하여 당시 비트문화를 이끌던 앨런 긴즈버그와 잭 케루악을 만나 친교를 쌓았다. 여러 곳을 옮겨 다니며 다양한 일을 벌이는 틈틈이 시와 소설을 썼고, 1960년에 뉴멕시코대에서 석사 학위를 받은 이후로는 여러 대학에서 학생들을 가르쳤다.

의 시다. 내가 내 허섭스레기를 꺼낼 때, 아니면 사인펜트가 탐폰 얘기를 할 때, 나는 크릴리의 관심이 먼저 있었음을 안다. 나는 그 시들에 의존한다. 내가 곤경에서 벗어나도록 그 시들이 돕는다. 누군가의 약장을, 아무나의 약장을 열어 보면 비염약과 가위 뒤에서 크릴리의 시가 나올 것이다.

나는 화가인 댄 라이스를 통해 크릴리를 처음 만났다. 나는 예술 행사들이 열리는 술집과 성마가성당 어디서든 그를 보면 다이앤 디 프리마와 드니스 레버토프와 어울리는 친구를 찾아 나를 다시 그에게 소개해달라고 요청하곤 했다. 나는 그의 시집《조각들》에 나오는 시구를 곁들여 애니메이션 영화를 만들었다. 크릴리와 나의 협업을 처음 생각해낸 이가 존 야우였고, 일을 성사시킨 것도 존이었다. '능지처참'이라 불리는 작품을 위해 나는 세기 전환기풍 일러스트를 휘적휘적 그린 돌판 54장을 준비했다. 나는 크릴리의 말 속에서 사건에 대한 명확한 표현이 제자리를 찾으리라 느꼈다. 그림의 특정한 성격이 그의 말을 원래의 좌표에서 약간 옆으로 밀어내기는 하겠지만 말이다.

나는 소묘가 효과적이라는 사실에 자신만만해서는 내 제안에 깃든 자만을 깨닫지 못하고 만족스러운 태도로 크릴리에게 응답을 요청했다. 팩스로 그 이미지들을 보내고는 무방비 상태에서 그가 곧장 보내온, 심장이 오그라드는 답변을 들었다. 내 그림을 본 그는 칭찬 대신에 이야기를 좀 하자고 요청했다. 그가 시간을 내주었다. 나는 그때 얻은 지혜와 만들어진 작품에 감사한다. 우리는 근사한 노래를 만들 수 있는 사람들이었다. 지금도 나는 작업실에서 저기 저 그림이 거짓말탐지기를 통과할 수 있을지 고민한다. 늘 그런 질문을 자문하고 있었다고, 나는 생각한다.

아치 랜드Archie Rand(1949~)

브루클린을 기반으로 활동하는 예술가이자 교육자이다. 브루클린에 있는 브나이 요세프 시나고그와 시카고에 있는 안쉬 이메트 시나고그를 포함한 여러 시나고그의 의뢰를 받고 벽화를 그렸고, 존 애쉬베리, 빌 버크슨, 클라크 쿨리지, 로버트 크릴리, 밥 홀먼, 데이비드 레먼, 루이스 워시, 존 야우와 같은 시인들과 공동작업을 펼치기도 한다. 랜드의 작품은 메트로폴리탄미술관, 뉴욕현대미술관, 휘트니미술관, 샌프란시스코현대미술관, 시카고미술원, 빅토리아 앤드 앨버트 미술관, 비빌리오테크나시오날드프랑세, 텔아비브미술관의 소장품목이다. 현재 브루클린예술대 학장으로 일하고 있다.

편협한 마음

리오폴드 프렐리크

잡지사 편집장이라는 직업 덕분에 출장이 상당히 잦다. 출장 중에는 아이팟을 들으면서 스스로를 위로한다. 택시를 부르는 순간부터 호텔 접수대에 다가가는 순간까지, 아이팟이 끊임없이 재생된다. 나는 아이팟을 세상을 차단하는 수단으로 쓴다.

그렇게 출장을 나가 있는 동안에는 한 곡을 반복해서 듣는 강박이 생겼다. 대럴 스콧의 〈이 걸인의 마음〉을 내리 쉰 번이나 들었다. 토머스 버나드의 소설에 밤새도록 축음기 바늘을 앞으로 옮겨 가며 끝없이 베토벤의 교향곡 3번을 듣는 인물이 나온다. 내가 그런 짓을 한다. 어딘가로 향하는 비행기 안에서 나는 한스 크나퍼츠부슈가 지휘하는 베토벤 교향곡 3번의 장송 행진곡을 듣고 또 들었다.

광기의 한 형태라 할 수도 있겠지만, 나는 노래가 되풀이되면서 풍성해진다고 믿는 편이다. 우리는 앞서 스물아홉 번 들을 동안에는 듣지 못했던 것을 서른 번째에 듣는다. 친숙해지면, 다음에 어떤 음이 나올지 정확하게 알게 되면, 편안해진다. 그리고 예기치 않게 삼 분 삼십 초간 셰이크 로의 〈아가씨N'Dawsile〉로 솟구치는 오마르 소우의 기타 솔로곡처럼, 천 번이라도 들을 가치가 있는 영광스러운 순간들이 많다.

내가 말하고자 하는 요점은 이거다. 친구인 에이미가 시인들이 직접 낭송한 시를 모은 CD 세 장짜리 시 낭송집인 '캐드먼 시 모임집'을 주었고, 나는 파일로 만들어 아이팟에 넣었다. 시가 재생될 때마다 반갑다. 시애틀 공항에서 다른 곡들 틈에서 윌리엄 카를로스 윌리엄스가 〈뱃사람〉을 읽으며 등장하거나, 피츠버그의 우울을 뚫고 거투르드 스타인이 〈그에게 말한다면-완성된 피카소의 초상〉을 낭독하며 나타난다.

한 번은 어처구니없는 로스앤젤레스 출장을 마치고 시카고로 돌아오면서 나는 조지 클라인이 영어로 옮기고 시인 본인인 조지프 브로드스키*가 읽은 〈정물화〉을 들었다. 세 시간 반짜리 비행이었다. 낭송이 4분 17초짜리였으니 비행기가 대륙을 가로지르는 사

조지프 브로드스키Joseph Brodsky(1940~1996)는 러시아 출신의 미국 시인이자 작가다. 유대인 가정에서 태어나 레닌그라드 봉쇄와 소비에트 사회의 괄시를 겪으며 자랐다. 15세에 학교를 중퇴하고 시체안치소와 배의 보일러실 등 여러 일터를 전전하며 독학으로 폴란드어와 영어를 배웠다. 일찍부터 자작시와 번역시를 은밀히 배포하며 명성을 얻었으나 1963년에 어느 레닌그라드그 신문사가 그의 시를 반소비에트적이라고 고발한 이후로 검열을 받고 사회에 기생한 혐의로 체포되었다. 1972년에 소비에트 연방에서 추방된 후, W. H. 오든을 포함한 여러 지지자들의 도움으로 미국에 자리를 잡았고 1977년에 시민권을 획득했다. 예일대와 컬럼비아대, 미시건대 등에서 학생들을 가르쳤다. 1987년에 노벨문학상을 받았다.

이 쉰 번쯤 반복됐을 터였다.

시인들의 어휘가 약간 혼란스럽게 느껴진다는 건 인정해야겠다. 브로드스키는 자신이 영어를 '말하기보다는 읽기와 듣기를 잘한다'고 표현했다. 그의 지친 듯한 슬픈 시에서 나는 노래를 듣는다. 그의 목소리에 압도되었다. 그의 러시아식 억양은 친근하고 달래는 듯 다가왔다. 나는 그의 낭독에서 느껴지는 운율과 리듬에 감동했다.

집에 돌아오자마자 브로드스키 시집을 찾아 코를 박고 읽었다. 잘못 들은 시구가 꽤 많았고, 불확실했던 몇몇 부분들도 글자로 읽으니 명확해졌다.* 하지만 그런 건 문제가 되지 않았다.

〈정물화〉를 듣는 것은 노래를, 눈먼 호메로스만큼이나 오래되고 변하지 않는 노래를 듣는 것이다. "이야기 전에 노래가 있었다." 진짜 가수였던 브로드스키가 말했다.

시에 어떤 효용이 있냐는 질문을 들으면 당황스럽다. 시를 어떻게 이용하는가, 시가 무엇에 좋은가? 이상한 질문이다. 시는 노래다. 노래를 어디에 쓰는지, 새가 무슨 소용인지는 아무도 묻지 않는다. 시는 아무 소용이 없다. 시는 무용하기 때문에 중요하다.

"시는 오락이 아니다." 브로드스키는 이렇게 썼다. "그리고 어떤

---

* 이사야 벌린은 브로드스키가 브리티시 아카데미에서 했던 1990년 강의에 대해 이렇게 말한다. "무슨 말인지 아무도 이해하지 못했다 … 나도 마찬가지다. 그는 우물거리며 빠르게 영어로 말했다. 나는 그의 말을 따라가지 못했고, 그가 무슨 말을 하는지 전혀 이해할 수 없었다. 그의 말을 듣는 건 즐거웠는데, 그가 아주 생동감 있게 말했기 때문이다. 하지만 나중에 그의 [글을] 읽기 전까진 이해할 수 없었다."

의미에서는 예술도 아니다. 시는 우리의 인류학적, 발생적 목적이며, 우리의 언어적, 진화적 표지다."

요즘 사람들은 굳이 이 점을 외면하는데, 스스로가 처한 곤경에 대해서도 마찬가지다. 브로드스키는 〈무례한 제안〉에서 이렇게 썼다. "시를 읽거나 시인의 말에 귀를 기울이지 않음으로써 사회는 스스로를 열등한 표현의 상태, 정치인이나 상인이나 협잡꾼의 상태, 간단하게 말해서 그 자신의 상태로 밀어 넣을 운명에 처한다."

어쩌면 브로드스키가 제대로 봤을지도 모른다. 시 또는 노래의 최고 목적이 이것인지도 모른다. 시는 바보들에게 귀를 기울이지 않게 만든다.

리오폴드 프뢸리크 Leopold Froehlich(1953~)
역사문예 잡지인《래팸스 쿼털리》의 선임 편집자이다. 언론계 경력 초기에는《포브스》에서 일했고, 1991년에《플레이보이》편집장으로 일하기 시작하여 나중에는 출판국장으로 일하다가 2013년에 잡지를 떠났다.

필요한 허둥거림

나오미 벡위드

'제일 좋아하는 것'이 별로 없는 나지만 제일 좋아하는 시는 있다. 엘리자베스 비숍의 〈하나의 예술〉이다. 다섯 절을 이어가는 상실에 관한 말들이 너무나 평온하여 나는 보자마자 그 품위 있고 상징적인 조언의 애호가가 되었다. 하지만 여섯 번째 절에서 시는 갑자기 존재의 취약성을 드러내며 부서진다. 나는 시간을 초월한 주제와 진행방식, 그리고 특히 큐레이터라는 내 직업적 관심에서 봤을 때는 말장난이라고 여겨지는 제목 때문에 그 시를 사랑한다. 영문학 교수인 친구에게 그런 말을 했더니 쪽지시험이라도 치는 듯이 나더러 〈하나의 예술〉을 낭송해보라고 했다. 내가 그러마 하고 네 행을 읊자 친구가 제지했다. "엘리자베스 비숍은 '허둥거림'이라는 단어를 절대 안 썼을걸." 말다툼이 오가고 인터넷 검색까지 하고서야 내 주장이 옳다는 것이 입증되었다.

우리의 논쟁은 기본적으로 비숍의 글쓰기에 대한 학문적인 논쟁이었지만, 시에 적합한 언어의 유형과 형태에 대한 유구한 논쟁을 반영하고 있기도 했다. 친구의 의견으로 보자면 이런 경우에 '허둥거림'은 흔하고 구어적이며 너무 속어에 가까운 데다 비숍의 서정미에 맞지 않았다. 마치 시의 유일한 기능이 아름답게 장식된 박식함이라도 되는 듯이 말이다.

무엇이 시를 구성하는가를 논하다 보면 내 생각도 장식성 쪽을 향하게 되지만, 처음으로 내 상상력을 사로잡은 시를 되돌아보면, "우린 정말 끝내줬지. 우리/학교를 떠났어"라는 시구에서 선택한 용어도 속어에 가까웠다. 단음절 단어들, 특이한 운율, 창의적인 동사들('재즈한 유월六月하기'?)은 그웬돌린 브룩스에게는 단순히 미학적인 선택이 아니라 인어적인 초상들이었다. 브룩스와 마찬가지로 나도 내 생의 오랜 기간을 시카고 남부에서 살았다. 시 운율이 익숙했던 덕분에 어린 마음에도 그 시를 받아들일 수 있었다.

친근하거나 일상적인 단어가 상스럽기보다는 영감을 준다고, 그리고 필요하다고 나는 주장한다. 〈당구 치는 사람들〉보다 백 년도 더 전에 샤를 보들레르가 예술은 도시의 거리에서, 매일의 일상에서, 19세기 당구장에서 영감을 얻어야 한다고 말했다. 보들레르는 시인으로서뿐만 아니라 미술비평가로도 잘 알려졌고, 그의 개념들은 낭만주의 시대가 모더니즘으로 문화적 전환을 이루는 데 도움을 주었다.

시각예술과 시는 각자의 미학적 경로를 따라 지속되어왔지만, 현대의 시각예술을 생각할 때 나는 종종 시에 의지한다. 예를 들어, 케네스 골드스미스*의 '창조적이지 않은 글쓰기'라는 개념을 보자. 보들레르 댄디즘의 진짜 후계자라 할 골드스미스는 '새로운' 문장을 창조하기보다는 어디서건 언어를 몽땅 빌려오거나 차용할 것을 주장한다. 진부한 표현과 복고풍이 만연한 세상에서도 극단적인 개념이다. 골드스미스의 시각은 시에 어떤 언어가 적절한지 가리기보다 샛길로 움직이길 권장한다. '허둥거림'을 인정하는 언어적 시각이다.

나는 또한 골드스미스의 개념들이 '발견된 오브제'라는 시각예술의 개념과 직접 소통하고 있다고 본다. 전유 또는 발견된 오브제를 활용하는 예술가는 세계를 새롭게, 그리고 비판적으로 보도록 관객들을 강제한다. 그런 예술가와 시인은 양식을 넘어 개념적인 질문들을 던진다. 브룩스나 보들레르처럼, 학술적 논쟁에 대비하기보다 우리를 둘러싼 세계와 직접 관계를 맺는다는 것은 무슨 의미인가? 익숙한 것들을 낯설고 놀라운 것으로 만들면서 어떻게 익숙한 것들의 이점을 살릴 수 있는가? 이런 질문들이 지금 내가 현대미술을 고려할 때 지표가 되어주는 원칙들이다.

케네스 골드스미스Kenneth Goldsmith(1961~)는 미국의 시인이자 비평가이다. 펜실베이니아대학 교수이자 시 전문 웹사이트인 PennSound의 수석 편집자이다. 1995년부터 2010년까지 독립공동체라디오방송국인 WFMU에서 라디오프로그램을 진행했다. 《조바심》(2000), 《낮》(2003)을 포함하여 열 권의 시집을 냈다. 2013년에 현대미술관(MoMA)의 첫 계관시인으로 선정되었다.

나오미 벡위드 Naomi Beckwith(1976~)

시카고현대미술관에서 일하는 큐레이터로 현대미술의 개념미술적 흐름, 특히 흑인문화 담론과 관여된 작품에 초점을 맞추고 있다. 노스웨스턴 대학과 런던에 소재한 코톨드예술학교에서 학위를 받았다. 미국과 여러 나라에서 수차례 전시를 기획했으며, 2015년에는 디터 롤스트라트와 함께 1960년대 중반부터 현재까지의 시카고 사우스 사이드 지역의 예술과 음악을 탐험하는 '자유 원칙'이라는 전시회를 기획했다.

매일, 시

메리 슈미츠

나는《시카고 트리뷴》에 시사평론을 쓰는데, 올해 야구 시즌이 시작될 때 편집자 한 명이 곤란한 일을 맡기려 한다며, 자기 말로는 뭔가 특별한 기술이 필요한 일이라며 전화를 걸어왔다.

금지 약물 복용 사건을 조사해 달라는 부탁인가? 누군가의 독점 인터뷰를 해달라는 건가? 혹시 시구始球?

"개막일에 관한 시를 써줄 수 있을까요?" 그가 물었다.

그래, 야구가 돌아온다, 마침내, 마침내
우울을 날려버리려
햇살처럼 야구경기가 온다
짜증스러운 칙칙한 뉴스들 틈에

블라고예비치*가 기소됐어!
경제가 엉망이야!
거기에다 주차난도, 도로에 팬 구멍도, 사기꾼과 범죄도!
우리는 스트레스를 풀 무언가가 필요해!

—〈개막일에 바치는 송시〉에서

운율을 맞춘 운문이 야구와 마찬가지로 별난 옛 시대의 유물임을 알려주는 예스러운 깃발 장식을 두른 채 이 시가 신문 첫 면에 실렸다.

이렇게 가끔 졸렬한 시를 써내면서 얻는 기쁨이 나는 늘 약간 부끄럽다. 일부 시사 평론가들이 정치적 성토에서 얻는 기쁨을 나는 '시금치'와 '쿠시니치'*의 운을 맞추면서 얻는다.

내가 심각한 논점을 짚기 위해 진짜 시인들의 시를 얼마나 자주 이용해먹는지 생각하면, 이 또한 못지않게 부끄럽다. 시와 저널리즘은 땅콩버터와 볼로냐소시지 같아서, 둘을 합쳐봐야 어느 누구의 입맛도 맞추지 못한다.

하지만 난 참을 수가 없다. 시는 단순한 글쓰기의 한 방식이 아니라 생각하는 방식이고, 나는 적어도 6학년 이후로는 그 방식으로 생각을 해왔다.

조지아주 메이컨시에 있는 앨리그잰더 제4학교에서 하느님만큼이나 늙어 보이던 로이스 버치 선생님이 학생들에게 시를 외우

라드 블라고예비치 Rod Blagojerich(1956~)는 이민 2세대로, 구두닦이로 시작해 일리노이주 주지사 자리까지 오른 아메리칸드림의 표상인 인물이나, 2008년에 정치자금을 받고 일리노이주 연방상원의원 자리를 팔려 했다는 혐의로 기소되어 14년 형을 선고받았다. 일각에서는 정치탄압의 희생양이라 판단하여 사회적으로 큰 논쟁을 불러왔다.

드니스 존 쿠시니치Dennis Kucinich(1946~)는 미국의 정치가이다.

게 했다. 내가 기억하는 두 편의 시는 옛 친구들의 얼굴만큼이나 자주 머릿속에 떠오른다. 나는 사람들이 주머니에 묵주를 넣어 다니는 식으로 그 시들을 머릿속에 담고 다니며 스트레스를 받을 때마다 반사적으로 그 의미와 운율과 소리를 찾는다.

한 편은 존 메이스필드의 시다. "나는 다시 바다로 가야 하네, 외로운 바다와 하늘로,/내 원하는 건 돛대 높다란 배 한 척과 방향을 잡을 별 하나뿐." 다른 한 편은 윌리엄 워즈워스의 시다.

> 나는 골짜기와 언덕 위에 높이 뜬
> 구름으로 외로이 떠돌다가,
> 문득 어떤 무리를 보았다네,
> 한 무더기 황금빛 수선화를.

6학년 때 이후로 나는 A. A. 밀른의 가르침("나는 어디로 가는가? 잘은 모르겠네./사람들이 어디로 가는지는 무슨 상관이겠는가?")에서부터 월리스 스티븐스의 격언("그녀는 '하지만 만족스러우면서도 나는 여전히/뭔가 불멸하는 환희의 필요를 느껴'라고 말한다")에 이르는 시의 파편들을 기억해왔다.

나는 기회가 있을 때마다 몰래 신문 칼럼에 시를 들여놓았다.

테러리스트들이 비행기를 세계무역센터에 들이박자 나는 본능적으로 책장 귀퉁이를 제일 많이 접어놓은 시집인 비스와바 쉼보르스카*의 《모래 알갱이가 있는 풍경》을 훌훌 넘겨 〈혐오〉에서 몇 구절을 뽑아냈다.

저게 여전히 얼마나 효과적인지 보라,
저게 어떻게 탄탄하게 유지되는지를—
우리 세기의 혐오여.
저것은 얼마나 쉽게 가장 높은 장애물을 덮어버리는가.
저것은 얼마나 빠르게 우리를 붙잡고 추적하는가.

그녀의 시는 내 글에 달리 가질 수 없었을 힘을 부여했다.

W. S. 머윈이 2009년에 퓰리처 시 부문 상을 받았을 때, 나는 어느 어머니의 죽음에 관해 그의 시 〈빛이 내리다〉에서 시구를 인용할 핑계로 삼았다. 나는 내 칼럼에 그 시의 전문을 볼 수 있는 링크를 달았고, 독자 수백 명이 그걸 찾아 읽었다.

나는 여름날의 사색에 관한 글을 메리 올리버의 〈여름날〉로 받쳐줬는데, 그 시의 마지막 행은 읽을 때마다 전율이 일었다. "말해봐, 이 한 번의 격렬하고 귀중한 생으로/너는 무엇을 할 계획인지?"

가을이면 나는 파블로 네루다의 〈10월의 충만함〉에서 시구를 인용했다. 10월을 일 년 중의 어느 특정한 시기로서가 아니라 생명

비스와바 쉼보르스카Wisława Szymborska(1923~2012)는 폴란드의 시인이자 작가, 번역가로 1996년에 노벨문학상을 받았다. 제2차 세계대전 중에는 철도회사에서 일하며 독일의 강제징용을 간신히 피했다. 이 시기에 영어 교재에 삽화를 그리는 일로 예술가로서의 경력을 시작했고, 시와 소설을 쓰기 시작했다. 1945년에 크라쿠프에 소재한 야기엘로니안 대학에서 폴란드문학을 공부하기 시작했고(나중에 사회학으로 전공을 바꾸었다), 이 해에 처음으로 지역신문에 시를 발표했다. 경제난으로 대학을 중퇴한 뒤 1949년에 첫 시집을 냈으나 검열을 통과하지 못했다. 초기에는 사회주의 사상을 옹호했으나 이후에는 비판적인 태도를 보인다. 여러 문학 잡지에 편집자 또는 관리자로 관여했고, 오랫동안 신문에 써온 서평이 후에 책으로 묶여 나오기도 했다.

으로 충만한 시기로 노래하는 작품이긴 하지만 말이다.

조금씩 조금씩, 그러면서도 거대한 도약으로,
생이 내게 일어났으니,
얼마나 대수롭지 않은가 말이다, 이 일은.

내가 좋은 시를 인용해 넣은 칼럼들은 언제나 강한 반응을 일으켰고, 그것이 내가 부끄러운 또 다른 이유다. 출처를 완벽하게 밝히긴 하지만, 나는 다른 누군가의 천재성에 대한 대중의 믿음을 이용하는 셈이다.

시는 내가 24년간 써온 멜로드라마 만화인 《브렌다 스타》에도 스며들었다. 우리의 여주인공 브렌다는 시를 인용하고 시를 명상한다. 남자 주인공들과 악당들도 마찬가지로 시를 이용해 그녀에게 구애한다.

최근에는 카주키스탄이라는 가공의 나라에서 온 링고라는 이름

의 수수께끼 같은 저돌적인 남자가 다음과 같은 시구로 그녀를 유혹했다(154쪽 만화 참조).

브렌다를 얻지는 못했지만, 그 등장인물은 루미와 하피즈를 알게 되어 고맙게 생각하는 수많은 만화 독자들을 유혹했다.

신문 칼럼과 만화 그리고 시는 서로 연관된 문학 형태처럼 보이지 않겠지만, 보기보다는 서로 다르지 않다. 각자의 방식으로, 각자는 똑같은 것을 추구한다. 언제나 닿을 듯 닿지 않는 지점에서 힘을 발휘하는 공간에 의미를 만드는 것 말이다.

잘랄루딘 무함마드 루미(1207~1273)는 13세기 페르시아의 수니파 무슬림 시인이자 이슬람 법학자로 수피 신비주의 종파인 메우레위의 창시자이다. 6권으로 이루어진 방대한 신비주의 시집《영적인 마스나비》는 '신비주의의 바이블'로 불리며 중세 문학과 사상에 큰 영향을 끼쳤다. 신의 포용적인 사랑과 인간의 갈망을 감미롭고 서정적으로 노래했다.

하피즈는 14세기 페르시아의 신비주의 서정시인이다.

메리 슈미츠 Mary Schmich (1953~)

미국의 저널리스트로 1992년부터 《시카고 트리뷴》 시사 평론가로 일하고 있으며, 2012년에 퓰리처상을 받았다. 1985년부터 2011년까지 만화 《브렌다 스타》의 글 작가로 활약했다. 1997년에 쓴 〈자외선차단제를 바르자〉는 사설이 인구에 회자되다 못해 노래로까지 만들어져 몇 개국에서 인기순위 1위를 하기도 했고, 역시 같은 해에 쓴 사설에 등장한 '당신이 두려워하는 일을 매일 하라'는 문구가 엘리너 루스벨트의 말로 와전되면서까지 유명해졌다. 그녀는 요가를 가르치고, 만돌린과 피아노를 연주하고, 동료 평론가인 에릭 존과 함께 '시카고 트리뷴 크리스마스 선물' 자선 펀드의 기금을 모으기 위한 연례 크리스마스 음악제를 진행한다.

시의 자리

록산 게이

내가 작가이자 글쓰기를 가르치는 사람이다 보니, 사람들은 내가 시도 잘 알 거라고 짐작한다. 사실 시를 엄청나게 읽으면서도 나는 시를 잘 모른다. '세스티나, 소네트, 싱케인, 가잘'* 같은 시의 여러 형식을 어렴풋이 알 뿐이다. 행갈이와 운, 율격, 시상詩想 같은 시작詩作 기술에는 문외한이다. 내가 아는 거라곤 좋은 시를 읽을 때는 숨 쉬는 것도 잊게 되고, 몸이 딱 뭐라고 짚을 수 없는 느낌에, 경외심과 경이와 가장 순수한 기쁨이 뒤범벅된 느낌에 감싸인다는 사실뿐이다.

왜 시를 감상하는 사람이 이렇게 적은지, 나로서는 전혀 이해가 되지 않는다. 어떤 시를 읽고 당황할 때조차도 시는 어떤 식으로든

* 세스티나sestina는 6행짜리 6연에 마지막으로 3행 연구가 붙는 엄격한 시 형식, 소네트sonnet는 각 행이 10음절로 구성되고 특정한 압운 형식을 가진 약강 오보격의 14행짜리 시 형식, 싱케인cinquain은 5행 구조를 기본으로 하는데 미국식 싱케인이라 불리는 현대적 변형은 일본 하이쿠와 단가의 영향을 많이 받은 시 형식, 가잘ghazal은 아랍 시에서 유래한 연애시나 송시의 한 형태로 5~15개의 2행 연구로 구성되는 시 형식이다.

내 세계를 변화시킨다. 시는 내가 산문에서 쓰는 서정적인 문체와 언어를 더욱 세심하게 생각하도록 만든다. 시는 내 글쓰기의 모양을 잡아주고, 내가 말하고자 하는 핵심에 독자가 다가올 수 있도록 도와준다. 시는 내가 글쓰기에서 모험을 하고 스스로를 드러낼 수 있도록 자신감을 준다.

시를 읽는 것이 어찌나 감동적인지, 가끔은 내가 무슨 일이든 해나가는 이유가 시를 몰입해서 읽을 시간과 환경을 만들기 위해서가 아닌가 하는 생각마저 든다. 그 감동은 시가 어디에나 있다는 점을 보여준다.

리사 미챔이 밤거리를 방황하는 십대들에 대해 2행 대구 형식으로 쓴 〈불법 침입〉이라는 시를 예로 들어보자. 마지막 두 줄은 다음과 같다. "그러다 마룻바닥을, 쿵쾅거리며 떠나는 소년/그리고 소녀, 별을 비둘기로 바꾸어 들이는 소리 없는 울음." 저 장면에 너무나 많은 것이 포착돼 있다. 우리에게 주어진, 너무나 익숙하면서도 독창적으로 묘사된 이 잊히지 않는 장면은 가슴 아프고 매혹적이다. 아니면 니키 피니*가 쓴 〈부들〉이라는 산문시가 있다. 사랑과 거리와 세상 전체에 대한 말이 쏟아져 나온다. 그중에는 다음과 같은 아주 아름다운 구절이 있다. "그녀는 허락 없이 빠진 사랑이 풍기는 냄새를 떠올린다."

니키 피니Nikky Finney(1957~)는 미국의 시인으로 20년간 켄터키대에서 영문학 교수로 재직하다가 2013년부터 사우스캐롤라이나대에서 남부문학을 가르치고 있다. 4권의 시집을 발표했고,《진로변경 & 분열》로 2011년에 전미도서상을 받았다.

xTx는 어떤가. 〈당신에게 내 깃들 자리가 있나요〉라는 시에는 잊을 수 없는 구절이 있다. "난 당신의 머리카락을 모으겠어요/입으로/가닥가닥 실을 삼아/꿰매겠어요/갈가리 찢긴 내 심장을." 나는 이 시를 너무 사랑한 나머지 영원히 지닐 수 있도록 똑같은 제목의 소설을 썼다.

제리코 브라운은 모든 작품에서 필요한 진실을 너무 많이 말하는 편인데, 흑인들이 경험하는 경찰폭력에 관해 쓴 〈중요 사항〉이 특히 그렇다. "내가 장담하는데, 근처 어딘가에서/내가 죽었다는 말을 듣는다면/경찰이 그 경찰이 날 죽인 거야." 나는 제리코가 직접 이 시를 낭독하는 걸 들은 적이 있는데, 그의 언어들이 내보이는 강렬한 아름다움에 싸인 고통에 열중하다 보니 나도 모르게 앞으로 바싹 다가앉아서는 땀이 흥건하도록 주먹을 꽉 쥐고 있었다.

영어와 스페인어를 섞어 쓰면서 독자인 우리더러 따라오라고 요구하는 에두아르도 코랄은 앞뒤로 몸을 흔들며 자기 시를 읽는다. 그는 이미 존재하는 경계를 지우고 도발하는 한편으로 자신만의 새로운 경계를 세우면서 경계에 대한 글을 쓴다. 〈의례적인〉은 갈망과 슬픔과 에로티시즘으로 가득 찬 시다. "그의 엄지손톱에/설탕/결정 한 톨/그는 허락지 않으리/내게는 그걸 삼키는 것조차."

시로 자연의 경이를 쓰는 에이미 네주쿠마타틸도 있다. 그녀는 백인 중심의 미국사회에서 황인종으로 사는 것에 대하여, 딸과 아내와 어머니로 사는 것에 대하여, 자신의 피부색을 이해하는 여성으로 사는 것에 관해 쓴다. 그녀의 시 〈하찮은 살인〉은 안토니우스와 클레오파트라, 나폴레옹과 조제핀을 얘기하면서 냄새가 어떻게 사랑을 엮어내는지 얘기한다. 옛 구애자가 선물한 향수에 새 구애자가 감탄할 때, "저녁이 끝날 때쯤, 나는 그에게 향을 안겨준다. 내 목덜미에/스물일곱 번의 키스/너를 죽이는 스물일곱 번의 하찮은 살인." 시는 우아하게 비틀리는 아주 날카로운 칼의 궤적으로 끝난다.

내 마음과 몸에 와닿는 시인과 시는 이 외에도 많아서 끝도 없이 쓸 수 있을 것만 같다. 세상에는 뛰어난, 정말로 뛰어난 시가 차고 넘친다. 나는 지금 존테리 개드슨과 솔마즈 섀리프, 워샌 샤이어, 대니즈 스미스의 시집에 둘러싸여 있다. 당장이라도 그들의 시를 붙들고 몰아지경에 빠지고 싶다.

록산 게이 Roxane Gay(1974~)

미국의 작가이자 교수, 편집자, 평론가로 세계적인 베스트셀러가 된《나쁜 페미니스트》를 비롯하여 단편집인《아이티》, 장편소설인《길들지 않은 땅》, 비망록인《헝거》등의 저서를 펴냈다. 문학전문지인《팽크》를 창간하고 편집자로 일하고 있으며, 소책자 출판을 전문으로 하는 출판사인 타이니하드코어프레스를 설립했다. 퍼듀대 영문학 교수이자《뉴욕 타임스》의 평론가로 활동하고 있다.

진정한 본성

트레이시 존스톤

웬델 베리가 농부가 되자고 결심한 만큼이나 신중하게 나는 시의 세계를 떠나 가정 출산 산파가 되기로 결심했다. 산파 일은 단순히 근거에 기초하여 산모를 안전하게 돌보는 일뿐만이 아니라 가족 전체가 출산에 따르는 감정적, 물리적 감각과 영적 역학을 중요하고도 온전하게 받아들이도록 묶어주는 일이다. 산파라는 직업은 시인이 되라는 부름에 대한 나의 진정한 대답이다.

시는 한때 나의 삶이었다. 나는 남동부 어느 작은 도시에 소재한 대학의 시 잡지 편집자였는데, 운과 뻔뻔스러움 덕분에 다른 편집자들과 함께 비트 세대 시인들과 접할 수 있었다. 1991년과 1993년 사이에 우리는 앨런 긴즈버그와 그레고리 코르소, 로런스 퍼링게티, 다이앤 디 프리마를 우리 도시로 모셨다. 밤을 새우며 뉴욕으로 차를 몰고 가서 성마가성당과 뉴요리칸 커피점에서 시를 읽기도 했다. 그러던 생활에 갑자기, 예기치 않게 아기가 쑥 들어왔다. CNN에서 쿠웨이트 침공 뉴스를 봤던 1991년 3월, 나는 임신 5

개월째였다. 박격포 공격이 방송될 때마다 아기가 몸속을 휘저었고, 아기의 몸뚱이와 우리가 겪는 첫 TV 전쟁 사이에서 나라는 경계가 녹아 사라지는 듯했다.

> 모든 것이 흔들린다. 천국이, 지구가, 물이, 불이,
> 천천히 하나의 몸으로 자라는 비밀스러운 것이.
> — 카비르*

나는 약물을 쓰지 않은 길고도 힘든, 환각적인, 시적인 출산을 겪었다. 출산했거나 출산할 모든 여성이 방을 가득 채운 채 내 생애 가장 위대한 시인 딸을 낳으려는 나의 산인하고도 황홀한 막바지 노력을 목격했다. 내 시는 변했다. 나는 기성 문단이 식상하고 진부하다고 판단했으니 피하라고 글쓰기 수업에서 경고했던 사랑, 혁명, 희망, 자유, 평화, 신, 아름다움과 같은 '거대한 단어들'에 대한 학계의 포스트모던적 경멸에 영향을 받지 않은 시인들인 디 프리마와 휘트먼, 루미, 릴케, 리치, 베리를 더욱 깊숙이 파고들었다. 눈에 띄지 않는 전쟁과 더불어 아이를 낳고 어머니가 된 경험이 이런 단어들과 그 뒤에 놓인 개념들을 격렬하고, 강력하고, 신

카비르कबीर(1440~1518)는 인도의 신비주의 시인이자 수피 성인이다. 불가촉천민으로 태어나 어느 무슬림 가정에서 자랐다. 불가촉천민들의 사회적 지위에 큰 관심을 두었고 힌두교와 이슬람, 자이나교에 비판적이었다고 알려져 있다. 평생 힌두교도와 무슬림 양쪽으로부터 위협을 받았으나 그의 사후에는 양쪽이 그가 자신들의 일원이었다고 주장했다. 그를 창시자로 하는 '카비르의 길'이라는 종교적 공동체가 있으며, 그의 시는 인도뿐만 아니라 전 세계적으로 영향을 끼쳤다.

선하게 만들어주었다. 나는 시인의 직무가 이런 단어들을 단순히 '묘사'하는 것이 아니라 새롭게 하고 현실화하는 것이라고 알고 있다.

그대, 우주론 없이는 단 한 줄도 쓸 수 없다
한 우주가 창조된다
모두의 목전에서
— 다이앤 디 프리마, 〈호언장담〉에서

1993년 가을에 뉴욕대에서 열린 비트 50주년 회고전에 참석했다. 어느 연예인과 사진가 사이에 섰던 이유로 나는 옆으로 밀려났다. 그곳엔 록스타들과 영화배우들이 있었다. 내가 막 용기를 내어 되찾은 단어들. 그 단어들이 유행과 기업적 산뜻함에 짓눌려 부스러졌다. 다음 해 봄, 헌터 S. 톰슨이 내가 있던 도시로 찾아왔을 때, 시를 좋아하는 여자들의 입에 오르내린 건 (영화에서 그의 역할을 맡아 준비 차원에서) 그와 동행한 어느 유명 배우의 익살맞은 행동들이었다. 그해 릴케에 대한 나의 애착도 깨졌다.

신은 할 수 있다. 하지만 어떻게 사람이
리라의 줄을 통과할 수 있는지 자네가 알려주겠는가?
우리의 마음은 갈라졌다. 그리고 그늘진 마음길의
교차로에 아폴론의 신전은 없다.
…
진정한 노래는 무無를 노래하는

다른 숨. 신 안에서 부는 한바탕 돌풍. 바람.
—《오르페우스에게 보내는 소네트》에서

나는 전통을 중시하는 시와 새로운 멋을 추구하는 시의 리라 줄 사이를 통과했다. 나는 그 사이를 빠져나가 출산으로, 지금껏 내가 부른 노래 중 가장 진실한 노래에 도달했다. 나는 산파의 도제가 되어 기술과 안전뿐만 아니라 효율보다 시간을, 결과물보다 과정을 중시하는 그 영광스러운 관계적 질척거림까지 예우하는 방식으로 여성과 아기를 돌보는 법을 배웠다. 출산의 황홀함과 고통, 악취, 익살, 힘을 온전히 경험하기를 선택한 가족들은, 출산을 병으로, 치료받아야 할 질환으로 보는 의학적 출산 모형을 거부한 가족들은 기본적으로 '우리'가 창조적인 과정이며 창조적인 힘의 근본적인 표현이라는 점을 이해한다. 그들은 스스로 시인이 되는 걸 두려워하지 않는다.

이 열정이 나를
공공연하게 드러내게 만드는데,
내가 읽지 않은 시를 쓰는
동료 시인들에게
나는 무슨 말을 할까?
— 웬델 베리,《빈터》에서

더운물이 담긴 출산 욕조로 아기가 나온다. 부모의 손이 촛불 빛이 어른거리는 수면 위로 아기를 들어 올린다. 아기가 눈을 깜박이며 새로운 세상에 초점을 맞추는 동안 나는 그저 수면 위에 두 손을 모아 아기의 머리를 받쳐줄 뿐이다. 아기가 보는 첫 번째 세상은 어미와 아비가 둘이 만들어낸 창조물, 자신의 존재 앞에서 진한 키스를 나누는 모습이다.

> 이 방에 사는 이는 누구나
> 시와 책과 죽은 여주인공의 사진 뒤
> 벽의 순백을 대면해야 한다.
> 동서고금 시의 진정한 본성을
> 깊이 생각해야 한다. 연결되려는
> 돌진. 공통 언어의 꿈.
> — 에이드리언 리치, 〈의식의 기원과 역사〉에서

트레이시 존스톤 Tracey Johnstone

산파이자 시인이며 산파업 규제를 위한 법률을 기초했다.

질서 개념

알렉스 로스

그리고 세상은 고요했다. 그 덕에 나는 이 글을 쓸 평화의 말미를 얻었다. 세상은 고요하지 않으니까 말이다. 사이렌 소리가 전보다 더 요란하다. 헬리콥터들이 검은 날개를 붕붕거리며 낮게 난다. 복도 저쪽에서는 깡마른 백인 소년들이 점점 강해지는 정신적 돌풍에 저항하며 힙합을 날린다. 월리스 스티븐스의 〈집은 조용했고 세상은 고요했다〉는 내가 평생 헛되이 얻으려 애쓰는 '마음으로부터의 침묵' 상태를 묘사해주었다. "집은 조용해야 해서 조용했다./그 침묵은 의미의 일부였고, 마음의 일부였다./그 페이지가 완성으로 다가가는 일./그리고 세상은 고요했다." 저 '그리고'에 앞서 밀려드는 형언할 수 없는 감정의 세계란! 이 시를 소리 내어 읽었다면 거기서 다섯 번쯤 길게 숨을 쉬고는 다음으로 넘어갔을 것이다. 나는 모호한 합창을 듣는다. 사방에서 트레몰로로 울리는 현악기들과 함께 호른과 트롬본으로 연주되는 반감칠화음* 합창이다.

책상 위에는 독일어 사전과 흠정 영역 성서, 매킨토시 사용설명서, 윌리엄 제임스의《종교적 경험의 다양성》과 나란히 닳아빠진 스티븐스의 시집《마음의 끝에 종려나무》가 있다. 이 책은 본질적이면서도 실용적이다. 이 책이 나를 살도록 도왔고, 이 책이 나를 쓰도록 도왔다. 나는 오래도록 내가 읽은 것을 쓴다고 믿었고, 스티븐스는 내가 쓸거리를 끄집어내는 마법의 우물이다. 그는 단장격 운율의 준엄한 위력과 단음절어의 무게와 영어라는 언어의 민주적 위엄을 가르쳐준다. 상실감을 느낄 때면 나는 그 책을 펼쳐 둬든 본다. 때로는 단어를, 때로는 운율을, 때로는 그저 확신을. 완성은 가능하다. 현실이 물러난다. 그런 일이 코네티컷의 어느 여름밤에 한 번 있었다.

뭔가 음악과 관련이 있는 게 틀림없다. 나는 음악에 관한 글을 쓰고, 스티븐스는 시인 중에서도 음악적 재능을 타고난 이다. 작곡가들은 오래전부터 그에게 강하게 끌렸다. 하지만 내가 알기로 정말로 성공적인 스티븐스 음악은 없다. 존 애덤스가 〈하르모니움〉이라는 제목의 장조 합창곡을 작곡할 마음을 먹었을 때는 자연스럽게 스티븐스를 염두에 두었지만, 그의 시들은 고분고분히 항복하여 곡조에 포위되기에는 너무 도도했다. 스티븐스는 정말로 그 자신이 작곡가다. 가장 평범한 단어들도 숨은 밑음에서부터 어우러지며 공명하는 화음이 된다. 세계와 고요가 종이 위에 물질화될 때, 그 화음들은 올리비에 메시앙의 황홀한 3화음같이 서로 질세

반감칠화음은 감삼화음에 단7도 음정을 더해서 만드는 화음을 뜻한다.

라 마주 울린다.

〈집은 조용했고 세상은 고요했다〉를 위한 적절한 배치는 절대 있을 수 없겠지만, 그에 버금갈 만한 멋진 것이 기존의 곡에 있기는 하다. 브람스 교향곡 4번의 첫 악장에서 어르는 듯이 단순한 첫 주제가 반복되어 돌아오는 부분이다. 선율이 부서진 형태로 들리고 앞선 악구가 느려지며 희미하게 일렁이는 상태로 물러난다. 그러다 잠깐의 휴지가 있고, 악구 중간에 선율이 다시 시작된다. 마치 밖에서 창문을 들여다보는 검은 형체 따위는 없다는 듯이.

알렉스 로스 Alex Ross (1968~)

미국의 음악평론가로 1996년부터 《뉴요커》에서 일하고 있다. 하버드대 재학 시 교내 라디오방송국에서 고전음악과 언더그라운드 록 음악을 소개하는 디제이로 활약했다. 첫 번째 저서인 《나머지는 소음이다-20세기를 듣다》로 미국서평가협회상과 가디언 퍼스트북상을 받았고, 퓰리처상 최종 후보로 올랐다. 두 번째 저서로는 평론집인 《이것을 들어라》가 있다.

파라 룸비아르

페르난도 페레즈

세계적으로 살인 사건 많기로 악명 높은 카라카스에서 이 글을 쓴다. 여기서 나는 레오네스 팀에 고용되어 점수를 올리고 공이 외야에 떨어지지 않도록 잡아내는 일을 한다. 어스레한 저녁 빛을 받은 고층빌딩들 사이, 아빌라 산자락에 위치한 우니베르시타리오 도심 경기장은 수용 인원을 초과한 관중을 품은 채 한 편의 농밀한 시가 될 분위기가 무르익었다. 단순한 투구 변화도 특별한 '싸움거리'이고, 입을 꽉 다문 폭동분자들이 허리춤에 멋들어진 마체테를 차고서 아무 때나 활보한다. 경기가 꼭 회수나 점수로 진행될 필요는 없다. 간신히 몸을 가린 눈부신 의상과 머리 장식을 하고 의기양양하게 특별석을 행진하는 여신들을 이끄는 삼바 밴드의 맥동하는 북소리가 경기 진행 상황을 알려준다. 반드시 수직으로 발사된다는 보장이 없는 데다 가끔은 불이 붙은 채 외야에 떨어지기도 하는 불꽃 장치에서 고작 몇 발자국 떨어진 곳에 젊은 불꽃놀이 요원이 서 있다. '파도타기'에는 마시던 걸 공중에 투척하는 행위도 포함된다.

지금껏 직업 야구선수로 경력을 쌓아오면서 나는 많은 도시를 거쳤고, 아메리카 대륙 곳곳의 호텔 방에서 창밖을 내다보았다. 프로야구선수는 돈을 받고 닥치는 대로 임무를 맡아 일하는 사람이다. 마이너리그를 돌다 보면 글자 그대로 증권 시세 표시기처럼 돌아가는 작은 도시들을 스치며 버스에 쭈그리고 앉았거나, 바쁘지 않을 때는 뭐라 형언할 수 없는 낯선 방에 누웠거나, 아니면 앨런 긴즈버그의 시에서처럼 월마트 쇼핑수레를 밀면서 '이미지를 쇼핑'하게 된다.

야구와 마찬가지로 시도 일종의 반反문화다. (내가 종종 선택하는) 외부 세계로부터의 (선택적) 고립, 그처럼 많은 시로 쓰이거나 불린 대상이자 원인인 그 무용함. 나는 그런 마음의 상태가 하나의 축복이라 생각한다. 가끔은, 결국은, 수개월간 텔레비전을 켜거나 신문에 손을 대지 않고 기업의 호언장담으로부터도 자유로워졌을 때, 시는 내가 알아들을 수 있는 유일한 방언이 된다.

오래전에 로버트 크릴리는 말을 더욱 아껴서 엮은 글이 다른 어떤 것만큼이나 청각적으로 강력한 전달수단이 될 수 있지 않을까 하는 내 의문에 확신을 주었다. 내게 그는 제일 중요한 시인인데, 오렌지처럼 어디에나 가져갈 수 있기 때문이다. 불쾌한 기분으로 반쯤 졸면서 밤 비행기에서 내려 버스로 이동하는 길에도, 심지어 신체적으로나 정신적인 피로 면에서 거의 아무런 부담도 없이 말이다.

초창기 매니저 중에 늘 우리 건강을 위해, 또 성적을 위해 스스로와 경기를 분리해야 한다고 설교하는 사람이 있었다. 경기는 가끔 광포해지고, 경기하는 동안에 우리는 꼼짝없이 자신을 그 안에 몰아넣어야 한다. 나는 야구를 사랑하지만 결국 전성기는 끝날 것이고, 야구는 천천히 내 마음을 아프게 할 것이다. 야구는 놀랄 정도로 현대성에 영향을 받지 않고 유지됐지만, 다른 현대적 산업과 마찬가지로 관계자들을 고도로 소외시키고 있다. 내가 시에 의지하는 건 시가 환경의 영향을 덜 받기 때문이다. 어느 시인이 야구를 다뤘다고 해서 특별히 감동하거나 하지는 않는다. 나는 한 세계가 다른 세계의 사랑을 받게 하는 문제에 딱히 관심이 없다. 지금 내게 두 세계는 분리돼 있을 필요가 있고, 지금 나는 치환을, 대조를 좇는다. 말하자면, 만년의 애쉬베리가 그린 초목이 무성한 황야가 치열한 경쟁을 돌볼 수 있는 셈이다.

페르난도 페레즈Fernando Perez(1983~)

10년 동안 직업 야구선수로 활약했으며, 2008년 아메리칸 리그 우승팀인 탬파베이 레이스 소속 외야수로 잘 알려졌다. 청소년 멘토이자 뉴욕 타임스 스쿨의 강사로 일하고 있으며, 'MLB.tv'에서 야구를 해설한다. 《바이스 스포츠》에 '회복 중인 야구선수'라는 사설을 쓰고 있다.

"나는 두 사랑을 가졌어라 …"

앨프리드 몰리나

몸을 쓰는 특별한 장기가 없는 청소년들이 흔히 그렇듯이 나도 학교에 다닐 때 독서가 필요한 만큼이나 피난처도 된다는 사실을 알았다. 독서가 글자에 대한 사랑에, 연기에 대한 사랑에 불을 질렀고, 그 사랑은 한번도 나를 저버린 적이 없다. 그렇게나 어렸어도 나는 시가 가진 이야기의 힘을 인식했다. 시를 소리 내어 읽는 것이 일생에 걸친 즐거움과 창조적 자극이 되었다. 나는 로버트 브라우닝과 키플링, 워즈워스를 알게 되었다. 특히 브라우닝*은 배우가 되려는 이라면 누구나 움켜잡아야 할 풍부한 심상과 성격 묘사를 보여주었다. 예를 들어, 〈나의 전처 공작부인〉은 극적인 순간에 대한 특유의 정밀 묘사도 묘사지만, 벽에 걸린 공작부인의 그림뿐만 아니라 등장인물들 사이의 긴장 관계까지도 영화의 한 장면만

로버트 브라우닝Robert Browning(1812~1889)은 영국의 시인이자 극작가로 빅토리아 왕조 시대를 대표하는 시인이다. 바이런과 셸리의 영향을 많이 받았고, 아이러니와 성격 묘사, 미묘한 어휘와 구문 등을 이용해 인간의 감정을 극적으로 드러내는 시로 유명하다.

큼이나 생생하게 내 머릿속에 그려냈다. 모든 것이, 믿을 수 없는 애인을 앞에 둔 화자와 화자의 태도에 대해 알아야 할 모든 것이 거기에 있었다. "나는 명령을 내렸다/그러자 모든 미소가 딱 굳었다. 거기 그 여자가 서 있다/마치 산 사람처럼." 시는 어디를 읽든 분노와 배신감을 느끼는 인물이 토해내는 감미롭게 풍부하고 뜻 깊은 독백처럼 읽힌다.

나는 이내 배우에겐 시가 하나의 실험실이라는 사실을 알아챘다. 완벽하게 균형 잡힌 관찰기록인 셰익스피어의 소네트들은 독립적인 단편 드라마 같았다. 화자는 진퇴양난의 상황이나 감정 상태를 제시하고, 그것이 미치는 영향을 묘사하고, 운명이 가져다주는 결과를 받아들이거나 거부함으로써 문제를 해결한다. 내게는 각각의 소네트가 살면서 경험할 법한 모든 일의 축소판처럼 느껴졌다. 풋사랑, 쓰라린 실망, 냉소적인 수용, 점점 먹어가는 나이와 노쇠, 마침내 죽음의 그림자, 이 모두를 세 개의 4행 연구聯句와 하나의 2행 연구의 범위 안에서 찾아볼 수 있었다. 단순한 시 이상이었고, 문학 이상이었다. 각자의 느낌과 경험의 깊이에 따라 실제화된 극적 순간을 사는 인물들로 얘기되는 극장이었다. 나는 그들을 '연기'하기 시작했다. 나이가 들어 시를 더 진지하게 공부하게 되자, 그 시들이 성격과 동기와 '배경'을 드러낼 수 있다는 사실이 명백해졌다. 성격과 동기와 '배경'은 우리 배우들이 극의 인물을 분석하고 구체화하려 애쓸 때 고뇌하는 모든 것이다. 물론, 셰익스피어는 극작가였고, 그의 소네트들이 연극적이리라는 사실은 자명한 듯 보이지만, 극작가가 아닌 다른 시인들도 내게는 똑같은 효과를 나타냈고, 나는 여전히 인물의 목소리를 찾아내는 하나의 방편으로 시를 읽는다.

시간이 지나면서 시를 읽는 것이 습관이 됐다. 나는 운율 때문에 늘 운율이 있는 시에 끌렸고, 보격의 규칙성이 내 비전문적인 접근 방식에 잘 맞았다. 하지만 자신감이 생기면서 나는 제라드 맨리 홉킨스와 나중에는 비트 세대 시인들의 시 같은 보다 복잡한 구조를 탐험하기 시작했다. 나는 '인물'이 이야기하는 듯한 시는 무엇이든 끌렸다. 시인들 대부분이 낯간지러워할 말이지만, 시는 내 마음과 연기를 연결해주는 장치가 되었다고 생각한다. 문학에 대한 아주 비문학적인 시각이리라 짐작한다. 어리고 어리석었을 그 시절에 짐작했던 시와 물리적으로 탄탄한 연기 사이의 관계는 시인들의 낭송을 들을 때마다 한층 강화되었다. 그들은 해석의 영역에 어떤 뉘앙스도 끼얹지 않으려는 듯이 특정한 어조를 사용하며 객관성을 추구하는 것처럼 보였다. 나로서는 그들이 공중그네를 타려고 애쓰는 오페라 가수처럼 단조롭고 지루하게 느껴졌다. 열정과 용기에 목말랐던 내게는 건조한 경험이었다. 최근 들어 래퍼들의 작업과 텔레비전에서 하는 즉석 랩 대결 프로그램에 나오는 랩을 하는 시인들을 접하면서 그 관계가 다시 살아났다.

말하는 행위는 호흡과 에너지로 가득 찬 물리적 행위다. 그 행위가 위대한 시와 만나면 말은 강력해지고 중대해져 우리의 견해를 바꾸고 기존의 세계관에 도전할 수 있게 된다.

앨프리드 몰리나Alfred Molina(1953~)
영국계 미국인 배우로 〈인디아나 존스: 잃어버린 성궤를 찾아서〉에서 인디아나 존스의 안내인 역할로 영화계에 데뷔했다. 영국과 미국의 여러 텔레비전 프로그램과 무대 공연에 출연했다. 〈매버릭〉, 〈스파이더맨 2〉, 〈초콜릿〉, 〈다빈치 코드〉, 〈언 애듀케이션〉, 〈페르시아의 왕자: 시간의 모래〉 등에서 맡은 배역으로 잘 알려져 있다.

얼음 사탕에 새겨진

모무스

나는 순간적으로 폭발하는 언어를 예술적으로 사용하는 것을 좋아한다. 그러나, 예를 들어 '시'처럼, 그 작업에 이름과 역할을 부여하는 순간, 그 작업이 주는 신선함은 역으로 토대를 흔들고자 했던 것들, 예를 들면 길드나 복무규정이나 사회적 예절이나 습관 같은 것들을 오히려 강화할 수도 있는 위험을 안게 된다.

언어는 경화硬化될 수 있다. 지루하고, 반복적이고, 규범적이고, 무언가를 정당화하고, 지시하고, 금지하는 서술의 체계. 하지만 언어가 권력에 대한 의지를 버리고 순수한 놀이로 대체될 때는 엄청나게 매력적이다. 패디 맥컬룬이 영국 팝 밴드인 '프리팹 스프라우트'의 노래에 써준 가사가 갑자기 떠오른다.

> 말이란 실제로는 이름이 없던 과거를
> 실어나르는 기차.
> —〈특별해지는 건 못 견뎌〉에서

저것이 가장 엄격한 정의에서 본 시라면, 시는 종이에 적힌 단순한 단어들에 불과하다. 하지만 내가 기억하는 방식으로 보자면, 저 우아한 구절은 레코드판에서 느리지만 맹렬하게 고함을 지른다. 고통의 존재론적 외침처럼 들리지만, 그 속을 헤치고 나아가는 어질어질한 해방감이 있다. 더는 축소할 수 없는 것의 타자성에는 언어가 절대 사로잡을 수 없는 날카로운 아름다움이 있다. 그리고 어쩌면 언어 자체도 아름다울 수 있을 것이다.

내 가계에는 시가 있다. 증조부와 고조부가 '모드'라고 알려진 헤브리디스제도*의 축제에서 최고의 음유시인에게 주는 우승관을 차지했다. 나는 어릴 때 늘어진 푸른 벨벳 덮개를 머리에 쓰고 은으로 만든 그 월계관을 가지고 놀았다. 슬프게도 게일어를 못하는 나는 두 분의 시를 읽을 수 없다. 한 편은 증조부가 몰고 스코틀랜드 남서부에 있는 클라이드 만까지 갔다는 증기선에 관한 시라 들었다. 증조부는 분명 갑판 위에서 시를 끄적거렸을 것이다. 그 월계관이 '음유시인'의 자격을 부여했다 해도, 그런 측면에서 보자면 증조부는 전문적인 시인은 아니었다.

노래 가사를 쓰다 보면 내가 어떤 아마추어 전통 같은 것을 이어가고 있는 게 아닌가 싶은 기분이 든다. 그 전통에서 보자면 글은 그저 더러운 물이 소용돌이치는 합류점, 다양한 재료로 만든 사탕에 든 하나의 요소에 불과하다. 그러니까, 글은 특정한 목소리로,

* 헤브리디스제도는 스코틀랜드 북서쪽에 있는 열도列島다.

악기로, 시각적 소재로 생명을 불어넣을 때만 살아난다.

내가 처음에 마크 볼란과 데이비드 보위 같은 글램 록 인물들에 감명을 받은 건 한편으로 보면 마음을 사로잡는 그들의 신체적 아름다움 때문이었다. 그들은 명백하게 카리스마적인 성적 우아함을, 사람의 마음을 움직이는 의상과 행동 방식을 지녔다. 하지만 그들은 말을 호기심을 자아내는 방식으로 사용하기도 했다. 볼란이 특별한 성조 없이 쿵쿵 떨어지는 음의 덩어리들 위로 동화 같은 광시("모든 불을 밝혀라, 우르릉거리는 뾰족탑의 왕이 납신다!")를 쓰곤 했던 반면, 보위는 애가 형식의 대중적인 노래("사케와 이상한 성직자/넌 해낼 거야")를 불렀다.

지금 돌아보면, 어릴 때의 무언극과 어머니가 읽어주시던 마틸다와 '빛나는 코를 가진 동'에 관한 힐레어 벨록과 에드워드 리어의 경고적이거나 괴상한 시 다음에 그런 것들에 마음을 뺏긴 것은 퍽이나 논리적인 수순이라 할 것이다.

열두 살 때 음악에 결합된 두 편의 시를 듣고 완전히 마음을 빼앗겼다. 하나는 윌리엄 월튼이 '재즈 시대' 풍의 곡을 붙인 이디스 시트웰의 〈파사드〉다. 음악 담당이었던 헤드 선생님은 우리를 음침한 교실에 앉히고는 거대한 목제 전축으로 전곡을 틀어주었다. 나는 특히 우울한 악절들을 좋아했다.

> 알레그로 니그로 칵테일 바텐더
> 짙푸른 빌레이커 씨의 유령이

소리쳤다
"저 수탉은 왜 우는가,
나는 왜 뒹구는 영원으로 가는 끝없는 길에서
갈 곳을 잃었는가?"

유령의 왈츠 같은 그 음악은 내게서 절대 없어서는 안 될 경험이었다. 그 음악은 보위가 무언극 형식으로 해석한 이블린 워의 《쇠퇴와 타락》과 완벽하게 융합되었다.

또 다른 계시는 엘리엇의 〈앨프리드 프루프록의 연가〉 낭송과 어우러진 관악 앙상블을 들을 때 왔다. 내가 다니던 기숙학교의 사감 선생님 작품이었다. 정신이 번쩍 드는 글을 다채로운 소리 안에 엮어 넣는 묘기는 내가 볼란과 보위의 음악에서부터 사랑해 마지않던 조합이었지만, 엘리엇의 시행들은 알려지고 또 알려지지 않은 음악에 특히 잘 섞여들어 독특하고 이국적인 내면이 내비치는 보편적인 우울을 혼합해냈다.

나는 커피 숟가락으로 내 삶을 계량해왔다
먼 방에서 들리는 음악 소리에 깔린
희미해지는 리듬과 함께 죽어가는 목소리들을 나는 안다.

이내 나는 얼음 사탕처럼 시인들의 시구들로 몸을 불렸다. 시는 그저 악구만이 아니라 다른 매체로는 불가능한 서사적 기교를 제공한다. 예를 들어 로버트 브라우닝의 〈나의 전처 공작부인〉은 시가 신뢰할 수 없는 화자가 들려주는 극적인, 등골 서늘한 독백이 될 수 있다는 사실을 여실히 보여준다.

> 나는 명령을 내렸다
> 그러자 모든 미소가 딱 굳었다. 거기 그 여자가 서 있다
> 마치 산 사람처럼. 일어서 주시지 않겠습니까?

그리고 릴케의 《두이노의 비가》는 우리가(시인들이? 아니면 인류 전체가?) 여기 존재하는 이유가 어쩌면 "집, 다리, 분수, 문, 물병, 과일나무, 창이라 말하기 위해, 기껏해야 기둥, 탑 연못 … 하지만 말하기 위해, 아, 보라, 한 번도 깊이 얘기되지 못한 그런 것들을 말하기 위해!"일지도 모른다고 암시한다.

하지만 시인과 인간을 융합시키며 이름 없는 것들에 이름을 붙이는 명백히 성스러운 의무를 찬양하는 릴케는 어쩌면 전문적인 시의 파편들 사이에서 길을 잃고 너무 멀리 헤매는 것이리라. 요즘 나는 이런저런 전시회 도록에서 '발견한 시'를 보여주는 '큐레이터의 시'라는 제목의 텀블러 게시물에서 그에 필적하는 만큼의 언어적 즐거움을 발견하고 있는지도 모르겠다.

> 종려나무를 닮은, 이국적이기 그지없는 이파리에 너무 크다 싶은
> 앵무새와 잠자리가 여럿. 상자 윗부분에는
> 하얀 별무늬가 있다. 노란 바탕에
> 광택 나는 녹색과 분홍색으로 인쇄. 색이 많이 바램.

이것으로 충분하다. 내 뇌는 폭주한다.

모무스MOMUS

스코틀랜드의 가수 겸 작곡가인 닉 커리Nick Currie(1960~)의 예명이다. 1980년초부터 독립 레이블들을 통해 직접 곡을 쓰고 부른 앨범들을 발표해왔다. 《가디언》은 그를 '언더그라운드 아트팝계의 데이비드 보위'라 불렀다. 1990년대 다양한 형태로 블로그 작업을 시작하여 기술과 예술, 디자인에 관한 다양한 글을 써왔다. 사변소설을 여러 권 출간했으며 '안심할 수 없는 관광'과 '감정 수업'을 제공하는 퍼포먼스 예술가로도 알려졌다. 현재 일본 오사카에 살고 있다.

장롱을 안고 지옥으로

윌 올덤

가사와 시의 차이라면, 내가 시를 이해하지 못한다는 점이 아닐까. 나는 생물학도 이해하지 못한다. 만물의 의미 사이를 헤치며 나를 안내해줄 이가 어딘가에는 있을 것이다. 녹음되어 불리는 가사는 오랜 시간에 걸쳐 완전히 가라앉을 기회가 있다. 가사는 잠재의식에, 또 잠재의식과 함께 작용할 수 있다. 우리는 그런 도움 없이 시가 기억되던 때를 오래전에 지나왔고, 나는 시가 적힌 종이를 보노라면 무지하고 제정신이 아닌 듯한 기분이 든다.

낭송될 때에도 의미심장하게 암호화되어 인접하게 배치된 단어들은 음성학적 기적처럼 보이면서도 마땅히 띠어야 할 의미를 띠지 않는다. 구조에 관한 문제 같지만, 시는 아무것도 지키지 않고 아무것도 자제하지 않는다. 시는 그냥 있다. 그리고 집 바깥에서 읽은 한 편의 시는 화장실이나 인도人道, 아니면 나의 내면을 가리키는 것 말고는 아무짝에도 쓸모없는 표지판들이 되어 대기를 가득 채운다.

최근에 섹스 중독에 '관한' 영화인 〈셰임〉에 대한 비평을 읽었는데, 비평가는 욕정에 관해 뭔가를 말하기 위해 대담하지만 어색하게 셰익스피어의 소네트 한 구절을 인용했다. "이 모두를 세상은 잘 알고 있지만, 사람은 누구도 잘 알지 못하네/인간을 이 지옥으로 이끄는 천국을 피하는 법을." 내게는 완전히 의미가 통했으므로 소네트 전체를 찾아보았다. 불행히도 소네트 전체는 무슨 의미인지 알 수 없었고, 의미를 부여하는 비평가의 안내 없이는 인용된 대구조차 구불구불 서로 얽혀 판독할 수 없게 되어버렸다. 그것이 시이고, 시는 무언가 다른 것을 가리키는 무언가이기 때문이다.

나는 장롱도 좋아하지 않는다. 장롱에는 반드시 선반이 있어서 무엇이 놓였는지 알 수 있다. 물건이 장롱 안에 숨으면, 그 물건은 존재하지 않는다. 문을 열어야 한다. 산문은 선반이다. 욕정에 관해서 아이리스 머독(언젠가 본 것 같은 어느 기괴한 영국 영화에서 이 작가의 글을 조롱하는 장면이 있었다는 것 말고는 이 작가에 대해 아는 게 없다)은 이렇게 썼다. "한 인간의 몸이 특정한 다른 인간의 몸을 절대적으로 갈망하면서도 그 대체재에 대해선 무관심한 것이 인생의 주요 수수께끼 중 하나다." 이 문장은 물건들이 아주 잘 보이는 선반이다. 이 문장은 이런 느낌이다. '좋군.' 반면에 저 음유시인의 시행들은 이런 느낌이다. '어이쿠.'

암호화는 괜찮지만, 대체로는 실마리가 주어지거나 해독하는 데 필요한 모종의 다른 지원이 있을 때의 말이다. 글에 음악을 붙인 다음 노래를 부르는 것도 한 방안이다. 레너드 코헨은 노래한다. "아무것도 가지지 않기 위해 너무 많은 것이 필요했다/나는 늘 그런 식으로 탐욕스러웠지." 얼마나 많이 들었는지, 이 구절은 머릿속에서 마치 조직적인 선전 문구처럼 기능했다. 이 구절은 내 언어 지평의 일부가 되었다. 코헨의 앨범《여자들에게 상냥한 어느 남자의 죽음》을 보면, 매 곡에는 대위법이 쓰여 나란히 놓인 양쪽 모두를 조명한다. 나는 그 허튼소리를 읽을 수 있다. 나는 대부분의 시를 읽을 수 있지만, 멍청한 내 현대인적 마음이 너무 빨리 그 시구들이 없는 다른 곳으로 가버리기 때문에 시는 금방 흩어져버린다.

내게 선율을 달라, 화성이 있는 선율이면 더 좋다, 그러면 그 글들이 나의 일부가 될 것이다. 이것이 이 시대의 산물인 내게 필요한 것이다. 세상이 우르릉거리며 몰락하고 우리가 물려받은 이 기억세포들을 실제로 사용해야 할 때가 오면, 나는 기꺼이 옛 서사시적 민요로 돌아갈 준비가 돼 있다. 나는 늘 세상이 통합되고 상호연결되기를 속으로 울부짖지만, 내게 주어진 세상을, 그것도 내 방식대로 찾아서 평가해야만 하는 사람으로 자랐고, 지금은 방어선을 뚫고 내 영혼의 파티를 시작하는 데에 다른 사람들보다 더 많은 힘이 든다. 내 마음은 스펀지가 아니라, 스스로를 먹어치우며 살다가 혈당이 낮아질 때만 가장 뛰어나면서도 가장 취약한 조각들만 찔끔 받아들이는, 크고 축축하고 대체로 화가 나 있는 데스 스타 같은 기생 덩어리다. 내 마음은 수십억의 새로운 것들을 받아들일 수 있도록 스스로의 테두리를 꿰뚫어 날려버릴 탄환을 갈망한다.

적어도 가끔은 그런 기분이 든다. 결국에는 내 마음도 장롱에 간직될 것이다. 그리고 시처럼 그 장롱은 내 마음이 보이지 않도록 숨길 것이다. 그러니 정말로, 시와 장롱은 나를 아프게 할 뿐이다. 내가 시와 장롱을 사랑하는 이들을 원망하기 때문이다.

윌 올덤 Will Oldham(1970~)

작곡가 겸 가수이자 배우이며, 예명인 보니 '프린스' 빌리로 더 잘 알려져 있다. 인도 남부의 음악 양식인 카르나티크와 컨트리, 펑크를 조합한 독특한 음악으로 대중적 인기를 얻고 있다. 올덤은 원래 연기자가 되려고 1980년대 후반에 로스앤젤레스로 이주하여 영화 〈천 개의 황금〉에서 마일즈 역을 연기했다. 그는 15장이 넘는 앨범을 발표했고, 최근작은《최고의 음유시인》이다. '카이로 갱', '돈 매카트니', '마이크 에이호', '자크 갤리피아나키스', '칸예 웨스트' 등 여러 예술가들과 공동작업을 펼치기도 했다.

손아귀에 힘 빼기

졸리 홀랜드

아니, 나는 요즘 시를 많이 읽지 않는다. 그냥 그럴 필요가 없는 것이, 귀로도 충분히 들어오는 데다, 이미 내 두개골을 뒤덮고 진동하는 난장판에서도 마찬가지로 들려오기 때문이다.

나는 열세 살 때 딜런 토머스와 블레이크, 와일드, 예이츠에 취했다. 그리고 끊임없이 시를 썼다. 학교에서 일어나는 일과는 거의 아무 관련이 없는 개인적인 명상이었다. 나는 형식과 동기, 반복에 넋을 잃었다. 내가 작곡가가 된 것도 어쩌면 당연했다.

십대 때 어딘가에서 오스카 와일드가 쓴 《레딩 감옥의 노래》가 영어라는 언어로 쓰인 가장 완벽하게 구성된 시라 평가된다는 글을 읽은 기억이 난다. (물론 애초에 와일드를 읽도록 나를 이끈 것은 모리세이가 리더를 맡은 그룹 '더 스미스'였다. 그들의 노래인 〈묘지 입구〉가 와일드를 참조했다고 한다.) 완벽한 구조와 실행이라는 개념에, 노래의 구조가 가사의 리듬에 의해 어떻게 조절되고 실험되는가에, 말하자면, 외부로 또는 우리의 머릿속에서 어느 정도까지 잘 표현

될 수 있는가에 나는 열광했다.

친구인 브라이언 밀러가 예이츠의 시에 부치는 '예이츠는 위대하다'라는 앨범 한 장 분량의 음악을 작곡했다. 나는 내 첫 앨범인 《개오동나무》에서 그 노래 중 한 곡인 〈방황하는 잉거스의 노래〉를 다시 불렀다. 잘 구성된 예이츠의 영어 발라드들은 음악이 필요로 하는 것을 완벽하게 받쳐준다. 그런 용도로 계획된 수많은 가사보다 더 유연하고 균형이 잘 잡혀 있다.

하지만 시가 귀로 들어온다고 말했듯이, 저녁을 먹고 일기를 쓰기 위해 길모퉁이 가게에 자리를 잡고 앉은 지금 이 순간, 나는 스피커에서 흘러나오는 70년대 자메이카 음반의 말을 듣고 있음을 알려주고 싶다.

> 아주아주 멀리에 어떤 곳이 있어
> 밤이 없는 그곳, 낮밖에 없다네.
> 생명의 책을 찾아보면 알게 될 거야—
> 아주 아주 멀리에 어떤 곳이 있다는 걸.
> —그룹 '아비시니안스', 〈스타타 마사가나〉에서

이 라스타파리* 합창을 들으니 에밀리 디킨슨이 시에 대해 내린 아주 유용한 정의가 기억난다. 시란 머리 꼭대기가 날아간 듯 느껴지는 것이라고. 나는 그녀가 말한 딱 그걸 느꼈다. 콕 짚어서 말하자면, 머리 꼭대기, 정수리에 침이 꽂히는 것 같은 전율이었다. 음악에 관한 결정을 내려야 할 때 내가 확인하는 기준도 그와 똑같은 종류의 신체적 신호다. 텍사스에 사는 친구인 팀 프리먼은 말한다. "좋은 음악인지 아닌지는 '모호한 감정에 대한 포착'을 얼마나 밀도 있게 하는지에 달렸지."

공룡이 정말로 사라진 게 아니라 새가 되었듯이, 시는 노래가 되었다. 요즘 시가 가장 널리 소비되는 형태가 입을 통한 것이라는 사실을 슬퍼하는 데는 관심이 없다. 우리 시문학의 뿌리는 호메로스고, 그는 자기 글을 읊거나 노래했다.

나는 특히 무지한 한 (백인) 비평가가 조라 닐 허스턴*이 쓴 책에 나오는 설교가 '배우지 못한' 흑인 설교자의 입에서 나오기에는 너무 근사하다고 불평한 것을 기억한다. 하지만 초창기 인류학자로 기록되고 인용되는 우리의 조라는 축어적으로 설교했다. 음악 인류학자인 앨런 로맥스가 수행한 엄청난 녹음 작업 다수에 그녀가 함께하며 영향을 미쳤음을 잊어서는 안 된다. 로맥스가 채록한 '조지아 시 아일랜드 싱어스'의 녹음 기록은, 내가 보기에 가장 중요한 미국 시의 일부를 담고 있다.

라스타파리Rastafari는 1930년대에 자메이카에서 시작된 신흥 종교로 에티오피아의 황제 하일레 셀라시에 1세를 신으로 숭배하며 전 세계의 아프리카계 주민들을 아프리카로 불러모을 것이라 믿었다. 새로운 종교적 운동이자 사회운동의 성격을 띠기도 했으며, 머리카락을 길게 꼬아 늘인 드레드록과 대마초 문화가 특징적이고, 레게 음악의 바탕이 되었다고 알려졌다.

조라 닐 허스턴Zora Neale Hurston(1891~1960)은 영향력 있는 아프리카계 미국인 작가이자 인류학자로, 20세기 초반 미국 남부에서 벌어진 인종 갈등을 포착하여 묘사했으며 아이티의 부두교에 관한 연구를 진행했다. 여러 권의 소설과 50편이 넘는 단편과 희곡, 수필을 발표했다.

에덴동산에서 아담이
이파리를 줍고 있었네
신이 불렀네
이파리를 줍고 있었네
아담은 대답하지 않았네
이파리를 줍고 있었네
신이 불렀네
이파리를 줍고 있었네
"아담!"
이파리를 줍고 있었네
아담은 대답하지 않았네
"아담! 어디 있느냐?"
불렀네, "저는 부끄럽습니다"
신이 아담을 불렀네
아담은 대답하지 않았네

그들은 '이파리를 줍고 있었네'를 되풀이해 부르며 발을 구르고 손뼉을 치고, 대표 가수는 강한 목소리로 교차하듯 가사를 크게 외쳤다. 이 곡은 인간이 처음으로 부끄러움을 느낀 순간을 묘사하는 신화적 재료에 대한 아름다운 단체 명상이다. 누군가가 처음으로 부끄러움을 경험한 순간을 상상할 수 있다면, 우리에겐 부끄러움 이전에 존재했던 심리적 공간을 상상해볼 기회가 주어진다. 개인의 경험을 보존하고 확대할 수 있는 공동체 안에서 즉흥적으로 마련된, 상당히 기운을 북돋는 유용한 명상이다. 이 노래, 이 말들은

(음악적인 장치 없이도) 미국 구술 문화의 꽃이다.

내가 좋은 복음 성가에 그처럼 감동하는 이유가 부분적으로는 그 노래들이 드러내는 경험적인 경향 때문이라고 생각한다. 노래가 용도에 맞도록, 사람들이 감동하도록, 누군가의 에너지를 움직이도록 고안된다는 사실을 안다. 디킨슨이 말했듯이, 우리의 머리 꼭대기를 날려버리려는 것이다. 종이에 적힌 말이 내게 그런 경험을 주는 경우는 적고도 극히 드물다. 그런 힘을 가진 노래도 마찬가지로 적다. 많은 노래와 시가 내적 움직임의 힘을 가지지 못한 영혼들의 발산이고, 그러므로 다른 누구에게도 영감을 줄 수 없다. 확실한 건, 머리 꼭대기를 뻥 뚫시 못하는 음악과 시에 관심을 가지는 사람들이 많다는 사실이다. 하지만 여기서 왜 끔찍한 음악과 시가 인기를 얻는지 논하려면 지면이 모자라다.

경험을 말하는 것 말고는 시가 무엇인지 어떻게 말해야 할지 나는 모른다. 저마다 키를 잡고 언제 해류가 세차게 흐르는지 알아보는 것이 좋을 것이다. 내가 알아채기 좋아하는 일 하나는 고전적인 하이쿠와 내가 제일 좋아하는 미국 음악이 적어도 하나의 사소한 기교를 공유한다는 점이다. 고전적인 하이쿠가 작용하는 방식을 나는 이렇게 묘사하고 싶다. '시인이 한 번의 재치있고 아름다운 손놀림으로 세계와 자신의 마음을 묘사한다.' 하이쿠는 눈앞에, 그리고 눈 뒤에 무엇이 있는지에 대한 보고서와 같다. 여기 그런 작용을 하는 바쇼의 달콤한 시 두 편이 있다.

절의 종소리, 저도 매미 소리인 양 들리는구나.

...

벚꽃 아래에 고단한 발 뻗으니 여기가 연극무대라.

그럼 이제 그램 파슨스가 쓴 이 시가 어떻게 작용하는지 확인해 보자.

우리는 곧장 날아 저 강의 다리를 건넜다
어젯밤 두 시 반에.
굴러가는 우리에게 전철원이 랜턴을 흔들었다
"안녕히, 좋은 하루 보내세요."
광고판과 트럭 휴게소들이 비탄에 빠진 천사를 지나치고,
이제 나는 무엇을 해야 할지 안다.
—〈비탄에 빠진 천사의 귀환〉에서

나는 마지막 행이 갑자기 튀어나오는 방식이 너무 좋다. 너무나 직접적이고 대범하다.

졸리 홀랜드Jolie Holland(1975~)

미국의 작곡가이자 밴드 리더이며 다양한 악기를 다루는 연주자이자 가수이고 연기자이자 시인이며 작가이다. 《산 자와 죽은 자》, 《한 잔의 피》, 《포도즛빛 어두운 바다》 등 여러 앨범을 냈다. 미국공영라디오 방송에서 평론가 스티븐 톰슨은 그녀의 음악이 블루스와 록, 재즈, 소울을 섞어 '무미건조한 시골 아메리카나와 꼬질꼬질한 뉴욕 아트록의 중간쯤 어딘가에 내린 소리'로 묶어냈다고 칭송했다. 홀랜드는 자기 웹사이트에서 조언란을 운영하고 있다.

말의 가치

롭 케너

좋든 나쁘든 시는 나와 여섯 명이나 되는 형제자매들에게 늘 숨 쉬는 일만큼이나 친숙했다. 평생 문학을 사랑하는 문학평론가로 살았던 휴 케너*의 자식들인 우리는 자발적으로 시를 외워서 읊곤 했다. 냉장고에 붙이는 알파벳 자석들이 짝을 잃고 우리가 먹는 아침 시리얼에 섞여들었다. 일간신문의 기사 제목이 하이쿠가 되거나, 심할 때는 자유시가 되었다. 나는 6학년짜리 아이의 숙제 때문에 루이스 주코프스키에게 전화를 걸어 '직유법'을 논의하는 게 아주 정상적인 일이라 생각했다. 누이인 리사는 파운드 학회에서 배절 번팅을 도와 그가 낭독을 하는 동안 물잔을 채워주는 일을 한 적도 있다. 우리가 자란 집에는 윌리엄 카를로스 윌리엄스가 뇌졸

* 윌리엄 휴 케너William Hugh Kenner(1923~2003)는 캐나다의 문학가이자 비평가 겸 교수이다. 어린 시절 앓은 독감 탓에 청력이 낮아진 것이 문학에 관심을 두게 된 한 이유가 되었다. 토론토대 재학 당시의 지도교수였던 마셜 맥루언을 통해 에즈라 파운드를 소개받고 친구가 되었다. 제임스 조이스에 관한 논문으로 예일대에서 박사학위를 받은 후 캘리포니아대 산타바바라와 존스 홉킨스대, 조지아대 등에서 학생들을 가르쳤다.

중을 앓은 후에 흘려 쓴 애잔한 서명이 든 타자기로 친 원고 액자가 소변을 누면서 살펴볼 수 있는 위치에 걸려 있었다.

물론 TV에서 방영되는 만화영화도 많이 봤다. 하지만 다른 아이들이 잠자리에서 크리스토퍼 로빈이 쓴 버킹엄 궁전의 근위병 교대식 이야기를 들을 때, 아버지와 나는 당분간 내 아이들에게는 숨겨두고 싶은 책을 보며 시를 익혔다.《나쁜 아이를 위한 괴물 책》과《더 나쁜 아이들을 위한 더 많은 괴물 책》이 내가 제일 좋아하는 책이었다. '여덟 살부터 열네 살 사이 아이들에게 교훈을 주기 위해' 시를 쓴 20세기 초반의 영국 시인인 힐러리 벨락의 작품이었다. 일곱 살 때쯤 나는 동물원으로 도망갔다가 폰토라는 이름의 사자에게 잡아먹힌 소년 '짐'의 소름 끼치는 이야기를 통째로 줄줄 읊었다.

이제 상상해봐
먼저 발가락이, 다음엔 발꿈치가
그러고는 차츰차츰
정강이와 발목이, 장딴지와 무릎이
천천히 야금야금 먹히는 느낌을.
짐이 끔찍하게 싫어한 것도 당연하지!

생각해보면, 내가 결국《바이브》잡지사에서 일하게 된 것도 그다지 놀라운 일은 아니었으리라. 돌이켜보면 리사가 엘엘 쿨 제이와 쿨 모 디를 소개해줬을 때, 우리는 랩이 시라는 사실을 전혀 의

심하지 않았다. 우리는 내내 시가 노래가 된다고 이해하고 있었다. 비록 기업적 엔터테인먼트 산업이 생각 없는 유해한 쓰레기들을 대량으로 퍼트리고 있지만, 랩의 정수는 비밀리에 배포되는 시다.

생의 무질서를 언어로 조형해내고, 그 말의 모자이크를 율동적인 모형에 맞춰 넣으려는 이 욕구는 인간이라는 존재의 본질적인 일부분이다. 결국, 미국 래퍼인 나스는 호메로스와 똑같은 일을 한다. 리라 대신에 빠른 비트에 운을 맞춘다고 해서 한쪽을 실격이라 선고할 수 있을까? 한쪽은 맹인인데 다른 한쪽은 그냥 멋있다는 이유로 한쪽을 실격이라 한다면?

아버지는 우리 형제자매들에게 예술작품은 오래 들여다보게 만든다고 가르쳐주셨는데, 최고의 힙합은 이런 시험을 손쉽게 통과한다. 힙합은 동시에 여러 단계에서 작용한다. 우리는 언어에 몸을 맡긴 채 박자에 맞춰 춤을 출 수도 있고, 암호화된 언어의 뜻에 통달하기 위해 되감기 단추가 닳도록 눌러댈 수도 있다. 최고의 (가장 진지한 래퍼들이 불리고 싶어 하는 호칭인) '엠시'들에게는 숨은 풍부함이 끝이 없다. 밀턴이 단테와 《요한계시록》을 부르짖을 대목에서, 제이지는 내내 경쟁 래퍼들과 사회비평가들, 경찰을 조롱하는 와중에도 노토리어스 비아이지와 빅 대디 케인을 언급한다. '에이전트 오렌지'에서 패로 몬치는 백악관 잔디밭에 오줌을 누고는 이중의 뜻을 담긴 말을 날린다.

나는 돌을 던지고 달아났지 … 다들 누가 제정신인지 알고 싶어?

이 생물제제 가스가 내 뇌를 먹어 치우고 있어
어머니 지구를 강간하려는 정치적인 보물 뽑기 주머니야
그럴 만한 이유로 아빠를 체포한 지 삼십 초 만에 말이야.

나는 한때 해리 앨런의 '하이퍼텍스트'를 편집하는 행운을 누렸다. '노토리어스 비아이지'라는 별명으로 알려진 고 크리스토퍼 월리스의 싱글 랩인 〈니가스 블리드〉에 깃든 예술가 기질의 기저에 흐르는 잠재의식의 흔적과 미묘한 어감을 남김없이 풀어내려는 시도였다. 일부가 발췌되어 1998년 《바이브》 3월호에 게재된 최종 원고는 2만 단어가 넘는 분량이었다. 월리스의 랩이 보여주는 복잡성은 입이 딱 벌어질 정도인데, 그가 어디에도 적지 않고 모든 라임을 '머리에서 꺼내' 녹음했다는 사실을 고려하면 특히 그렇다.

그러는 와중에, 에미넴의 최근 노래를 읊을 수 있는 아이들이 전 세계에 수백만 명이 있다. 어떤 박사 과정 연구자가 그 사실을 어떻게 생각하는지에는 전혀 관심이 없겠지만 말이다. "이봐 누군가에게 난 시인이야/느낌 좋은 현대의 셰익스피어지." 에미넴은 제이지의 기념비적인 앨범인 《블루프린트》에 수록된 눈부신 듀엣곡 〈레니게이드〉에서 이렇게 생각한다. 백인인 건 차치하더라도, 그런 따위의 일을 신경 쓰는 건 어떤 엠시에게도 딱히 멋져 보이는 일은 아니라서 에미넴은 나중에 몇 행을 철회한다. "나는 빈민굴에서 자란 아이일 뿐이야/이 거머리들로 이 버터를 만들어." 하지만 랩을 살펴보다 보면 에미넴이 품은 예술적 포부를 부정하기는 어렵다. 힙합계의 비극적인 반反영웅인 투팍 샤커도 유사한 내직 갈등을 겪었다. 그가 스물다섯 살에 살해당한 후에야 팬 군단은 그가 연극 수업과 시 쓰기를 얼마나 사랑했는지 알게 되었다.

돈을 위해 일한다는 동기는 냉정한 남자다운 과시욕을 보존할 수 있는 믿을 만한 알리바이이다. ("내가 백금 이빨로 하는 랩 같은 건 수십억의 가치가 있는 말이지." 제이지가 이렇게 자랑한 적이 있다.) 하지만 그렇다고 꼭 벤야민을 끌어올 필요는 없다는 사실을 다른 엠시들은 기꺼이 인정할 것이다. 커먼의 새 앨범인 《비Be》, 그중에서도 70년대 원시 랩계의 일원인 '마지막 시인들'이 참가하는 도시 교차로에 대한 송시인 〈코너〉를 확인해보라.

일부 엠시들은 실제로 평단의 찬사를 갈망한다. "나는 시를 쓰는 흑인들에게 시적인 동시에 유행의 최첨단에 설 수 있다는 걸 보여주려 노력한다." 시카고 출신 음유시인인 칸예 웨스트가 《바이브》에 그렇게 말했다. "이 사람들은 시적이 되려면 '흙 파먹고' 살아야 한다고 생각한다. 나는 실제로 시인들과 상의하며 앨범을 쓰고 있다. 흑인들이 보컬 코치를 구하듯이, 나는 시 코치를 구했다."

시의 지위가 점점 추락하고 있다는 얘기들은 크게 과장돼왔다. 《바이브》에서 받는 독자편지에는(특히 수인번호가 찍힌 편지에) 간이 메모지에 손으로 적은 시가 든 경우가 많다. 시인 앨런 그로스먼이 시를 '절망 전에 짜내는 마지막 의지'라 했을 때 그런 걸 염두에 뒀을까? 아니면 루실 클리프튼은 다음 글을 쓸 때 그걸 생각했을까?

… 같이 축하해줘
매일
무언가가 나를 죽이려 했고
실패했음을.

휴 케너는 힙합에 열광하는 사람이 아니었다. 거의 평생을 청각이 심하게 손상된 채로 살았으니, 아버지가 사용하는 강력한 보청기로 내가 제일 좋아하는 믹스테이프들을 들으면 고통스러웠을 것이다. 내가 아는 한, 아버지가 랩 가사를 접한 때는 자막을 켜놓은 채 텔레비전으로 제1회 연례 바이브 시상식을 봤을 때였다. 어머니와 리사가 아버지와 같이 안드레 3000이 군중을 향해 '폴라로이드 사진처럼 그걸 흔들라'고 명하는 것을 지켜보았다. 아버지는 내가 그 행사에 참석해야 했다는 사실에 동정을 표하고는 나흘 뒤에 심장마비로 돌아가셨다. 하지만 나는 아직도 그 올드 붐-밥에 대한 나의 변호에 아버지가 전적으로 동의하시리라 믿는다. 무엇보다 아버지의 비문이 이러니 말이다. "그대가 가장 사랑하는 것은 남으리라. 나머지는 찌꺼기다."*

에즈라 파운드의 시 〈81편〉에 있는 시구다.

롭 케너 Rob Kenner (1950~)

미국의 음악평론가로 《바이브》 잡지의 비상임 편집장이며 '바이브 북스'의 편집장으로도 일하고 있다. 《뉴욕 타임스》, 미국공영라디오, 《콤플렉스》, 《매스 어필》, 《빌보드》 등에 평론과 기사를 싣고 있다. 레게와 댄스홀, 랩, 기타 관련 음악 장르에 관한 뉴스와 평론, 인터뷰 등을 싣는 온라인 종합매체 플랫폼인 Boomshots.com의 설립자이자 발행인이기도 하다. 레게 음악이 전 세계에 미친 영향의 역사에 대한 책을 집필 중이다.

소리로 나오는 시

샐리 팀스

나는 사유화된 거리거리를 배회한다
가까이에 사유화된 템스강이 흐르고
마주치는 얼굴얼굴에는 표식이
나약함의 표식, 비탄의 표식이.
—윌리엄 블레이크, 〈런던〉에서

내가 어디로 가고 있는지 몰랐어
어떻게 사는지, 여기서 무얼 하는지
틈에는 입을 벌린 심연이
나무 대들보에 걸린 밧줄처럼 매달렸네.
—'메콘스', 〈런던이라는 도시〉에서

시인도 아니고 대단한 작사가도 아닌 내가 여기《시》에 글을 쓰자니 뭔가 주제넘은 사람이 된 기분이다. 나는 지난 30여 년 동안 근본주의 펑크록 예술 프로젝트 팀인 '메콘스'에서 가수로 일하며 가끔 어떻게든 가사를 짜내야 할 때를 맞으면 예부터 전해온 메콘스 특유의 작사 기술을 이용해왔다. 바로 뻔뻔스러운 도둑질과 짜깁기 어맞추기 말이다. 포크와 블루스계에서 옛날부터 써오던 방식인데, 밥 딜런에게 잘 맞는 방식이라면 우리라고 못 쓰라는 법이 없다. 메콘스가 가사를 쓰는 과정은 다양한 곳에서 이것저것을 취하는 과정이다. 유성매직으로 휘갈긴 시, 소설(허먼 멜빌, 고마워요), 논픽션, 전통 민요의 가사 조각들이 원작의 의도라곤 흔적만 남은 뭔가가 될 때까지 밴드의 수다쟁이들에게 이리저리 얻어맞으며 모양을 갖추게 된다.

미국과 영국, 시베리아에 뿔뿔이 흩어져 있으면서도 꼭 구성원 전부가 한방에 있어야만 뭔가를 써보려 하는 밴드에게는 정말 효과적인 작업 방식이 아닐 수 없다. 우리가 2007년에 낸 앨범《내추럴》은 '밤새도록 위스키를 마시며 록 음악과 롤링스톤스를 듣다가, 이상하고 오래된 주파수의 라디오를 듣다가, 다윈과 소로의 글에서 이것저것을 낭송하다가' 썼는데, 어쨌든 우리 보도자료에 따르면 '종교적 의례와 이교의 관습과 희생에 대한 찬양'이었다. 하지만 여러분은 그 안에서 예이츠의 〈부러진 가지와 퇴색한 잎들〉과 보들레르의 〈길도 없는 숲에서 길을 잃은 사냥꾼들〉과 에머슨과《탈무드》와《역경易經》과 함께, 아직 저작권이 살아 있을 듯해서 제목을 댈 수 없는 다른 몇 명의 작품과 직간접적으로 관련이 있는 듯한 가사를 발견할 수 있을 것이다.

시간과 돈의 제약 때문에 메콘스의 녹음 작업은 예행연습이 거의 없거나 아예 없이 신속하게 진행된다. 완성된 가사가 마이크 앞에 선 내게 건네진 지 몇 분 만에 그 노래의 최종 녹음본이 나오는 경우도 자주 있다. 그럴 때 나는 가사의 의미와 함께 그 가사가 곡과 어떻게 어울리는지 이해해야 한다. 가수는 목소리와 발성법을 통해 몇 줄의 글로부터 어떤 분위기를, 작은 세계를 창조해야 하고, 메콘스의 가수는 거의 아무 준비 없이 그걸 해내야 한다. 내 목소리는 특별히 유연하다거나 화려하지 않고 음역도 제한적이지만, 음색이 좋고 절제된 방식으로 감정을 발산하는 능력이 있어서 다행이다. 내가 어릴 때 시를 읽는 데에 그처럼 많은 시간을 쓰지 않았더라면 이런 방식으로 노래할 수 있을지 의심스럽다.

> 고개를 들어 부서진 여닫이창을 보세요
> 박쥐와 작은 올빼미들이 지붕에 있어요!
> 제 귀뚜라미가 당신의 만돌린 소리에 지지 않고 귀뚤거려요.
> 쉿, 쓸쓸함을 더 증명하려
> 메아리를 불러오지는 마세요! 안에서 들리는 목소리가 있어요
> 울고 있는 … 당신이 노래해야 하듯이… 외롭고, 고고한.
> —엘리자베스 바렛 브라우닝, 〈포르투갈어에서 옮긴 소네트〉에서

여섯 살쯤부터 '탑 오브 더 팝스'에서 데이비드 보위를 보고 시에 흥미를 잃은 십대 때까지, 시 낭송대회는 내 초기 대중 공연장이었다. 죽어가는 전통의 일부인 듯싶은 것들도 있지만, 여전히 영국 전역에서 낭송과 연극 축제가 열린다. 내 고향의 와프데일 축제는 109회째를 맞았는데 시 낭송 수업 참여자를 찾는 데 어려움

을 겪고 있다. 아마도 매력도가 떨어졌을 것이다. 아이들에게는 더 재미있게 시간을 보낼 다른 일이 많으니, 참가비를 낸 부모님과 비 오는 토요일 오후에 뭔가 할 만한 일을 찾는 연금생활자 몇몇을 관객으로 놓고 예의 존 클레어나 에밀리 디킨슨 시를 낭송하는 다른 참가자들과 함께 외풍이 부는 빅토리아풍 강당에 서 있으려 하지 않을 것이다. 내 연극 선생님이었던 앤젤라 웨이먼은 약간 섹시한 풍의 마거릿 대처 같은 엄격한 여성이었는데, 방과 후면 나를 데려다 제라드 맨리 홉킨스의 문체나 소네트의 구조 속으로 밀어 넣었다. 선생님이《옥스퍼드 영국 운문 사전》을 펼쳐 시를 하나 고르면, 나는 단어를 더듬거리거나 운율을 망치지 않고, 또 초견初見에 그러모을 수 있는 최대한의 감정을 실어 그 시를 전달하려 애쓰곤 했다.

요즘에는 단장격 5보격과 내 튀는 박자를 구별할 수도 없지만, 시집을 펼칠 때면, 그것도 혼자라면, 나는 늘 상상의 청자에게 시를 소리 내어 읽어준다. 그게 시의 의도 아닌가? 시란 들려주기 위해 쓴 말들 아닌가? 그때 배운 시 '말하기' 기법들이 지금 내 노래의 기반이다. 노래의 분위기를 전달하는 법, 어디에서 강조해야 하는지, 어디에 공백을 둬야 하는지, 어디에서 박자를 떨어뜨리고, 어디에서는 효과를 위해 살짝 저항해야 하는지, 가사에 생명력을 주고 새로운 요소를 더하는 방식으로 내 목소리를 사용하는 법은 무엇인지. 내게는 이 모든 것이 제2의 본성처럼 느껴진다. 홉킨스를 낭송하다가 메콘스 곡을 노래하는 건 간단하고도 손쉬운 일이었다.

봄날처럼 아름다운 것이 없어라
수레바퀴마다 길고 사랑스러운 풀이 무성하게 솟은 봄.
—제라드 맨리 홉킨스, 〈봄날〉에서

참새 한 마리 안개 낀 여명을 뚫고 떨어져
돌 속에 박힌 채 신호를 찾네.
—메콘스, 〈하얀 돌문〉에서

누가 눈앞에 불쑥 들이민 구불텅거리는 메콘스 가사에 적절한 음색을 찾아낼 때도, 밴을 타고 공연하러 가는 길에 딜런 토머스나 아이버 커틀러나 뭔가 부도덕한 5행짜리 우스운 시를 낭송할 때도, 동료인 존 랭포드가 우리의 '형이상학적 달렉* 사랑시 번작'의 일부로서 존 던의 〈굿-모로〉를 날카로운 금속성 목소리로 읽으면서 실물 크기의 달렉 입간판 뒤에 서 있는 걸 볼 때도, 시와 웨이먼 여사의 엄격한 시선은 계속해서 그 미묘한 영향력을 발휘한다.

달렉은 영국 TV드라마 시리즈인 '닥터후'에 등장하는 외계 종족을 이른다.

샐리 팀스 Sally Timms(1959~)

영국의 작곡가 겸 가수로 1985년에 밴드 메콘스의 정규 멤버로 합류한 이후로 내내 그 일을 후회하고 있다. 요크셔주 데일스에서 자라면서 어릴 때부터 교회 성가대에서 노래를 부르고 시낭송 대회에 참가했다. 19살에 버즈칵스의 피트 셸리와 같이 즉석에서 작곡한 실험적인 영화음악인 첫 솔로 앨범《한가하르(마오리족 언어로 '기술'이라는 뜻-옮긴이)》를 녹음했다. 메콘스와는 별도로 얼터너티브 컨트리 음반사인 블러드샷 레코드에서 낸《놓친 카우보이 목동을 향한 카우보이 샐리의 황혼녘 비탄》을 포함한 몇 장의 솔로 앨범을 발표했다. 현재 미국 시카고에 살고 있다.

시는 쓸모없다

앤더스 닐슨

시.
그런데, 시가 대체 뭐야?
시/
시/
시
양상추/
티타늄/
간 소세지가 아니야.
왜냐하면 네가
하더라도 코 성형술이
장난감을 씹고…

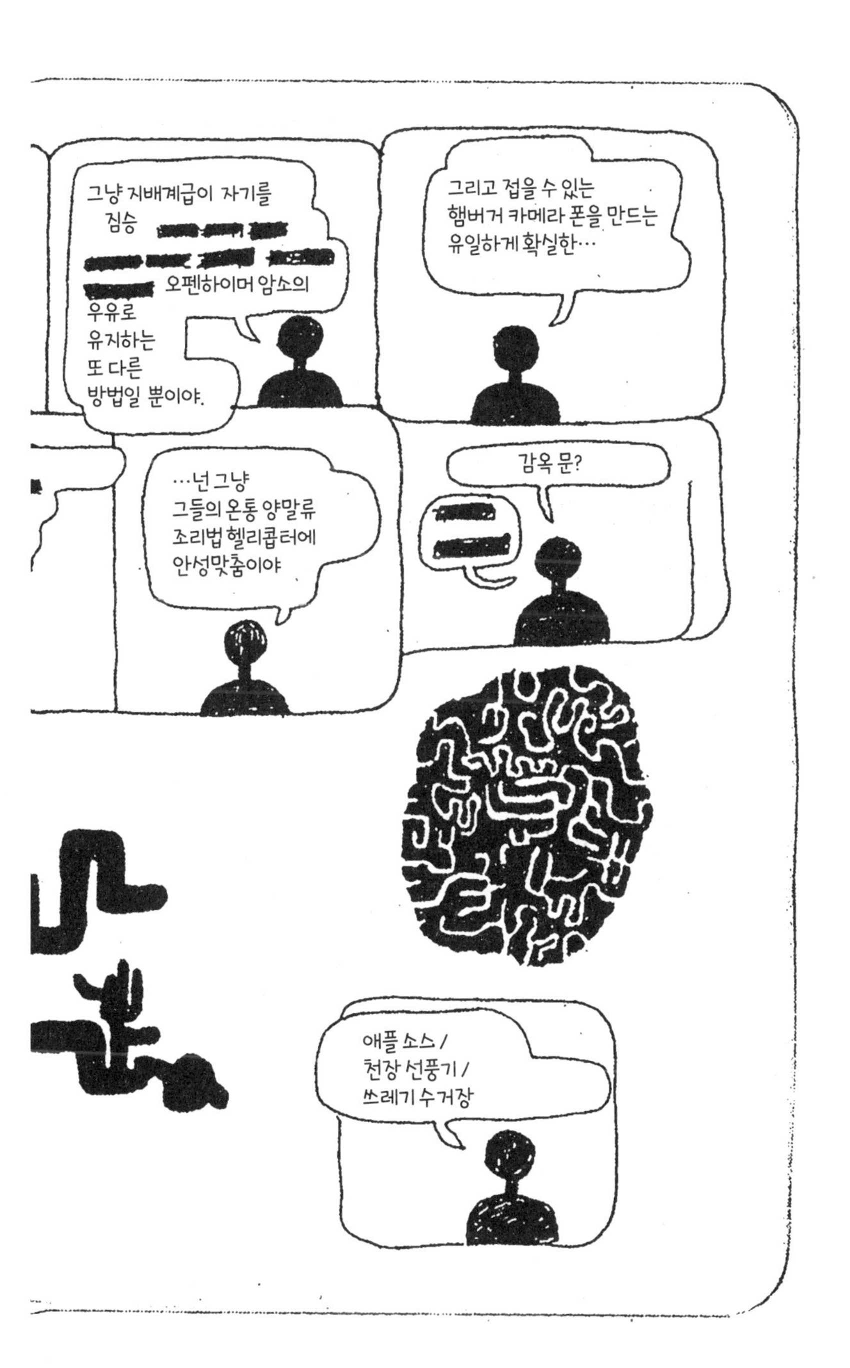
그냥 지배계급이 자기를
짐승
오펜하이머 암소의
우유로
유지하는
또 다른
방법일 뿐이야.
그리고 접을 수 있는
햄버거 카메라 폰을 만드는
유일하게 확실한…
…넌 그냥
그들의 온통 양말류
조리법 헬리콥터에
안성맞춤이야
감옥 문?
애플 소스 /
천장 선풍기 /
쓰레기 수거장

05.09.08
시와 그 유용성이라는 주제의 종류 중에 뭔가 이견이 있다는 점이 연방정부회계감사관의 관심을 끌게 되었어.
시와 유용성.
여러 사안에서 약간의 건강한 논쟁이 튼튼한 민주적 환경을 유지하는 데 중요할 수 있다는 건 사실이지만
그렇다고 그렇지 않으면 재정적 곤란을 겪을 이 만화의 관리 주체가 반길 시의 유용성을 제시함으로써 파생되는 모든 환상을 독자가 즐겨야 한다는 말은 아니지.
건강한 논쟁과 우스꽝스러운 헛소리는
완전히 다르지. 그리고 잠재적으로
위험한 우스꽝스러운 헛소리는 용인해서는 안 돼.
말이 나왔으니 말인데, 그럼에도 불구하고, 반대파의 입장에 한발 양보하고 싶을 거야. 시에 한 가지 용도가
있을 수 있다고 고려할 수 있으니까.
태우면 따뜻하잖아. 고마워.
계속해.

앤더스 닐슨 Anders Nilsen (1973~)

미국의 만화가이자 예술가로《끝》,《시는 쓸모없다》를 포함한 여덟 권의 만화와 그래픽노블을 출간하고《에덴 산책》이라는 컬러링 북을 냈다. 2005년에 그래픽노블인《개와 물》로 소규모 출판 만화에 주는 이그나츠상을 수상했고, 2007년에는《내가 따라갈 수 없는 곳으로는 가지 마》로, 2012년에는《커다란 질문들》로 역시 이그나츠상을 받았다. 미애나폴리스에서 격년으로 열리는 독립만화축제인 오탑틱의 공동설립자이다. 현재 오리건주 포틀랜드에 거주한다.

시는 멍청한 거미

린다 배리

2009년 9월, 시카고, 14층 호텔 방. 숙취와 강한 햇빛 때문에 너무 일찍 깬 나는 블라인드를 내리다 창밖에 만찬 접시보다 큰 거미줄이 걸린 걸 본다.

나는 생각한다. 왜 저기에? 이 멍청한 거미 같으니. 대체 거기서 무엇이 잡힌다고? 도심 40미터 상공을 날아다니는 벌레가 얼마나 많기에? 게다가 왜 거미줄을 유리창에 딱 붙이다시피 해서 사냥 가능성을 절반으로 줄였지?

침대에 다시 누워서 나는 폭풍에 떠밀려 호텔 창문 쪽으로 곧장 날려가는 벌레가 된 상상을 했다. 죽을 줄 알고 충격을 각오하고 있는데, 마지막 순간에 갑자기 거미줄이 짠! 이 기적적인 느낌이라니. 그러나 목숨을 구한 그 기적은 곧바로 산 채로 잡아먹히는, 기적의 반대가 될 터였다. 어떤 죽음이 더 나쁠까?

그러다 공리주의적 생각이 떠올랐다. 적어도 벌레가 낭비되지는 않잖아.

그러다 인체의 피부를 벗겨내고 내부를 수지로 채운 다음 움직이는 자세로 전시했던 패거리들이 기억났다. 그런 전시가 라스베이거스의 한 곳을 포함한 여러 박물관과 전시공간을 순회한다. 사람들은 진짜 인간 신체의 기적을 볼 수 있다. 동맥, 정맥, 근육, 힘줄. 침울한 전시가 아니다. 어떤 인체는 달리고 있다. 어떤 건 스케이트를 타고 있다. 어떤 건 농구공을 던지고 있다. 그 사람들은 누구일까? 그리고 그 가죽 벗기는 사람들은 어떻게 이렇게 많은 인체를 수중에 넣었을까?

그리고 오락용 차량처럼 보이면서 공리적인 방식으로 운영되는, 중간 상인들을 배제하는 동시에 사형선고를 배달 서비스 및 지방 순회 인체 장기 수확과 결합시킨 중국의 이동식 사형 트럭 사진이 기억났다.

그리고 흐린 날 중국에서 찍은 또 다른 사진도. 발가벗은 채 등 뒤로 팔이 결박당한 채 어느 차고 앞 진입로에 쓰러진 두 젊은이의 시체. 한 남자가 마치 차량 바닥 깔개를 씻기라도 하듯이 아무렇지 않게 호스로 물을 뿌리고 있었다.

그리고 그 가죽 벗기는 사람들이 사체를 중국에서 구한다고 읽었던 기억도.

그리고 '연구자들'이 정치범들을 실험재료로 사용해왔다는 고발과, 사상 때문에 죽임을 당한 이들의 가죽을 벗겨 전시하는 데 대한 논쟁의 기억도.

갑자기 입 안이 바싹 마르고 머리가 쿵쿵 울린다. 미니바 냉장고에 든 9달러짜리 맥주가 도움이 될 터이다. 맥주를 목구멍에 들이붓는데 2년 전에 외운 A. E. 하우스먼*의 시 일부가 마치 누가 내게 소리라도 지르는 듯이 생생하게 떠올랐다.

> 활기찬 모임을,
> 움직이는 가장행렬을 지켜볼 때
> 내가 잠시 묵는 이 거리는
> 따뜻하게 숨을 쉬고,
>
> 육신의 집에
> 미움과 정욕의 열기가 강하다면,
> 내가 오래 머물러야 할
> 먼지의 집을 떠올리게 하라.

지금에서야 시는 예전에 생각했던 의미와 정반대의 의미를 띤다. 이 시는 관용과 삶의 장기적 전망에 관한 이야기가 절대 아니다. 이 시는 말한다. 삶이여! 삶이여! 뜨거울 때 즐겨라! 나는 맥주캔을 들어 경의를 표했다. 죽은 A. E. 하우스먼의 아직 살아 있는 관념에게 말이다.

알코올 기운에 노곤해지면서 나는 생각한다. 내가 취해서 잠든

A. E. 하우스먼Alfred Edward Housman(1859~1936)은 영국의 고전문학가이자 시인으로 서정적이고 간결한 형식으로 영국 시골 젊은이들의 절망과 파멸을 그려냈다. 단순하고도 명료한 심상들이 19세기와 20세기 초반의 대중적 정서를 자극했고, 많은 노래로 만들어졌다.

사이에 14층 호텔 방 창밖에 거미가 거미줄을 칠 확률은 얼마나 될까? 나는 얼마나 운이 좋은가! 절대 멍청한 거미가 아니다. 천재 거미. 가상 인물인 샬롯이 가상 인물인 윌버에게 말하듯이 분명하게 내게 말하는 천재 거미. 내 눈가가 촉촉해졌다. 나는 맥주캔을 창문을 향해 치켜들었다. 난 말한다. "대단한 거미!" 나는 다시 잠들었다.

내가 그때까지도 몰랐던 건, 내가 경의를 표한 거미는 이미 오래전에 사라졌고, 새것이라 생각한 그 거미줄이 사실은 오래된 데다 거미줄 가장자리에 단단히 포박된, 우리 몸과 아주 비슷해 보이는 작은 회색 시체들 말고는 아무것도 없다는 점이다. 거기서 우리는 유용한 바람이 불 때마다 같이 몸을 떨 것이다. 마침내 시가 우리를 놓아줄 그 순간까지.

린다 배리 Lynda Barry(1956~)

미국의 만화가 겸 작가다. 21권의 책을 출간하여 여러 상을 받았고, 대중적 명성과 인기를 얻었다. 2008년에는 스탠포드 대학이 그녀의 책《백! 마리! 악마!》를 신입생을 위한 필독서로 지정했다. 현재 위스콘신 매디슨대의 학제간 연구 부교수이자 이미지랩 소장을 맡고 있다.

영광스럽게 미완성인

매트 피츠제럴드

나는 시로부터 큰 도움을 받은 복음 설교자이다. 시가 보여주는 강력한 표현적 언어와 간결하게 지성을 담아내는 능력은 눈앞에 놓인 기묘하고도 진지한 과제를 다룰 시간과 지혜가 모자랄 수밖에 없는 우리 같은 목사들 누구에게나 도움이 될 수 있다. 하지만 기독교인이 시를 읽어야 하는 데에는 훨씬 나은 다른 이유가 있다. 시는 가끔 이해할 수 없고, 가끔은 당황스럽기도 하다. 최고의 시는 말의 한계를 넘어 언어가 닿지 못하는 곳까지 뻗어 나가 저마다의 요점을 거의 포착해내는 듯 보인다. 예를 들어, 당나라 시인인 왕유의 시를 보자.

> 가지 끝에 목근화 피고
> 산마다 온통 붉은 꽃봉오리
> 아무도 없구나. 골짜기엔 빈 집 하나
> 꽃들만 차례로 피었다 지네.
> —왕유, 〈목련 골짜기〉

이 시는 무슨 의미일까? 아마 생을 위협하는 죽음이 우리의 시야를 제한해 주변을 둘러싼 온갖 경이의 작은 흔적조차 경험할 수 없도록 몰아붙인다는 의미이리라. 하지만 시는 그 너머에 있는 뭔가를 향해 더 뻗어 나가는 듯싶다. 이 시는 우리의 분석을 거부하며 그저 제자리에 앉아 반짝거리며 자신을 넘어선 어딘가를 가리킨다. 나는 가장 장엄한 언어가 스스로의 불충분함을 가장 솔직하게 드러낸다는 사실이 놀랍기 그지없다.

그리고 이 지점에서 시와 기독교가 강력한 진짜 동역학을 공유한다고 나는 생각한다. 둘 다 우리가 보면서도 보지 못하고 알면서도 알지 못한다는 사실을 증명한다. 둘 다 사건의 범위, 시의 범위, 아니면 삶 자체의 범위 너머에 맥동하는 더 큰 진실이 있음을 인정한다.

기독교는 그리스도가 신을 드러낸다는 믿음을 토대로 존재한다. 그리고 지금 시대의 미국에서는 기독교 우파가 나의 종교를 일종의 거만한 확신이라고 정의해버렸다. 그래서 기독교가 신의 전부를 드러내지 못한다고 하면 이상하게 들릴 것이다. 하지만 이것이 그리스도의 진실이다. 신이 독일의 역사를 통해 당신의 뜻을 계시하고 있다는 나치의 주장을 30대의 나이에 직면한 에밀 브루너* 는 이렇게 썼다. "키에르케고르가 말했듯이 … 그리스도조차도 '간

* 에밀 브루너Emil Brunner(1889~1966)는 스위스의 개신교 신학자이다. 1913년에 취리히대에서 신학박사 학위를 취득한 후 오프스타르덴에서 목회자로 일하다 1924년부터 죽을 때까지 취리히대에서 조직신학과 실천신학 교수로 재직했다. 그는 종교개혁자들의 신학을 형식화하고 도식화했다는 이유로 17세기와 18세기 신학을 신랄하게 비판했고, 19세기의 개신교 자유주의 경향도 함께 비판하였다.

접 소통'이다. 직접 소통은 이교의 사상이기 때문이다. 직접 소통은 신의 말씀을 전달하지 못하고 오직 우상의 말만 전달할 뿐이다."

무한을 이해하기에 우리는 너무 유한하다. 인류가 샅샅이 알 수 있는 유일한 신은 우리가 스스로의 상에 맞게 만들어 우리의 타락한 심부름을 하도록 보낸 흉하고 미천한 흉내쟁이일 뿐이다. 신과 직접 소통함을 믿는 기독교인들이 언제나 제일 먼저 공격에 나서고 제일 먼저 우리의 전쟁을 축복하는 것도 우연이 아니다.

마가복음은 그리스도가 추종자들과 '우화'로만 얘기했다고 전한다. 신의 진실을 드러내기 위해 온 이는 진실을 드러내는 만큼이나 혼란스럽게 하는 수수께끼로만 말했다. 그리스도는 신이 어떤 존재인가를 보여주기 위해 오셨지만, 그 자신은 폭로의 행위 속에 숨는다. 칼 바르트가 말했듯이, "신은 정확하게 스스로의 뜻을 밝히고 알리고 드러내는 순간에 스스로를 감춘다."

드러내는 행위로 행해지는 감춤. 뚜렷해지면서도 혼란스러워지는 방식으로 진실은 드러났다. 내 귀에는 이 말이 시에 대한 좋은 정의처럼 들린다. 아니면 적어도 좋은 시에 대한 정의 같다. 너무 쉽게 이해되는 시를 누가 읽고 싶어 하겠는가. 그런 시는 쉽게 파악되는 신들과 같고, 뜻을 나를 수는 있어도 진실을 가리키지는 못할 것이다. 내게는 시라는 형식의 모든 아름다움이 완전히 알려지기를 거부한다는 점과 관련되어 있는 듯하다.

우리는 신을 완전히 알고 싶어 못 견디지만, 우리는 그런 지식을 얻을 수 없고, 신도 그런 지식을 우리에게 주지 않는다. 실망스럽긴 하지만, 대안은 더 나쁘다. 우리가 신의 복잡한 모든 것을 이해할 수 있다면 종교라는 것이 얼마나 지루할지 상상해보라. 우리가 모든 시를 모종의 철저하고 궁극적인 방식으로 이해할 수 있다면 시가 얼마나 지루할지 상상해보라.

하지만 지루함보다 훨씬 더한 위험들이 있다. 무언가를 완전히 안다는 건 통제하는 것이고, 명령하는 것이고, 우리의 목적에 복속시키는 것이다. 인류가 신성에 숙달할 때 풀려날 공포들을 생각해보라. 신성을 가졌다고 생각하는 이들이나 신의 마음을 안다고 생각하는 어느 대통령, 또는 자신이 신의 대리자라고 믿는 테러리스트들 때문에 흘리는 그 모든 피를 고려해보라. 당연히 그들은 모두 틀렸다. 하지만 피에 대한 굶주림처럼 천박한 무언가도 신에 투사되고 신의 의지로 혼동되면 세상을 찢어버릴 수 있을 정도로 강력해진다.

시는 언어의 정점에서 언어를 표현한다. 그리고 우리의 말은 그 정점에서 궁극적인 진리와 아름다움을 강렬하게 묘사하려고 애를 쓰면 쓸수록 성글어지고 영광스럽게 미완성으로 남는다. 궁극적인 진리는 우리의 부족한 재능 너머에 있기 때문이다. 그래서, 종교적 확신이 갈수록 커지는 시대에 시는 종교인들이 읽어야 할 가장 최선의 것이 될 수 있다. 그 힘으로 우리를 어리벙벙하게 만들지라도, 위대한 시들은 아무것도 진실로 이해하지 못하는 우리의 무능을 일깨워주기 때문이다.

매트 피츠제럴드Matt Fitzgerald

시카고에서 가장 오래된 교회이자 미국에서 LGBTQ 기독교인들을 긍정하고 환영하고 결혼식을 주재하는 교회 중 하나인 세인트폴 유나이티드 처치 오브 크라이스트의 선임 목사이다. 수상 경력에 빛나는,《크리스천 센추리》 잡지에서 운영하는 '설교를 생각하는 설교자' 팟캐스트의 진행자이며,《여전한 말씀 일일 기도》의 정기 기고가이기도 하다. 가족과 함께 시카고에 살고 있다.

파편들

제리 보일

법을 다루는 일은 학자적인 직업으로 여겨지기 때문에 우리 법률가들은 본인을 학자라 여긴다. 설상가상으로 소송과 항소에 집중하는 우리 중 일부는 본인이 박식하다고 여긴다. 소송 관계자의 전문 기술은 소송을 다루는 과정에 있지 소송 내용의 실체에 있지 않으므로 우리는 과정에 관한 우리의 학자적 박식함으로 실체를 통달할 수 있다고 가정하고 의뢰가 들어온 건 무엇이든 받아들인다. 우리가 '아는 체하는 사람'으로 악명이 높은 것도 놀랍지 않다. 그리고 문학만큼 우리의 자만이 뚜렷이 드러나는 주제도 달리 없다. 우리는 말로 벌어먹는다. 그래서 우리 중 일부는 우리가 작가라고, 그러니까, 심지어는 시인이라고 생각한다.

내게는 적으로 만난 친구가 한 명 있다. 우리는 반대편에 서서 하나의 소송을 같이 치렀다. 플로베르가 내 친구 같은 법률가들을 향해 '모든 법률가는 속에 시인의 파편을 품고 있다'는 말을 했을 때는 아마도 경멸의 의미였을 것이다. 친구는 늘 문학을 얘기하고 싫어 하고, 나는 어쩔 수 없이 따른다. 하지만 나의 전 적수는 내가 법정에서 자신을 이긴 것은 용서하면서도 내가 문학을 문학 자체가 아니라 설득적 화법을 벼리는 수단으로서 사랑한다고 인정하는 건 절대 용서하지 않을 것이다. 어림도 없다. 그는 내가 법조계에서 일하면서 '창조적 재능'을 남용하고 있다고 주장하지만, 나는 그가 자신의 모습을 내게 투영하고 있다고 상당히 확신한다. 나는 첫째도 둘째도, 마지막까지도 법률가다. 내게는 법률이 문학을 돕는 게 아니라 문학이 법률을 돕는다. 내가 볼 때 플로베르는 어쨌든 법대를 졸업하지 못하고 자퇴했기 때문에, 그가 말한 시인의 파편이 명시석으로 어떤 의미인지는 법률가들이 결정할 문제다. 우리는 시인의 쓰레기를 내다버린다.

시적인 모호한 말의 결과가 추상적이기 때문에 시인들은 질문을 제기하는 사치를 누린다. 하지만 법률가들은 답을 제기해야 하는 압박에 시달리는데, 소송이란 게 결국 우리 고객들에게서 삶이나 자유, 재산을 박탈하는 모호하지 않은 판단이기 때문이다. 은행원이었던 T. S. 엘리엇은 아마도 그 황금률을 잘 알았을 것이다. 그 황금률이란 다름 아니라 '황금을 가진 자가 규칙을 만든다'는 법칙이다. 은행원들은 모든 유리한 점을 은행이 갖도록 의도적으로 냉혹하고 정밀하게 서류를 작성한다. 하지만 소송에서는 이런 대출기관의 이점이 가끔 차용인의 변호사에게 절취당한다. 어느 소송을 진행하며 나는 잘못 찍힌 쉼표 하나에 매달렸는데, 그 쉼표 탓에 변경 약관 조항의 의미가 아슬아슬해졌기 때문에 소송의 결과가 그 쉼표에 걸린 셈이었다. 재판관과 배심원들은 답으로 '아마도'를 내놓지 않기 때문에 나는 가장 최근의 판례를 따른다는 원칙을 주장했고, 그 아슬아슬한 약관 조항은 은행의 입장에 결정적인 타격을 날리며 무력해졌다.

은행원이었던 엘리엇이 '참을 수 없는/말과 의미와의 씨름'이라 탄식하게 된 것도 그런 경험 때문이었으리라 나는 짐작한다. '있다'의 진정한 의미를 절대 확신할 수 없다는 사실을 내게 가르쳐준 이가 시인 엘리엇이었다.

> 말은 기를 쓰고,
> 짐의 무게에 눌려 금이 가고 때로는 부서지고,
> 긴장 속에서, 빠지고, 미끄러지고, 사멸하고,
> 부정확함과 함께 썩어, 제자리에 머물지 못하리,
> 가만히 머물지 못하리.
> —T. S. 엘리엇, 〈번트 노튼〉에서

법률가가 시인에게서 배울 건 무척 많다. 내가 법전에서 가장 긴 문장일 '내부 수익 코드IRC 341(e)항'을 음미하고, 더 중요하게는 이해할 수 있었던 건 울리포파의 일원인 레몽 크노 덕분이다. 임의적인 제약조건에 대한 뒤틀린 평가 하나 없이 주동사 앞에 435개의 단어가 이어지는 한 문장을 이해하려 해보라. 궁금해할까 싶어 얘기하자면, 상당한 도전이다.

아니면 어느 추잡한 잡지가 지금은 유명해진 여배우의 옛 음란 사진을 허락도 없이 게재한 것이 아무 문제 없다고 재판정을 설득하려 해보라. 음, 그 사진은 이전에 (비록 덜 상스럽긴 했지만) 다른 잡지에 실렸기 때문에 다시 게재됐다고 해서 여배우의 사생활이 침해됐을 리가 없다. 그리고 그 사진에 덧붙여진 문자는, 외설적이긴 하지만, 없는 일을 꾸며내지는 않았다. 월리스 스티븐스가 이 소송의 핵심을 곧장 찌른다.

> 나는 어느 쪽이 더 좋은지 모른다
> 변화하는 음조의 아름다움인지
> 아니면 암시의 아름다움인지,
> 검은 찌르레기가 울 때인지
> 아니면 그 직후인지.
> —월리스 스티븐스, 〈검은 찌르레기를 바라보는 열세 가지 방법〉에서

플로베르와 달리 스티븐스는 법대를 졸업하고 변호사로 일했다. 그는 공정하게 논쟁의 양측 모두를 제시하지만, 속이 시커먼 법률가의 마음 깊숙이에서는 유일한 선택이, 정확하게, 양쪽 다라는 사실을 분명히 알았을 것이다. 나도 그렇다. 가끔은 의뢰한 고객들이 터무니없이 틀려서 우리가 할 수 있는 일이 많지 않을 때도 있다. 우리는 시인이 아니기에 매번 이길 수 없다는 걸 안다. 우리가 할 수 있는 건 시인의 파편을 폐기하는 것뿐이다.

제리 보일 Jerry Boyle

인권 변호사로, 시카고에 소재한 앨빌 블락 & 어소시에이츠에서 민사소송 전문 변호사로 일하고 있다. 사회운동과 언론의 자유, 대중 시위와 관련된 소송은 무료로 변론한다. 법률가들을 많이 배출한 아일랜드계 대가족 출신인 보일은 전국법률가조합의 일원이다. 그는 다른 조합원들과 함께 2016년 오하이오주 클리블랜드에서 열린 미국 공화당 전당대회에 맞서 시위와 경찰의 대응이 이어지는 동안 현장에서 법률감시원으로 일했다.

윌리스와 위스턴과 같이 여행을

조시 원

나는 약간 둘러대다가 윌리스 스티븐스의 정정을 받아들였다. 확실히 그는 〈키웨스트에서의 질서 개념〉에서 '융기하는' 대신에 '끓어오르는'이라는 단어를 썼다면 얼마나 신선하고 후각적인 느낌이 날지 깨닫지 못했다. 나는 몇 번이고 되풀이하는 방식으로 시를 기억에 위탁한다.

> 그것은 깊은 대기,
> 끓어오르는 대기의 언어, 여름 안에서
> 끝없이 되풀이되는 여름의 소리였을 터이다.

마침내 본문을 들여다보니 '끓어오르는'이 아니라 '융기하는'이었고, 약간 마음이 아팠지만 나는 윌리스에게 길을 내주었다.

나의 수정, 아니, 굳이 그렇게 주장한다면, 나의 실수는 오하이오 턴파이크에서 동쪽으로 차를 모는 와중에 명함 뒷면에 손으로 쓴 시구들을 흘끗 보고서 〈키웨스트에서의 질서 개념〉을 암기한 데서

기인했다. 암기와 암송은 격주로 동료 철공노동자들이 '오 파운드짜리 상자에 든 십 파운드짜리 똥 덩어리'라고 부르는 철공 작업 도구들을 갖추고 회사에서 지급한 포드 픽업트럭을 타고 버펄로 방향으로 몸을 수그린 채 통근하는 그 제법 긴 시간을 보내는 나만의 방식이었다.

트럭 짐칸에 가득 쌓인 상자들이 모르는 사람 눈에는 어지럽게 보이겠지만, 나는 무엇이 무엇인지 제법 알 만큼 일해왔다. 정교하게 짜인 시의 질서에는 같은 종류의 매력이 있다. 작업 현장은 지저분하고 시끄럽고 추운 데다 돈도 들고 일정이 늦어질 수도 있지만, 어느 상자에 3.5인치 드라이브 소켓이 들었는지 알면 기분이 나아진다. 어쩌면 압도되는 느낌에 관해 쓸 때 스티븐스도 비슷한 욕구를 얘기했던 것이리라.

> 무대처럼 먼 거리감, 높은 수평선과
> 하늘과 바다 첩첩이 쌓인 대기에
> 수북한 청동색 그늘

그리고 거대한 나침반의 바늘이, 어쩌면 지팡이가, '불 밝힌 구역과 불붙은 막대들을 고정하고,/밤을 준비하고, 깊어지게 하고, 매혹하는' 동안 기울어지는 낚싯배를 비추던 불빛을 회상하는 그의 화자처럼, 길들일 수 없는 자연에서 질서를 찾거나 만들어내길 원하는 인간들에 관해 쓸 때도 말이다. 음, 내 트럭은 스티븐스의 카리브해 장면들처럼 거칠지 않고, 장비를 다루는 내 전문가적 기술도 그 시에 등장하는 여주인공이 지닌 변칙적인 기술 같지는 않지만 말이다.

> 그녀가 노래하면, 바다,
> 무슨 자아를 가졌든, 자기 자신이 되리니
> 그것이 그녀의 노래, 그녀는 만드는 자이니.

철공 일이 예술까지는 아니더라도 기교가 필요할 때가 많다 보니, 기다란 시를 머릿속에 담는 일에서 까다로운 용접을 마치거나 굽은 계단에 철제 난간을 세웠을 때와 약간은 유사한 만족감이 느껴지는 데 이유가 있다 할 것이다. 뇌의 한구석에서 시를 끄집어낼 때, 그 시가 내 것처럼 느껴진다는 점이 그 이유 중 하나다. 시를 새로이 한 번씩 훑을 때마다 우리는 유용하게 쓸 수 있는 새로운 의미를 찾아낸다. 저작권을 가진 이는 동의하지 않겠지만, 우리는 시인의 창의적인 표현을 공유한다. 예를 들자면, 긴 산책을 하면서 우리는 스티븐스가 그린 고집스럽고 몰지각한 바다의 심상을 일곱 가지 다른 방식으로 발음해볼 수 있다. "온전하게 몸인 몸처럼/ 펄럭인다, 빈 소맷자락을."

이렇게 시를 지니는 것에 이점이 있다 해도 그게 사회적인 이점은 아닐 것이다. 어떤 모임에서 사람들에게 강한 인상을 줄 수는 있겠지만, 그런 사람들은 원래 문학적인 유형의 사람들일 가능성이 크고, 그런 부류에게 강한 인상을 주려던 시도가 나를 이 노동판으로 밀어 넣은 주범이다. 차가운 경량 강철 빔에 손끝으로 매달린 채, 예이츠에 관한 작문 과제로 밤을 새우는 대신 화학 기말고사를 더 열심히 대비했더라면 내 삶이 얼마나 달라졌을까 곰곰이 따져보는 혼잣말을 혼자 듣는 일 같은 것이다. 한편, 나는 어느 공사 현장에서 W. H. 오든의 〈아킬레스의 방패〉를 감히 낭송한 적이 있다. 같이 용접 케이블을 끌던 젊은 녀석이 에미넴의 재치 있는 랩을 우물거렸기 때문이다. 두어 줄을 낭송하고서야 작업 동료의 카페인 과다형 박자에 맞지 않는다는 걸 안 나는 밥 딜런의 〈지하에서 고향 그리는 노래〉로 바꿔 불렀다. 동료는 그 오래된 노래도 듣지 않았지만, 상관없었다. 바닥 연마기가 움직이기 시작하자 둘 다 아무 소리도 들을 수 없었기 때문이다.

그래서 아직 가족 말고는 누구에게도 강한 인상을 줘본 적이 없지만, 암송에는 다른 이점도 있다. 우리 대뇌피질 안에 든 견고한 시 한 편은 배 짐칸에 든 바닥짐과 거의 똑같은 역할을 할 수 있다. 문득 마음이 요동칠 때, 스스로에게 읊어주는 시 한 편이 파도를 잠재우는 길이 될 수 있다. 나는《시편》을 암기하려 애쓰다가 이런 사실을 처음 알았다. 하지만 세속적인 시라도 소리 내어 낭송하면 위안이 되는데, 단순히 불안을 일으키는 사안으로부터 시선을 돌릴 수 있어서만이 아니라 그 소리의 안정적인 리듬, 그리고 그것이 호흡에 미치는 영향 때문이기도 하다. 〈아킬레스의 방패〉에서 따온 이런 어두운 말들조차도 그러하다.

이유를 알 수 없는 군중,

줄을 맞춘 백만의 눈, 백만의 군화,
신호를 기다리는 무표정.
…
먼지구름 속에 줄줄이 기둥과 기둥
저들은 믿음을 품고 행진하거늘
믿음의 논리는 저들을 다른 곳의 비탄으로 데려가네

이 67줄짜리 시를 입 밖으로 발성하면서 우리는 요즘의 언론이 벌이는 예의 그 난리법석에서 스스로 빠져나와 더욱 깊은 곳에서 나오는 말에 따르게 된다.

하지만 내가 계속해서 시를 외우는 주요한 이유는 즐겁기 때문이다. 정말로 마음 깊이 알게 된 작품의 강렬한 친숙함은 시를 온전하고 면밀하게 감각하는 행복한 순간들을 안겨준다. 이런 기쁨은 그저 수수께끼를 풀었거나 내 철공노동자다운 성정에 맞는 구조를 봐서 얻는 쾌감만이 아니다. 거기에는 소리와 운율이 주는 즐거움과 '이유를 알 수 없는 군중'이라는 낯선 구절을 입 밖으로 발하는 드문 즐거움도 있다. 하지만 좋은 시가 주는 최고의 경험은 오직 특정한 한 벌의 단어들로만 전달될 수 있는, 타인이 터득한 심오한 진실을 이해하려는 노력과 관련되어 있다. 내가 〈아킬레스의 방패〉와 〈키웨스트에서의 질서 개념〉을 둘 다 좋아하는 것은 저마다 예술을 떠받치는, 예술을 장거리 운전의 좋은 동반자로 만들 뿐만 아니라 익히려 애쓸 만한 가치가 있는 것으로 만들어주는 너무도 값진 인식을 품고 있기 때문일 것이다.

조시 원 Josh Warn

디트로이트에 소재한 제25 철공노동자지역연맹의 은퇴 조합원이다. 지금도 가끔 철공 일을 하고, 공립학교 보조교사로도 일하고 있다. 시를 외우는 일 외에 미시간강과 호수에서 카누 타기를 좋아한다. 그는 종교기관과 사회정의를 위한 조직에서 자원봉사하고 있다. 호기심에 이끌려 미시간주의 역사와 매혹적인 해였던 1919년에 대해 연구하고 관련 주제에 관한 글을 발표하고 있다. 말년에 이르러서야 그를 참아주는 단원들이 있는 합창단에서 노래하는 재미와 만족감을 발견했다.

모든 것은 살기 위해 움직인다

제니 자딘

말로 전달하기에 현실이 너무 복잡할 때가 있지. 하지만 전설은 그런 현실을 전 세계에 퍼질 수 있는 형태로 구체화해.

—IBM 메인프레임 악당인 알파60, 장 뤽 고다르의 SF 누아르 영화〈알파빌〉에서

〈알파빌〉은 내가 제일 좋아하는 영화다. 사실은 제일 좋아하는 영화를 넘어서 개인적인 토템 같은 것이 되었다. 해커인 친구가 USB 열쇠고리 장식에 담아서 목에 걸고 다니는 암호화 문장처럼, 그 영화는 늘 나와 함께하는 암호다. 처음으로 그 영화를 본 건 90년대 초반인데, 내가 컴퓨터를 다루기 시작하던 때이기도 했다. 화가와 시인, 음악가 들이 많은 집안에서 자란 탓에 그때는 기계에 익숙해지는 것이 그런 집안 분위기에 엿을 먹이는 듯 짜릿하게 느껴졌다.

하지만 〈알파빌〉은 지금 나의 삶을 반영하는 방식으로, 그리고 내가 삶이란 이런 것이라고 이해하게 된 방식으로, 대립하는 듯이

보이는 영역들을 통합해냈다. 내가 이해하는 삶은 이렇다. '망網에는 시가 있다.' 음악에는 수학이 있다. 금속은 우주선이 되는 꿈을 꾼다. 그리고 우주선은 별을 향해 나는 꿈을 꾼다.

영화는 사악한 IBM 메인프레임 컴퓨터의 기술전체주의적 지배에 시달리는 알파빌의 (하필 형편 좋게도 주민들의 많은 수가 매혹적인 젊은 여성인) 시민들을 구출하기 위해 파견된, 트렌치코트를 입은 냉혹한 필름 누아르형 형사인 레미 코숑(에디 콘스탄틴)의 이야기를 따라간다. 알파60의 독재 치하에서는 사랑이 불법이다. 슬픔이나 욕망, 다정함을 표출하는 것도, 심지어 시를 읽는 것도 모두 사형으로, 그것도 뮤지컬 스타일로 싱크로나이즈드 수영을 하는 미녀들이 가득 찬 수영장 한쪽 가장자리에 줄줄이 늘어서서 총살되는 연출된 처형으로 처벌받을 수 있는 범죄다.

"무엇이 어둠을 빛으로 바꾸는가?" 암울한 심문 장면에서 알파60이 레미 코숑에게 묻는다.

"라 포에지(시)." 그는 대답한다.

알파빌에서 시는 자유를 해방시키는 감정적 암호다. 장 뤽 고다르는 구석구석에서 아르헨티나의 시인인 호르헤 루이스 보르헤스와 동시대인인 프랑스의 초현실주의 시인 폴 엘뤼아르*의 작품을 참조한다. 위에 적은 이 영화의 시작 부분은 보르헤스의 글인 〈전설의 형태〉에서 영감을 얻었다.

엘뤼아르의 1926년 시집인 《고통의 수도》는 지하 활동을 하는 시인 친구가 비밀리에 코숑에게 건네주는 책이자 역으로 코숑이 알파60을 설계하고 프로그램한 사악한 과학자의 아름다운 딸인 나타샤 폰 브라운(안나 카리나)에게 건네주는 책으로 등장한다.

이 영화에서 가장 탁월하고 아름답다고 늘 생각한 장면은 나타샤가 엘뤼아르의 시집을 가슴에 안고 있는 장면이다. 그녀는 꿈꾸듯이 엘뤼아르의 1924년 작품인 〈Mourir de ne pas mourir(죽도록 죽고 싶지 않은)〉을 옮긴 듯한 독백을 한다.

> 내가 그대를 사랑하기에, 모든 것이 움직인다
> 우리는 살기 위해 나아가야 한다
> 그대가 사랑하는 것들을 향해 똑바로
>
> 나는 그대를 향해 샀다, 끝없이 빛을 향해
> 그대가 웃으면, 그 미소가 나를 더욱 따스하게 감싸고
> 그대 팔의 빛줄기들이 안개를 꿰뚫는다.

나는 지난 이십여 년 동안 (그렇게 많지도 않지만) 사랑에 빠진 사람과 매번 이 영화를 같이 보고, 그 엘뤼아르 시선집에서 시를 골라 같이 읽었다. 내가 직접 말하는 것보다 그 시들이 사랑이 요구하는 취약함에 굴복하는 것이 어떤 의미인지를 훨씬 잘 표현한다.

폴 엘뤼아르Paul Éluard(1895~1952)는 프랑스의 시인으로 다다이즘 운동에 참여했던 초현실주의의 대표적인 시인이다. 폐결핵으로 공부를 중단하고 스위스 요양원에 있는 동안 보들레르, 아폴리네르 등 프랑스 시인들과 휘트먼 등 미국 시인들에 영향을 받아 시를 쓰기 시작했다. 제1차 세계대전에 참전했다가 독가스 공격을 당해 폐를 다쳤다. 스페인 내전 때는 인민전선에 참가하여 레지스탕스 활동을 벌였다.《고통의 수도》(1926),《정치적 진실》(1948) 등을 포함한 여러 권의 시집을 냈다.

그 시들은 기술이 약속하는 것과 상관없이 그 통제와 명령을 수용한다는 것이 어떤 의미인지를 포착한다. 그 시들은 타인과 깊은 관계를 맺는 것이 아무리 달콤하고 풍성해도 모든 관계에는 수반되는 고통이 있음을 일깨워준다.

마지막으로 같이 묵묵히 〈알파빌〉을 봤던 녀석은, 인터넷 화상통화를 하면서 내가 형편없는 프랑스어로 엘뤼아르의 시구를 읽을 때도 참아주고, 늦은 밤에도 내가 인스턴트메신저 창에 복사해다 갖다 붙인 보르헤스의 글귀들을 받아주었던 그 녀석은, 그런 걸 정말로 이해한 최초의 사람이었다. 그리고 나를 정말로 이해한 최초의 사람이었다고 생각한다. 그 고다르/엘뤼아르 시험을 하나의 시험으로 의도한 적은 없지만, 결국은 그렇게 되었던 듯싶다. 그는 정말로 결혼하고 싶은 사람이기 때문이다.

나는 시인이 아니다. 블로거다. 우리 블로거들은 시인들보다 덜 고뇌하고 더 번다. 우리는 더 공허하고 덜 끈질기다. 우리가 만들어내는 결과물은 빠른 보상과 환호를 받을지는 모르겠지만, 그만큼이나 재빨리 무한히 팽창하는 구글이라는 블랙홀 속으로 사라진다. 시인들이 만들어내는 걸 찾는 건 더 어렵지만 새로 나온 것이 앞서 나온 것을 가리는 변덕스러운 매체들의 흐름을 꿋꿋이 버텨낸다.

십대인 내게 글쓰기에 관해 내가 아는 모든 것을 가르쳐준 시인인 창작 멘토는 이렇게 말했다. "시는 장식이 아니다. 시는 진실이다." 이렇게도 말할 수 있다. 시는 인간이라는 운영체계의 커맨드라인 프롬프트이고, 행동을 불러내고 반응을 이끌어내는 특성들의 흐름이다. 알파60을 해킹하고 자신이 선택한 여성의 마음을 얻기 위해 보르헤스를 낭송한 레미 코숑은 그걸 알고 있었다.

제니 자딘Xeni Jardin(1970~)

대안 언론 블로그인 보잉보잉Boing Boing의 공동 설립자이자 공동 편집자이며, 웨비상을 받은 보잉보잉 비디오의 수석 제작자이자 진행자이다. 웹 개발자로 일하다 1999년에 언론계에서 경력을 쌓기 시작했다. 디지털 매체 전문 저널리스트 겸 논평가로 CNN, MSNBC, 폭스뉴스 같은 대중적인 TV 뉴스 방송국에 출연하고 있다.

시에 관하여

아이 웨이웨이

내 아버지 아이 칭은 일찌감치 내게 영향을 준 분이었다. 아버지는 모든 대상을 순수하고 거짓 없는 렌즈로 보는 진정한 시인이었다. 이 때문에 심한 고초를 겪었다. 신장이라는 외딴 사막 지역으로 유배되었고, 창작활동을 금지당했다. 문화혁명기에는 공중화장실 청소를 해야 했다. 당시 시골 화장실의 상태는 인간의 상상을 뛰어넘었는데, 온 마을이 돌보지 않고 방치하는 실정이었다. 더 떨어지려야 떨어질 데가 없는 밑바닥 삶이었다. 그러나 어린아이였던 나는 아버지가 그 버려진 곳을 더없이 성실하게 관리하며 화장실 하나하나를 깨끗하고 쾌적하게 유지하려고 온갖 애를 쓰는 걸 보았다. 내게는 그것이 가장 훌륭한 시적 행위이며, 절대 잊지 못할 행위이다.

아버지는 시인이라는 이유로 처벌을 받았고, 나는 그런 결과들 속에서 자랐다. 하지만 상황이 제일 어려울 때조차도 나는 아버지의 심장이 세계에 대한 순수한 이해로 보호받고 있음을 알았다. 시는 중력을 거부하기 때문이다. 어린 나이에 월트 휘트먼과 파블로 네루다, 페데리코 가르시아 로르카, 블라디미르 마야콥스키를 읽으면서 나는 모든 시가 동일한 성질을 가지고 있음을 알았다. 시는 우리를 지금 이 순간, 지금 이 상황으로부터 먼 어딘가 다른 곳으로 옮겨준다.

나의 작업을 보더라도 창작의 과정은 언제나 도덕이나 형태의 순수성이나 우리를 타인에게로 연장시키는 존재인 개인적인 언어와의 관계 속에서 미학을 이해할 것을 요구한다. 내 창작활동의 많은 부분이 시적 요소를 함유한다. 2007년에 나는 '카셀 도큐멘타 12'를 위해 1,001명의 중국인을 독일 카셀 시로 데려왔다. 처음으로 중국 바깥으로 나와본 사람이 많았다. 그건 '동화'였다. 2008년에 우리는 극도로 가혹하고 제한적인 조건 아래에서 스촨 대지진의 여파를 조사하여 영영 묻힐 뻔했던 학생 희생자 5,196명의 이름과 생년월일을 발굴했다.

나는 트위터야말로 시에 맞는 완벽한 형식이라고 말하곤 했다. 트위터는 현대사회의 시다. 소셜 미디어와 그것이 가능하게 하는 소통 형태에 참여하면서, 우리는 다시금 우리가 감정에 크게 영향을 받는다는 사실을 발견한다. 분노와 기쁨과 심지어 새롭고 설명할 수 없는 감정들에 말이다. 이것은 시적이다. 이것이 오늘을 유일무이한 시간으로 만든다.

시를 경험하는 것은 현실 너머를 보는 것이다. 물리적인 세계 너머에 무엇이 있는지 찾는 것이며, 다른 삶과 다른 층위의 감정을 경험하는 것이다. 세상을 경이롭게 여기는 것이며 인간의 본성을 이해하는 것이며 가장 중요하게는 젊고 늙고 배우고 못 배우고를 떠나 타인과 나누는 것이다.

아이 웨이웨이艾未未(1957~)
중국의 현대미술가이자 거침없이 인권과 표현의 자유를 주장하는 활동가이다. 아버지인 시인 아이 칭이 1958년에 중국공산당으로부터 비판을 받자 가족 모두가 북한과의 국경에 가까운 강제수용소로 보내졌다가 신장 지구로 이송되었다. 문화혁명이 끝난 뒤인 1976년에 베이징으로 돌아와 베이징영화아카데미에서 애니메이션을 공부했고, 이후에는 뉴욕에서 미술을 공부했다. 10년 뒤에 귀국하여 반체제 서적을 출간하고 아방가르드 전시회를 기획하는 등 실험적 예술가들을 대변하는 역할을 했다. 조각과 설치미술, 사진, 건축, 영화 등 다양한 매체로 작업한다. 중국공산당의 부패를 적극적으로 비판하던 중 2011년에 체포되어 불법으로 81일간 구금되었고, 2015년에 출국이 허용되자 독일 베를린으로 이주했다. 2012년에 창의적 항의 부문에서 바츨라프 하벨상을 받았고 2015년에 앰네스티 국제양심대사상을 받았다.

불완전한 회상

크리스토퍼 히친스

나와 시의 만남과 관계는 습득과 암기와 낭송에 결부돼 있다. 말하자면, 나는 아주 어릴 때 말 그대로 시를 '마음으로' 익힐 수 있다는 사실을 알아챘다. 강제적으로 종교와 성서를 공부해야 했던 어린 시절의 경험과 모종의 연관이 있을 것이다. 나한테 찬송가와 성서 구절을 (이상하게《시편》은 잘 안 됐지만) 머릿속에 집어넣는 건 전혀 어려운 일이 아니었다. 게다가 나는 이 아주 단순한 성취가 만족감을 줄 뿐만 아니라 찬사도 가져다준다는 사실을 발견했다. 악보도 못 보고 무슨 악기든 소리 하나 내지 못하는 데다 거의 독서 장애에 가까운 나의 무능을 벌충하는 데 그 재능이 도움이 되었다. 그리고 시에 관해 말하자면, 나는 급우들이 사내답지 못하다고 느낄 것이 뻔한 아름다운 시구들을 '읽는' 그 어색한 꼴사나움에 몸부림치곤 했다.

내가 어릴 때 접했던 종류의 시에 뭔가 사내답지 못한 점이 있어서는 아니었다. 해군 가문에서 태어나 남자애들만 있는 기숙학교에서 자란 나는 헨리 뉴볼트와 러디어드 키플링과 토머스 배빙턴 매콜리로 가득 차 있었다. 그때는 영웅적이고 애국적인 진부한 시와 노래 들조차 내 마음을 사로잡았다. (찬송가와 성경 구절은 잊히지는 않았지만 장악력을 잃었다.) 그게 나중에 W. H. 오든과 윌프리드 오웬을 마주쳤을 때 방해가 되기보다는 도움이 되었는데, 오웬의 시는 턱에 날랜 어퍼컷을 맞은 듯한 충격을 주었다. 프롬프터만 있으면 아직도 끝까지 읊을 수 있긴 하지만 99행짜리 〈1939년 9월 1일〉을 모두 '배우는' 건 쉽지 않았던 반면, 오웬의 〈복되고 영광스럽도다〉는 내가 가는 곳 어디든 같이 다니는, 따로 본문을 찾아볼 필요가 없는 시 중 하나다. 쓸모 있는 우연으로 내 아버지가 영국 해군을 떠난 뒤에 일한 사립 중등학교의 졸업생 중에 세실 데이-루이스*가 있었다. 처음으로 내 책에 서명해준 저자가 바로 반쯤은 신화화된 이 '30년대'의 인물이었다. 그는 매년 그랬듯이 '시 말하기' 대회의 심판을 보러 학교에 온 참이었다. 그때는, 그리고 지금도 나는 그 이름에 그만한 가치가 있었다고 생각한다.

적어도 호메로스라면 승인했을 듯싶다. 그리고 아마도 셰익스

세실 데이-루이스Cecil Day-Lewis(1904~1972)는 영국의 시인으로 1968년부터 죽을 때까지 대영제국의 계관시인이었다. 니콜라스 블레이크라는 필명으로 여러 권의 미스테리 소설을 쓰기도 했다. 유명배우인 다니엘 데이-루이스의 아버지이기도 하다. 옥스퍼드대 재학 시 W. H. 오든을 중심으로 한 무리의 일원이 되어 그와 함께《1927년 옥스퍼드의 시》를 편집했다. 1925년에 첫 시집《너도밤나무의 불침번》을 냈다. 제2차 세계대전 중에는 정보부에서 출판편집자로 일했다. 오든의 영향을 많이 받은 시풍을 보였으나 전쟁을 거치며 독자적인 면모를 갖추었다. 케임브리지대와 옥스퍼드대, 하버드대에서 시를 가르쳤다.

피어도. 내 생각에 어떤 권위가 있다고 주장할 수 없지만, 나는 지각 있는 마음에 울리는 시의 반향과 회상에는 뭔가 황금률 같은 것이 있다고 생각한다. 예를 들자면, 나는 당장이라도 여러 근거를 들며 에즈라 파운드가 저열한 유사 지식인일 뿐만 아니라 (특히 로버트 컨퀘스트*가 그의 고전적인 문법적 파격 하나만 놓고도 그를 어떻게 대우했는지 읽은 뒤에는) 형편없는 시인이라고 주장할 수 있다. 하지만 나는 파운드의 시집을 펼치고 종이에 적힌 악의적인 횡설수설을 보자마자 그걸 '알았다'. 나는 그에게 편집자로서의 무언가가 '있었음'이 틀림없다고 인정하라는 압박을 받는다. 엘리엇의 후렴구 약간이나 예이츠의 〈죽음을 예감하는 아일랜드 비행사〉가 없는 인생은 상상할 수 없고, 두 사람 모두 파운드로부터 도움과 조언을 받았다고 인정했으니 말이다. 다른 식으로 말하자면, 시는 역설을 익히는 좋은 훈련이기도 하다.

한편에는 작가 사인회와 우연한 만남이 있는데(나는 오든의 시집이 출간된 해에 케임브리지 세인트메리대성당에서 그가 직접 〈순회 행사를 돌며〉를 읽는 걸 들었다), 내가 처음으로 만난 진짜 시인은 옥스퍼드 대학 동문인 제임스 펜턴이었다. 그는 일찍이 명성을 얻었고, 소네트 연작으로 상도 하나 받았지만, 패러디와 가끔 '바꿔먹은 노

* 로버트 컨퀘스트Robert Conquest(1917~2015)는 영국 출신의 미국인 역사학자이자 시인으로《거대한 공포-1930년대 스탈린 정권의 숙청》(1968)을 포함한 소련 역사에 관한 저서들로 널리 알려졌으며 소련에 관해 12권이 넘는 책을 남겼다.《거대한 공포》는 많은 서구 지식인들로부터 날카로운 비판을 받았지만 전반적인 반공주의 정서와 문화에 영향을 끼쳤다.

래'라고 부르는 것들과 더불어 하찮은 우울만 끊임없이 짓고 있었다. 나이가 들어 로버트 컨퀘스트와 킹슬리 에이미스를 알게 되면서 보니 그들도 이 점에서는 마찬가지였다. 내가 선호하는 형식은 5행 희시戲詩인데, 필요한 경우(또는 기회가 왔을 경우)에 대비해 아직도 백여 편 정도가 대뇌피질에 단단히 박혀 있다. 그 우스꽝스러운 시들이 다 부도덕할 필요는 없지만(나는 깨끗한 것들, 심지어 이중적 의미도 없는 것들을 특별히 따로 모아놓았다), 모두가 간단하지만 엄격한 특정한 구성은 꼭 따를 필요가 있다. 내가 만난 사람들 대부분이 이런 보석 같은 형식의 글을 짓기는커녕 낭송조차 못한다는 사실이 이루 말할 수 없이 실망스럽다. 영어 수업을 같이 들은 학생 누구도 셰익스피어 같은 소네트 한 편을 지어내지 못한다. 심지어 시에 도취되지도 못한다(계획의 원래 목적).

이런 식으로 말하면 나 자신이 일반적인 천박화와 무관심에 일조하는 게 아닌가 걱정스럽다. 물론 나의 시험은 정말로 시험할 수 있는 게 아니다. 예를 들어, 《돈 후앙》을 외우고 있다고 마음 편하게 얘기할 수 있는 사람이 누가 있겠는가? 하지만 그렇다면, 〈황무지〉 한두 연도 이럭저럭 암송하지 못하는 사람을 누가 믿을 만하다고 여기겠는가? '쿠란'이라는 단어는 '암송'을 의미하고, 아랍어로 쿠란을 읊는 것은 순수한 권능과 아름다움에 의한 황홀경을 일으키는 듯하다. (오든이 예이츠를 추도하며 지은 시에서 "시는 아무 일도 일으키지 않는다"고 한 말은 틀렸다.) 적어도 이것이 이론상의 신성과의 관계, 그리고 청중과의 관계라는 개념을 복구한다. (오든은 예이츠에 대해서 "미친 아일랜드가 당신을 상처 입혀 시에 빠지게 했다"고 쓰기도 했는데, 어느 정도 시와 현실 간 상호적 관계의 가능성을 암시하는 말이다. 엘리엇은 그런 상호적 관계를 '인간'은 그다지 견뎌내지 못한다고 믿었다.)

하지만 아주 자주, 늦은 밤, 잠을 자야 할 만큼 피곤하지는 않지만 뭔가 '진지'하거나 새로운 것을 계속 흡수하거나 파악하기에는 너무 피곤할 때, 나는 적절한 책장으로 걸어가 검증된 책을, 절대 내게 실망을 주지 않을 시집을 꺼낼 것이다. 그러고는 늘 그랬듯이 의도했던 것보다 아주 늦게까지 잠들지 않을 것이다. 그리고 때로는, 아침이 되어 정말로 〈1937년 스페인〉이나 〈만달레이로 가는 길〉을 전부 '마칠' 수 있을 테고, 글쓰기가 손으로 되는 건 아니라는 사실을 깊이 이해할 수 있을 것이다.

크리스토퍼 히친스 Christopher Hitchens(1949~2011)

20세기의 위대한 지성으로 꼽히는 미국의 저널리스트로《뉴 스테이츠먼》,《더 네이션》,《슬레이트》,《배니티 페어》와 같은 잡지의 기자이자 기고가였다. 그는 자신의 용어로는 신의 존재에 대한 '증거가 없다'는 안도감을 강조한다는 '반反유신론'이라는 개념을 열렬하게 옹호했다. 그는 테레사 수녀가 가톨릭 근본주의를 확산시켰다고 비판하고 이라크전쟁을 지지하는 등의 공식적 입장을 취해 종종 논란을 일으켰다. 히친스는《키프로스》,《선교사 자세-테레사 수녀의 이론과 실제》,《신은 위대하지 않다》, 2012년 '펜'의 수필 부문 상을 수상한《이론의 여지는 있지만》 등 여러 저서를 남겼다.

먼지와 돌

에티엔 응다이쉬미예

목격자의 시, 죄수들과 억압받는 자들이 관타나모 수용소에서 스티로폼 컵에 손톱으로 새긴 시에는 어떤 낭만이 있다. 하지만 내 경험에 따르면 그 낭만은, 그저 그뿐이다. 내 동족의 대부분인 바트와족은 이 잡지에 게재되는 유형의 시에는 어떤 방식으로도 관여하지 않는다. 시냐 식량이냐는 문제에 직면하면 생존자들은 식량을 선택하기 때문이다.

서구인들 대부분은 1990년대 초반에 언론이 르완다 집단학살 사건을 집중취재하여 보도한 덕분에 후투족과 투치족에 익숙하다. 세 번째 부족, 내 부족이 존재한다는 사실을 아는 이는 적다. 바트와족은 중동부 아프리카 원주민이며 기원후 1000년경에 농경 부족인 후투족에 의해 처음으로 식민화되었고, 이후 1400년대에 목축을 하는 투치족에 의해 다시 식민화되었다. 보통 지금은 우리가 경멸적이라는 이유로 거부하는 피그미족이라는 용어로 불리는 우리는 다른 많은 아프리카 원주민들과 같은 조상에서 나왔다. 그

중에서도 남아프리카의 캄|xam 부족은 상당한 양의 시를 남겼는데, 그들의 부지런한 친구이자 프로이센 어학자이자 선구적인 민속지학자였던 빌헬름 블레크가 옮겨 적어놓은 것이다. 추방된 캄족과 마찬가지로 우리도 땅 없이 정부의 변덕에 따라 척박한 지역의 이쪽을 점유했다 저쪽을 점유하는 식으로 옮겨 다녀야 한다.

바트와족도 시가 없는 부족이 아니다. 절대 그렇지 않다. 다만 우리가 시를 번창시키기 어려운 사회경제적 현실에 처해왔을 뿐이다. 문어적 시와 우리를 가로막는 기본적인 장벽은 줄잡아 90%에 이르는, 세계적으로 높은 수준인 우리의 압도적인 문맹률이다. 그래도 우리는 춤과 노래의 사람들이라 기회가 있을 때마다 노래한다. 사냥을 하고 물고기를 잡는 동안에도, 시장에서 토기를 파는 동안에도, 결혼이나 출산, 특히 쌍둥이를 낳았을 때처럼 성대한 의례가 필요한 경우에는 더욱 그렇다. 우리의 시는 문자로 쓰인 어떤 운문보다 훨씬 공동체적이고 본질적이라 우리는 시 없이는 살 수 없다.

내가 어릴 때 제일 좋아했던 시 한 편은 우리 구술 시 전통의 좋은 예시다. 우리에게 강요된 빈곤과 사회적 불평등을 정확하게 반영한다는 의미에서 정치적인 그 시는 우리 공동체들에 널리 알려져 있다.

> 사랑하는 아버지의 기억에 맞춰 노래하고 싶네
> 내게 아름다운, 특별한 암소를 주셨지

그래서 나는 멋진 왕자처럼 날씬한 엉덩이를 흔들며 걷다가
부당하게 살해됐다네.

바트와족 중에는 중등학교를 마친 이도 많지 않고, 대학을 다닌 사람은 우리 10만 명 중 7명에 불과하다. 나는 1964년에 부룬디 수도 부줌부라에서 13킬로미터 떨어진, 탕가니카 호수 인근의 시골 지역인 루지바에서 태어났다. 7살 때 학교에 다니기 시작했는데 이듬해인 1971년에 부족 간 갈등이 전면적인 내전으로 확대되었다. 그 시기에 나는 콩고민주공화국으로 피난을 가서 홀로 3년 동안 난민으로 살았다. 어린아이에 불과했지만 찾을 수 있는 소소한 일을 하면서 길바닥에서 살아남았다. 그 시기에 나는 특히 교회에서 고유한 키룬디어로 불린 난민들을 위한 시적인 노래 한 곡에 마음을 의지했다.

탐바 이마나 야웨
탐바 이마나 야웨
아호 와분다 무 비사카
닌데 야하구쿠예

이를 옮기면 이런 뜻이 된다.

그대의 신에 맞춰 춤추라
그대의 신에 맞춰 춤추라
그대가 수풀 속에서 시들어갈 때

달리 누가 그대를 도울 것인가?

마침내 나는 고향으로 돌아와 부모님과 여섯 형제자매를 다시 만났다.

그때 요행히 초등학교로 다시 돌아가긴 했지만, 후투족과 투치족 급우들로부터 극심한 차별을 당했다. 그들은 우리 부족이 수천 년 동안 해왔던 수렵채집 생활을 비하하며 나와 우리 부족을 숲에 사는 인간 이하의 존재라 믿었다. 대부분의 바트와족 어린이들이 자신을 향한 차별을 견디지 못하고 학교를 떠났다. 이런 현상은 지금도 계속되고 있다.

6학년 때 나는 기독교를 발견했고, 그때 이후로 성경의 시가 늘 나와 함께했다. 대부분의 브룬디 교회들이 프랑스어 성경을 쓰지만 나는 내게 가장 큰 반향을 주며 울려 퍼지는 시가 든 키룬디어 성경을 더 좋아한다. 나는 이새의 아들인 다윗의 시를, 특히 절망을 마주했을 때 보여준 희망의 시편들을 사랑한다. 나는 또《시편》38편과《예레미야 애가》2~4장, 너무나 많은 고아를 낳은 전쟁의 부당함에 대해 예언자가 느끼는 슬픔을 또렷하게 드러내는《예레미아서》처럼 불의에 대한 절망을 그린 성경의 시들에 빠져들었다.

우리 사회 공동의 절망에도 불구하고 나는 여전히 시를 믿는다. 나는 시가 무언가를 일으킬 수 있다고, 특히 우리의 가장 깊은 상심과 갈망을 뚜렷하게 드러낼 뿐만 아니라 더욱 직접적인 방식으로 드러낼 수 있다고 믿는다. 최근에 브룬디 대통령이 어느 주지사에게 바트와 공동체에 땅 한 뙈기를 내어주라고 지시했다. 우리의 빈곤을 완화하는 방향으로 나아가는 첫 발걸음이었다. 주지사는 빈틈없는 법령을 통해 우리에게 경작에는 쓸모없는 황폐한 땅을 할당함으로써 그 지시에 응했다. 항의의 방안으로 바트와 부족은 대규모로 모여 대통령이 참석한 자리에서 노래를 불렀다.

감사합니다, 대통령님
우리에게 땅을 주시다니
먼지와 돌만 가득한 땅을.

일자무식들의 시에 대한 반응으로 우리의 대통령은 상황을 살펴보고는 우리가 경작할 수 있는 땅을 얻도록 돕고 나섰다.

(데이비드 쇼크가 프랑스어와 카룬디어에서 번역)

에티엔 응다이쉬미예 Etienne Ndayishimiye

아프리카 중동부에 위치한 브룬디의 바트와족 전 국회의원이다. 어린아이일 때 발발한 내전을 피해 브룬디로 피난을 갔고 콩고민주공화국에서 3년간 난민으로 생활했다. 흔히 피그미족이라 알려진 바트와족의 평등권을 주장하는 비영리 인권 단체인 UNIPROBA를 창립한 그는 '브룬디를 위한 공동체' 이사회에서도 일하고 있으며 수많은 젊은 바트와족 지도자들의 멘토로 활약하고 있다.

자유 상상하기

매리엄 카바

나는 시인이 아니다. 니키 피니, 오드리 로드, 그웬돌린 브룩스, 팻 파커는 시인이다. 나는 11살 때 시를 쓰기 시작했다. 내 시들은 가난과 집 없는 설움과 전쟁에 대한 신파조의 통렬한 일장연설이었다. 나는 이상한 아이였고, 자라서 시인은 아니면서도 시를 읽고 사랑하고 여전히 가끔 일기에 시를 쓰는 기묘한 어른이 되었다.

나는 조직가다. 흑인들, 내 동족들이 자유로워지는 걸 보고 싶은 감옥 폐지론자다. 이 목표를 달성하기 위해 우리에게는 상상력이 필요하다. 시는 내가 자유를 상상할 수 있도록 돕는다.

가능하다…
적이도 때로는 가능하다…
특히 지금은 가능하다
감옥 안에서
말을 타는 것이
말을 타고 달아나는 것이

—마흐무드 다르위시*, 〈감옥〉에서

지난 일 년 반 사이에 미국 전역에서 경찰이 폭력을 저지르고도 처벌받지 않는 현상에 주목하는 사람들이 많아지면서 흑인 사망에 관한 이미지들이 더 많이 유통되고 있다. 그러나 그런 이미지들은 사람들에게 정신적 충격을 주는 데다, 마음을, 그리고 영혼을 어느 정도 마비시키는 악영향을 준다. 우리는 어떻게 애도해야 하나? 우리는 어떻게 슬퍼할 수 있을까? 나는 시가 문을 열어준다고 생각한다. 시는 우리가 저항할 수 있도록 돕는다.

지난여름에 나는 비누 상자를 딛고 서서 가두연설을 하면서 시를 이용해 공개적으로 애도하는 동시에 우리의 요구를 경찰들에게 전달했다.

지난 금요일에 도미니크 '다모' 프랭클린 주니어가 경찰이 쏜 테이저 총에 맞고 영면에 들었다. 나는 그의 장례식에 참석하려 했다가 결국은 선약 때문에 참석하지 못했다. 그건 그것대로 괜찮았다. 나는 장례식을 싫어하니까, 특히 안장되는 이가 20대 초반의 젊은 이일 때는.

나는 보았다

---

* 마흐무드 다르위시محمود درويش는 1941년에 태어나 2008년에 사망한 팔레스타인의 국민 시인으로 추앙받는 시인이자 작가다. 팔레스타인을 잃어버린 에덴과 탄생, 부활, 박탈과 추방이 주는 고통의 상징으로 그리며 이슬람 정치시의 전통을 되살렸다는 평가를 받는다. 여러 문학잡지의 편집장으로 일하기도 했다.

어린 흑인 소년 셋
묘지에 누웠다
노는 중인지
예행연습 중인지
알 수 없었다
—바바 루카타, 〈예행연습〉에서

어느 흐린 토요일 오후, 애쉬랜드와 밀워키, 디비전 대로가 교차하는 지점의 한 콘크리트 섬에서 나는 20~30명 되는 사람들(대부분이 젊은이들이었다)에 합류하여 국가폭력에 반대하며 시를 짓고 낭송했다. 시카고혁명시인연대 소속 시인들이 조직한 집회였는데 몇 마디 발언을 부탁하며 날 초대했다. 나는 나의 비탄을 표현할 출구를 찾을 수 있으리라 기대하며 승낙했다.

내 순서에 앞서 다모의 가까운 친구이자 예술가 겸 활동가인 이던 비에츠-밴리어가 자작시를 읽었다.

그리고 그 구역의 경찰은 모든 흑인 소년에게 피의 복수를 가했다
가해자들이여, 우리는 이 조작된 평화를 교란하는 명백한 골칫덩어리였나!
나는 도로 배수구에서 태어났다
보도에 수갑이 채워진 채.
나는 지하 감옥에서 태어났다.
마취되고 속박된 채,
아무 말도 못하도록 숨이 막힌 채.

나는 이던의 말에 꼼짝없이 사로잡혔고, 그의 고통에 애간장이 타는 듯했다. 그의 시는 한편으로는 추도시였지만 다른 한편으로는 순수한 절규였다. 나는 그에게서 터져 나온 말들이 치유로 가는 긴 여정에서 하나의 카타르시스가 되어주기를 바랐다. 시는 진통제가 될 수 있을지도 모른다. 예를 들어, 드니스 브루터스*의 시를 읽으면 예술의 치유력을 믿지 않을 수가 없다.

어떻게든 우리는 살아남는다
낙담했어도 다정한 마음은 시들지 않는다.
―〈어떻게든 우리는 살아남는다〉에서

내 차례였다. 나는 다모와 다른 국가폭력 희생자들을 기억하며 급류 속에서 뗏목에 매달리듯 단어 하나하나에 매달리며 랭스턴 휴스와 아이Ai*의 시 두 편을 읽었다.

내가 내일 가지려던
아이들을 죽인

드니스 브루터스Dennis Brutus(1924~2009)는 남아프리카공화국의 활동가이자 교육가, 저널리스트이자 시인으로, 악명 높은 아파르트헤이트 정책을 이유로 남아프리카공화국이 올림픽 개최지에서 제외되어야 한다고 주장하다가 체포돼 구금됐던 운동으로 잘 알려졌다. 남아프리카 코이족과 네덜란드인, 영국인, 독일인, 말레이시아인 조상을 두었으나 남아공의 아파르트헤이트 인종 기준에 의해 '유색인종'으로 분류되어 사회적 차별을 받았다. 법학을 전공했고, 여러 고등학교에서 영어와 아프리카어를 가르쳤으나 정치활동을 이유로 해고됐다. 미국 덴버대와 노스웨스턴대, 피츠버그대에서 학생들을 가르쳤다.

가랑이를 걷어차는 발길질 세 번
—랭스턴 휴스, 〈삼 등급〉에서

어느 시점에서 우리는 만날 것이다
피를 부르는
총알이나 칼날이나 채찍의
끄트머리에서
하지만 우리 중 오직 한 사람만 변할 것이고
우리 중 오직 한 사람만
이 배의 선장과 선원들을,
약속의 대가로 현란한 말만 들려주는
국가의
족쇄에 대한 또 다른 복종을
몰래 빠져나갈 것이다.
—아이, 〈멸종위기종〉에서

시를 읽으며 나는 시카고 경찰이 쏜 테이저 총에 (두 번이나) 맞고 머리를 너무 세게 부딪치는 바람에 병원에 닿았을 때 이미 뇌사 상태였던 다모를 떠올렸다. 내가 느끼는 공포를 충분히 전달할 수 없어서 나는 나를 잊고 시인의 입을 빌려 타인의 말 속으로 빠져드는 것에서 위안을 얻었다.

아이 오가와Ai Ogawa(1947~2010)는 미국의 시인이자 교육가로 원래 이름은 플로렌스 앤소니다. 대학 재학 시에 친부가 일본인이라는 사실을 알게 되자 이름을 바꾸었다. 14살 때부터 시를 쓰기 시작했고, 1999년에 시집《악》으로 전미도서상을 수상했다. 어둡고 논쟁적인 주제들을 즐겨 다루고 극적인 독백 묘사에 뛰어나다는 평가를 받는다.

집회 제목은 '작금의 미국 경찰 상태'에 반대하는 예술가들의 직설, '때리지 마라'였다. 당연히 그 제목은 질 스콧 헤론*의 시 〈때리지 마라〉에서 따왔다.

> 프레드 햄튼, 내 형제를 때리지 마라
> 사방이 총알구멍 천지다!
> 마이클 해리스, 내 형제를 때리지 마라
> 그의 머리에 총을 들이대지 마라!

예전과 달라진 건 하나도 없다. 이제는 2미터 땅속에 누운, 다모를 때리지 마라.

행인들이 발걸음을 멈추고 여럿이 돌아가며 읽는 관타나모와 경찰폭력과 감옥과 감시와 기타 등등에 관한 시를 들었다. 로드의 말이 맞다. "시는 이름 없는 것들이 사고될 수 있도록 이름을 부여하는 걸 돕는다. 우리 희망과 공포의 가장 먼 지평은 우리 일상의 굳건한 경험들이 빚어낸 시로 다져진다."

부산한 도시의 소음을 뚫고 들려오는 정의를 외치는 목소리에는 마법이 있다. 집단으로 시를 낭송하는 집회가 국가폭력을 끝낼

---

* 질 스콧 헤론Gil Scott-Heron(1949~2011)은 아프리카계 미국인 재즈 시인이자 음악가이며 작가다. 1970년대 초반에 낸 《사람의 조각들》과 《미국의 겨울》이라는 두 장의 앨범이 가장 유명한데, 힙합과 네오소울과 같은 아프리카계 미국 음악 장르들에 영향을 주었다. 재즈와 블루스, 소울 음악에 능했을 뿐만 아니라, 사회정치적 사안들에 관한 가사를 랩과 멜리스마로 전달하여 최초의 래퍼로 인정받고 있다. 〈혁명은 TV에 방송되지 않는다〉라는 작품이 유명하다.

수는 없지만, 우리의 정신을 고양시켜 하루를 더, 더 많은 정의를 위해 싸우는 하루를 더 살아갈 수 있도록 해주는지도 모른다. 지금 우리는 그 어느 때보다 사고될 수 없는 것을 뚫고 생각할 수 있도록 우리를 도와줄 말들이 필요하다. 시는 우리 뇌를 덮은 천장을 들어 올려 자유를 상상하도록 돕는다.

매리엄 카바Mariame Kaba
폭력을 종결하고 교도소 산업복합체를 분쇄하고 청소년들의 지도력 개발을 지원하는 일에 중점을 둔 미국의 조직가이자 교육가, 기획자이다. 청소년 투옥을 끝내자는 장기 목표를 가지고 활동하는 풀뿌리 단체인 '프로젝트 NIA'의 설립자이자 단체장이다. 시카고를 기반으로 20년 동안 활동을 펼친 후 뉴욕으로 귀향했다.

사라예보 블루스

알렉산다르 헤몬

나는 사라예보 포위전이 시작되기 두 달 전인 1992년 겨울에 사라예보를 떠나 한동안 떠돌다가 시카고에 정착했다. 전쟁이 시작되자 나는 강박적으로 뉴스와 신문을 살펴보았다. 고향에서 무슨 일이 일어나는지 이해하려면 모든 정보가 빠짐없이 필요했다. 하지만 뉴스와 신문은 그 일에 큰 관심이 없는 미국인 대중을 겨냥한 축소된 이야기들을 냉정한 태도로 보도할 뿐이었다. 친구와 가족이 간간이 보내오는 편지와 전화 통화로도 상황을 이해하기가 여의치 않았다. 편지는 불만을 말하길 꺼렸고, 전화 통화는 누가 살해되고 누가 다쳤으며 누가 다른 편으로 갔다는 기본적인 사실과 소문만 가득해서, 사람들이 살아내는 공포는 어쩌다가 잠깐씩만 드러날 뿐이었다. 나는 더 알아야 했다. 사라예보에 있지 않다는 사실에 극도의 죄책감을 느꼈다. 나는 포위된 채로 살고 생각하고 느끼는 것이 어떤 것인지 완전하게 상상해내야 했다.

그러다 전쟁과 포위가 끝을 향해 가던 1995년 언젠가, 세메즈딘 메흐메디노비치*의 《사라예보 블루스》를 등사판으로 인쇄한 작고 얇은 소책자 한 권을 받았다. 세메즈딘은 시인이자 나의 친구이며(다행스럽게도 여전히 그렇다), 글쓰기 자체가 저항 행위라고 믿는 수많은 사람 중 하나였으니, 나는 그가 포위된 도시에서도 열정적으로 쓰고 출간해왔으리라는 걸 알았다. 하지만 나는 《사라예보 블루스》에서, 포위한 세르비아인들에 의해 정신병원에서 쫓겨난 한 정신병자가 죽은 참새를 거꾸로 들고 길거리 행인에게 다가가 '그리고 나의 군대가 도착하면 당신도 죽을 거요'라고 말하는 장면을 대할 준비가 전혀 되어 있지 않았다. 아니면 밖에서 놀고 있는 아이에게 '바깥에 폭탄이 떨어지고 있으니' 집으로 들어오라고 부르는 어머니는 어떤가. 그 어머니가 시인의 아내이고 그 아이가 시인의 아들이라는 사실을 안다면, 그 부름이 더욱 가슴 아프게 느껴질 것이다.

《사라예보 블루스》에는 부주의하고 무감각한 사람만이 초현실적이라고 부를 수 있는 심상과 세부묘사 들이 넘쳐난다. 포위되지 않고 살았던(그리고 지금도 살고 있는) 우리 같은 사람들에게 초현

세메즈딘 메흐메디노비치Semezdin Mehmedinović(1960~)는 보스니아의 작가이자 영화제작자 겸 잡지 편집자이다. 사라예보에서 문헌학과 비교문학을 공부한 후에 공산당 정권에 반대하는 목소리를 대변하는《리카》,《발터》의 편집자로 일했다. 1984년에 첫 시집《모드락 호수》를 발표하고 1990년에 두 번째 시집《이민자》를 발표했다. 1992년에 전쟁이 발발하자 가족과 함께 사라예보에 남았고, 그해《사라예보 블루스》의 초판을 출간했다. 같은 해에 인종청소의 시대 다원론적 목소리에 출구를 주기 위해 친구들과 함께 정치 주간지인《다니》를 창간했다. 보스니아 전쟁이 불리한 방향으로 결론이 나자 미국으로 이주하였다.

실적으로 보이는 것들이 사라예보에 있는 사람들에게는 실제로 극사실주의적이었다. 현실은 공격을 받았고, 구조는 변형되고 있었다. 맑은 눈과 주의 깊은 귀를 가진 세메즈딘은 시와 짧은 산문과 간략한 논문을 섞어가며 자신이 발견한 것들을 끈기 있게 기록하여 새로운 사라예보의 현실을 분석했다. 별로 중요하지 않았기 때문에 장르 간의 구분은 무너졌다. 모든 것이 산산이 부서졌고, 그 조각들은 필요한 어떤 수단을 써서든 다시 조합되어야 했다. 이 모든 일의 진앙에 시인의 인식이 있다. 오직 시인만이, 세메즈딘처럼 역량 있는 시인만이 벌어지는 사건의 파편적인 세부와 거대함을 동시에 다룰 수 있기 때문이다.

《사라예보 블루스》 곳곳에는 이 모든 일이 어떤 의미인가에 대한 인식과 함께 세부에 대한 정확한 묘사가 있다. 〈동물들〉에서 세메즈딘은 이렇게 쓴다. "이런 삶을 얼마나 더 견딜 수 있을지 모르겠다. 나는 매 순간 긴장한다. 바깥에서 (대포의) 천둥소리가 들리면, 가슴 위에서 자던 고양이가 화들짝 깨어나 천천히 발톱을 세운다."

이와 같은 순간들을 묘사하는 감각적 정확성 덕분에 나는 포위를 밀접하게 느끼게 되었고, 사라예보에 존재한다는 것이 어떤 것인지 이해할 수 있었다. 그것만으로도 경탄할 정도로 충분하긴 하지만, 《사라예보 블루스》가 그저 목격담만 담고 있는 것은 아니다. 이 책은 '우리'(포위되지 않은 '우리') 현실이 안락하고 견딜 만하게 조합되는 얄팍한 방식들을 폭로하고 있기도 하다. 결국에는 모든 삶의 핵심적인 사실은 죽음이고, 그것이 '우리'가 가능한 한 오래도록 무시하기로 한 사실이기 때문이다. '우리' 현실의 목적은 죽음이라는 사실을 은폐하는 것이며, 작가와 시인이 할 수 있는, 그리고 해야 하는 일은 현재에서 불멸하는 생이라는 거짓말부터 시작하여 현실의 거짓말들을 해체하는 것이다. 세메즈딘이 탁월한 시인의 가슴과 마음으로 《사라예보 블루스》에서 한 일은 사라예보에서 벌어지는 현실의 붕괴가 죽음의 편재성과 직접 연결되어 있음을 인식하는 일이었다. 그런 점에서 보면 그 도시는 지구상에 있는 여느 도시와 종류가 다른 것이 아니라 그저 정도만 다를 뿐이다. 〈시체〉라는 시보다 이를 더 명확하게 드러내는 것이 없다.

우리는 다리 위에서 걸음을 늦추고
밀랴츠카 강가에서
인간의 시체를 찢어발기는 개들을 지켜보다
다시 걸음을 옮겼다

내 안의 아무것도 바뀌지 않았다

나는 이빨 사이에서 으깨지는 사과처럼
눈이 자동차 바퀴에 깔려 뭉개지는 소리를 들었다
나는 문득 비웃고 싶어서 견딜 수 없어졌다
너를
넌 이곳을 지옥이라 부르고는
여기서 달아났지
사라예보 바깥엔 죽음이 존재하지 않는다고 굳게 믿고서

《사라예보 블루스》를 읽으면서 나는 포위된 사라예보에서 산다는 것이 어떤 의미인지 이해했을 뿐만 아니라 산다는 것이 어떤 의미인지도 알게 되었다.

알렉산다르 헤몬Aleksandar Hemon(1964~)
보스니아의 소설가이자 수필가, 비평가로《노웨어 맨》(2002)으로 국제적 명성을 얻었다. 사라예보에서 태어났으나 1992년에 보스니아 전쟁이 발발한 이후 미국 시카고에 거주하고 있다. 성인이 되어 영어를 배웠고, 1995년에 영어로 쓴 첫 단편을 발표했다.《브루노의 질문》,《라자루스 프로젝트》,《좀비 전쟁의 원인》 등의 소설을 출간했다. 구겐하임 펠로우십과 맥아더 펠러우십을 받았다.

시 보도하기

제프리 브라운

나는 PBS 방송국의 뉴스 프로그램인 '뉴스아워'의 특파원이다. 이 직함을 들으면 특정한 스타일과 어조, 독특한 언어 사용법과 뉴스 주제 등이 떠오를 것이다. 우리는 매일 아침 회의실에 모여 이런저런 사건과 사람 및 장소의 이름들을 주고받는다. 출발점은 이렇다. 무슨 일이 일어났나? 그러고는, 가장 '중요'한 건, 가장 '흥미'로운 건, 가장 '재미'있는 건 무엇인가? 마침내 '이걸 어떻게 이야기할 것인가'가 나온다.

나는 거의 매일 뉴스 방송거리를 만들어내기 위해 동료들과 일을 하며 보낸다. 전문가 및 제보자들과 얘기하고, 과거 기사와 서류 들을 읽고, 테이프 녹화사료를 보고, 최근의 통신사 정보를 추적하고, 질문지와 대본을 쓴다. 약속된 시간이 되면 나는 카메라를 향해 말을 하고, 대본을 읽고, 대담을 진행한다. 나는 말한다, 무슨 일이 일어났는지를. 전쟁, 자연재해, 선거, 경제불황, 정치인들, 장군들, 기업가들… 다들 보고 듣기를 원하는 뉴스와 뉴스거리가 되는 인물들 얘기 말이다.

하지만 더 얘기할 것들이 있다. 2011년 1월, 서른 명의 남녀가 아이티 수도 포르토프랭스의 흉하게 뻗은 가난한 '외곽 지역'인 카르푸의 어느 작고 더운 방을 꽉 채웠다. 바깥 풍경은 무시무시했다. 엄청난 쓰레기 더미들이 사방에 널렸고, 집들은 뒤집히고 부서졌고(사람들이 그 안에 사나?), 길은 푹푹 패였지만, 어쨌든 통행은 가능했다. 이 지역의 건물 절반 이상을 파괴한 지진이 일어난 지 일 년이 지났다. 피난처가 된 방 안에서는 어떻게든 아이티 전역에서 모인 말을 사랑하는 이들의 축하 행사가 진행됐다. 이들은 시인들이다. 말에 사로잡히고 역사에 붙잡힌. (작가인 에블린 트로이요가 말했다. "아이티 사람들은 역사를 어제 일인 양 얘기합니다.") 시인 중 한 명인 가르넬 이노상이 말한다. "여기 우리는 그저 미친 예술가 패거리에 불과합니다. 그리고 우리는 아이티가 어떻게 될 수 있는지, 그리고 어떻게 될지 보고 싶어 하지요."

이곳은 쥐스탱 레리송 도서관이지만, 우리가 생각하는 '도서관' 하고는 그다지 닮지 않아서, 글쓰기와 그림 수업이 열리고, 지난 십여 년간 매주 토요일마다 '미친 예술가들'이 모여 작품을 읽는, 작은 지역 문화센터에 더 가깝다. 가끔은 이 섬의 문학계 유명인사가 강연을 하러 올 것이다. 오늘도 그들은 크레올어와 프랑스어를 오가며 풍성하게 낭송을 하고 노래를 부르고 연극 대사를 외친다. 지진과 콜레라, 굶주림, 죽음을 얘기하는 단어들이 귀에 들어오지만, 기쁨과 우애와 술과 사랑과 사랑과 사랑에 해당하는 단어들도 들린다. 북 치는 이가 가세한다. 무슨 재주인지 모르겠지만 참가자들은 언제 뛰어들어야 하는지, 언제 다음 사람에게 넘겨줘야 하는지, 그리고 마지막으로 언제 다 같이 목소리를 높여 거대한 말과 리듬 덩어리들을 크게 더욱 크게, 빠르게 더욱 빠르게 낭송해야 하는지 안다. 그러고 끝난다. 바깥에 무슨 일이 벌어지든 아랑곳하지 않고 매주 언어와 감정과 동지애에 바치는 행사를 거행하는 쥐스탱 레리송의 시인들이 폭소를 터트린다. 이 모임을 꾸려가는 이 중 한 명인 쿠트셰브 라부아 오퐁이 내게 말한다. "우리는 아이티 하면 어떤 이미지가 떠오르는지 압니다. … 우리는 오직 문화와 문학을 통해서만 국가로서의, 그리고 인간으로서의 우리 문제에 질문을 던질 수 있습니다."

나는 특파원으로서 거기에 있었다. 무슨 뜻일까, 보도하기 위해서라니? 보도를 한다는 건 우리가 매일 밤 뉴스에서 하는, '그날'을 설명하는 일이다. 하지만 우리가 거기 사람이 아니라면, 시간과 이해도가 그처럼 제한적일 상황일 때 그 자리에서 진짜 설명을 한다는 건 곤란한 일이다. 그러니, 맞다, 우리는 사실과 관찰 내용을 축적한 다음 설명을 한다.

그날 카르푸에서는 무슨 일이 있었던가? 아이티의 어느 구석에서 사람들이 자기 역사를, 자기 삶을, 자기 희망과 기쁨과 분노와 슬픔을 얘기하러 한데 모였다. 시가 일어났다.

나는 시에 대해 보도한다. 최신 유명인사들의 사소한 동정을 이러쿵저러쿵 떠드는 24시간 뉴스의 시대에 거의 생각할 수도 없는 일이다. 하지만 그것도 어떤 식으로는 말이 된다. 문학은 오랫동안 내게 관계를, 소속되는 길을 제공해왔다. 나는 시를 통해 세상을 봐왔고, 세계를 여행했으며, 설명하는 힘과 과정에 대해 많은 걸 배웠다.

그보다 여러 해 전 어느 날, 캘리포니아의 어느 교실에서 교수님이 새 학생들을 맞아 인사를 나누고는 등을 돌려 칠판에 뭔가 한 줄을 썼다. 그가 홱 돌아서 물었다. "이게 무슨 말인지 누가 얘기해 볼까?" 아무 대답이 없었다. 그는 슬픈 미소를 지었다. "고대 그리스어도 모르면서 어떻게 배운 사람이라고 할 수 있나?"

맞다, 아주 우스울 정도로 구닥다리 학교였다. 하지만 적어도 아주 감수성이 풍부한 젊은 친구 한 명에게만은 효과적이었다. 노먼 브라운이라는 이름의 그 교수는 신과 인간의 이야기를, 아폴론에게서 도망친 다프네의 이야기를, 신화에서부터 문학까지의 이야기를 계속해서 자아냈다. 나는 매혹되었다. 나는 문학과 언어를 계속 공부했다. 수십 년이 지나자 언어는 대체로 사라져버렸다. 하지만 엄청나게 많은 것이, 말과 개념을 통한 과거와 현재의 연관 관계가 남았다. 그날 캘리포니아에서는 무슨 일이 일어났던가? 한 세계가 열렸다. 시가 일어났다. 내게.

사실은 시가 먼저 왔다. 시가 내게 이 세상에 살아 있다는 것이 어떤 의미인지를 처음으로 얘기해주었다. 저널리즘은 나중에 왔다. 호메로스는 전쟁과 상실과 귀환을 이야기했다. 그 이야기가 계속 전승되며 우리에게 호소하는 이유는 그 이야기가 어떤 식으로

든 우리가 직접 겪은 경험과 일치하기 때문이고, 다른 이들의 삶에 대한 우리의 상상력을 열어주기 때문이고, 또 그처럼 흥미진진하게 얘기되기 때문이다.

> 이제 대지는
> 맞붙은 채 쓰러져 죽은 사람들의 선명한 핏빛으로 물들어간다
> 트로이인들과 동맹군들과,
> 다나아인들도, 그들 역시 피를 흘린다
> 그래도 죽은 자는 훨씬 적으니, 저마다
> 치명적인 타격으로부터 이웃 병사를 보호해야 함을 기억했기 때문이니라.
> 그렇게 모두가 타오르는 한 줄기 불꽃이 되어 싸웠노라.

《일리아드》는 (뉴스처럼) 세부가 정확하고 그럭저럭 보편적이며 시대를 타지 않는다. 우리의 야간 방송에서 생각하는 '보도' 같지는 않다. 내가 카메라를 쳐다보며 시리아에서 벌어지는 전쟁을 '타오르는 한 줄기 불꽃'이라는 표현을 써서 묘사할 듯싶지는 않다. 하지만 고대 서사시는 여전히, 아마도, 우리가 아는 한 가장 생생한 전쟁의 이야기를 제공한다.

본인이 저널리스트였던 월트 휘트먼은《브루클린 데일리 이글》을 비롯한 여러 매체에 그 시대의 뉴스를 썼고, 그러고는 이전에는 존재하지 않던 미국이라는 장소의 뉴스를 그 안을 떠돌게 될 이후에 올 이들을 위해 시로 썼다. 나는 그 떠돌이 중 하나였고(나는 여

전히 그렇다고 생각하고 싶다), 휘트먼과 함께 내륙을 이리저리 가로지르고, 쫓고, 찾고, 잃고, 놓친다. "하지만 아주 옛날 내가 찾기 시작했던 것은 어디에 있나?/왜 아직도 발견되지 않는가?"

시간이 지나면서 다른 많은 시인들이 외적 사건과 내적 삶에 대한 저마다의 이야기를 가지고 다가왔다. 그건 오늘날까지도 계속되고 있다. 최근에는《일리아드》의 현대적 판본이라 할 수 있는 앨리스 오스월드*의《기념비》를 읽었는데, 오늘 아침 배달된 조간신문만큼이나 생생한, 트로이 평원에서 보내는 '보도'였다.

> 맨 처음 죽은 이는 프로테실라오스
> 서둘러 어둠으로 사라진 집중력이 좋은 사람.

어떤 저널리스트가 저처럼 깔끔하고 선명한 문장을 쓰고 싶어 하지 않겠는가? 초기부터 나는 그걸 그리고 더 많은 걸 원했다. 나는 별개로 존재할 때가 많은 뉴스의 세계와 시의 세계를 연결하고, 뉴스에 시를 위한 자리를 만들고 싶었다.

계속해서 놀라운 점은 (그리고 이 잡지를 출간하는 재단의 지원도 한몫했다는 사실을 감사한 마음으로 밝힌다) 이런 다른 '뉴스', 다른 '뉴스거리가 되는 사람들'을 찾는 작업이 내 업무의 일부가 되었다

---

* 앨리스 오스월드Alice Oswald(1966~)는 영국의 시인으로 1996년에 출간한 첫 시집《간극 속의 사물-돌 디딤대》로 포워드신인상을 수상했고 지금까지 7권의 시집을 펴냈다. 2002년에 T. S. 엘리엇상을 수상했고, 2017년에는 그리핀시문학상을 수상했다. 2017년에 BBC 라디오4 채널이 선정하는 두 번째 상주 시인이 되었다.

는 사실이다. 내가 자주 하는 농담이 있다. "나는 야간 뉴스 최초이자 유일한 '선임 시 특파원'이야."

웨스트포인트 육군사관학교에서 곧 이라크로 파견될 생도들이 두보(휘휘 감아 도는 바람에/눈발 휘날리고)와 월리스 스티븐스(존재하지 않는 무)의 시구를 분석하고 오언과 코무냐카, 그리고 빠질 수 없는 호메로스의 전쟁에 관한 시를 읽는 걸 지켜보았다. 시를 읽는 것과 장교가 되는 것의 관계에 대해 질문을 던지자 이어진 토론은 이 젊은이들을 기다리는 것이 무엇인지, 그 날것의 느낌과 선명함으로 날 뒤흔들었다. 한 생도가 말했다. "시는 장교로서의 우리 기능에 직접 관련되어 있는데, 근본적인 차원에서 보면 여기 있는 우리 모두가 사람의 목숨을 빼앗는 훈련을 받고 있기 때문이다. 그리고 그것은 예술 없이는, 인간의 조건에 대한 모종의 더 깊은 이해 없이는 절대 도달할 수 없는 개념이고, 그것이야말로 바로 시가 하는 일이다."

두 번째 생도가 대답했다. "그렇게 말하는 건 어색하다. 우리는 목숨을 빼앗고 뭔가를 파괴하기 위해 여기 있는 것이 아니다. 아마도 그것이 육군과 군대의 수단이겠지만, 사실 우리는 지도자가 되는 법을 배우기 위해 여기에 있다.… 시는 지도력에 대한 나의 생각과 사람들이 지도자를 보는 시각에 직접적인 영향을 미친다."

몇 년 후에 나는 이런 시를 썼다.

고리에 모자를 달고

벤치마다 놓인 저 배낭들

시 과목 교수를 향해
일어서서 차려

교수는 오늘 수업 계획을 세웠네
테르모필레에서의 죽음과 영광

게티즈버그와 햄버거 힐
그리고 우리가 널리 알리는 이름들

바그다드, 팔루자, 나자프
카불, 코스트, 코렌갈

소네트를 낭독하면
더 좋은 중위가 될 수 있을까?

셸리를 읽으며, 오언을 읽으며
그들이 묻는 말

보격으로 전쟁을 판단하고
운율로 지휘하라

형식으로 죽이면서
운율로 승리하라

트로이에서 칸다하르까지
읽는 데는 저마다의 길이 있다

생도는 말한다
우리는 여기서 목숨을 빼앗는 법을 배운다

그리고 예술은(우리 모두는)
죽음에 존재하는 한 가닥 인간성을 섬긴다

유구한 전투의 잔인성
오물과 뮤즈, 책과 피

장군은 쓴다
군인이 가진 가장 강력한 수단은

무기가 아니라 마음이다
그리고 예술은, 결심만 한다면,

인간이 최악을 행할 때도
최선을 불러낼 수 있다
—〈웨스트포인트〉

우리 사회에서 시가 담당하는 역할에 관한 토론은 부적절하거나 추상적이라 느껴질 수 있다. 하지만 웨스트포인트의 그 교실에서는 아니었다. 내가 지켜본, 비범한 사람인 리처드 셸턴이 재소자들을 대상으로 강습회를 이끌었던, 감시가 철저한 애리조나 교도소에서도 아니었다. 백인, 라틴계, 흑인, 전 조직폭력배, 불량배 등 참가자 대부분이 글을 써본 적이 없었다. 수년간 글을 쓰고 뛰어난 작품을 내놓은 앤드루 재익스를 포함하여 한두 명 정도를 제외하면 말이다. (내가 "음, 시를 정말 잘 아는 재소자를 만나다니, 좋네요" 라고 말하자 재익스가 농담처럼 던진 말로 내 코를 납작하게 만들었다. 그는 이렇게 대답했다. "음, 시를 조금이나마 아는 언론인을 만나다니, 좋네요.") 비평은 부드럽고 예의 발랐지만 직접적이었다. 제임스 개스텔럼이라는 다른 재소자가 말했다. "이곳은 진실에 그다지 도움이 되지 않잖아요? … 벽이 많아요. 저는 저 셸턴 씨라는 사람을 아는데, 그는 솔직하게 얘기해주는 사람이에요."

나중에 셸턴 본인이 내게 재소자들이 시에서 얻는 것은 "언어를 향한 태도, 언어를 정직하게 쓰는 법을 배울 수 있다면 스스로에게도 정직하게 적용할 수 있다는 태도다. 그러면 예전과는 다른 시각으로 자신을 볼 수 있다고 나는 생각한다"라고 말했다. 늘 내가 직관적으로 느껴왔던 것이었다. 교도소 안이든 밖이든 어디서나 적용되는 교훈이다.

세상에는 다른 이야기와 장소 들도 많다. 나는 최근에 황폐해진 디트로이트 인근에서 아이들이 W. S. 머윈의 〈쓰이지 않는 것〉에 숨어 있는 말에 관한 시구를 얘기하면서 각자 쓸 연필을 집어 들고 쓰는 것을 보았다. 독일강점기를 겪었고, 이후 벌어진 내전 기간에는 투옥되어 고문을 당한 그리스 시인인 티토스 파트리키오스는 내게 '궁핍'이란 '늘 다른 위기를 만들어내는 경제적 위기'라고 말했다. 이스라엘과 팔레스타인의 시인들은 수십 년에 걸친 폭력과 미움에 희생된 인적 비용에 대해 말했다. "세상에는 두 종류의 언어가 있는데, 하나는 뉴스와 정치에 쓰는 것이고 … 다른 하나는 시를 위한 … 그리고 둘은 다른, 정말로 다른 언어다"라고 말해준 사람은 나사렛에서 잡화점을 운영하는 타하 무하마드 알리였다.

그래도 그는 모든 종류의 인간들에게 닿으려고 최선을 다했다.

또 한 명의 비범한 인물이었다.

정말로, 도처에서, 이 나라와 외국에서, 나는 우리 시대에 가장 훌륭하고 가장 통찰력이 뛰어난 시인과 작가 들을 많이 만났다. 나는 우리 모두가 공유하는 언어와 말과 삶에 대해 질문했다. 나는 뉴스가 여러 방향에서, 여러 형태로 온다는 사실을, 예술작품과 음악과 시를 포함하여 '무슨 일이 일어났는가'를 묘사하는 데는 여러 방식이 있다는 사실을 배우고 또 배웠다.

시란 '뉴스로 남는 뉴스'라는 시에 대한 에즈라 파운드의 유명한 주장을 내가 전혀 좋아하지 않는다는 사실을 실토해야겠다. 맞다, 시는 뉴스이고, 때로는 가장 심오한 뉴스이기도 하다. 하지만 일부 시만이, 위대한 시만이 '뉴스로 남는다.' 대부분은 그러지 못한다. 동시에, 어떤 뉴스는 뉴스로 남을 것이다. ("텍사스주 댈러스에서 온, 공식적으로 확인된 속보입니다. 케네디 대통령이 중앙표준시로 오후 한 시에 사망했습니다.") 대부분은, 정말이지, 남지 않아야 하고, 남지 않을 것이다.

> 세상은 캄캄한 은총 속에 있다.
> 나는 그걸 기록하려 노력해왔다.
> —찰스 라이트, 〈짧은 내 삶의 역사〉

우리 각자는 본 것과 말할 것에 관해 합의해야 한다. 2011년 아이티 출장에서 그 나라에서 제일 유명한 시인인 프랑케티엔은 '죽어가는 나라'라 칭한 고국을 살펴보며 내게 말했다. "말은 세상을 구할 수 없습니다." 주위를 돌아보면 파괴와 어리석음과 절망이 보이고, 우리는 그의 말이 맞다고 믿어야 한다. 그러나 이 말은 꼭 해야겠다. 프랑케티엔과 쥐스탱 레리송 도서관의 그 '미친' 시인들은 계속해서 관찰하며 세상의 뉴스를 쓰고 있다. 저널리스트는 계속해서 그날의 뉴스를 보도한다.

제프리 브라운 Jeffrey Brown(1956~)

미국의 저널리스트이자 시인이다. PBS 방송국의 '뉴스아워' 선임 특파원으로 일하며 시집 《뉴스》(2015)를 출간했다. 일찍이 컬럼비아대 언론사회세미나에서 정치적 사안들에 관한 공공 텔레비전 프로그램들을 제작하며 일을 시작했다. 1988년에 '맥닐/레러 뉴스아워'의 경제 기자로 일한다.

라마 백화점

판카지 미슈라

1985년, 열여섯 살에 나는 북인도 지방 도시인 알라하바드에 있는 대학에 가기 위해 집을 떠났다. 그 대학은 한때 유명했는데, 주요하게는 인도 정부에서 일하는 엘리트 공무원 중에 그 학교 졸업생들이 과도하게 많았기 때문이었다. 내가 무역학 학부 과정에 입학했을 무렵에는 알라하바드를 둘러싼 빈곤한 인구 밀집 지역 출신 학생들이 대학을 뒤덮고 있었다. 그런 학생들 대부분은 소소하고 보수도 형편없는 일조차 찾기 힘들었고, 많은 수가 때로는 십여 년이 넘도록 대학 주변을 떠돌며 청부살인이나 납치, 강탈과 같은 범죄에 빠져드는 경우도 흔했다. 북인도의 복잡한 카스트 정치 자체가 상당한 사회적 불안과 동요를 일으키는 듯했고, 학생회 선거는 교정 안팎에서 경쟁 집단들 사이에 정기적으로 총격 사건이 벌어지는 유혈사태였다.

나는 그런 혼란과 거리를 유지했다. 나는 내가 작가가 되고 싶어한다는 걸 알았다. 그 욕망은 일찍이 어린 시절에 자라났다. 하지만 열여섯 살인 나는 여전히 내가 어떤 것을 쓸 수 있는지 알지 못했다. 작은 마을에서 자란 나의 경험은 집중적으로 문학적인 가공을 할 만한 가치가 없는 듯했다. 나는 독서가 사고를 자극하리라 생각했다. 알라하바드에서, 작고 어두컴컴한 방에 몇 시간씩 앉아서, 어디선가 찾아낸 책이나 거의 매일 오후마다 자전거를 타고 들른 그 도시 유일의 좋은 서점이었던 '휠러스'에서 살 수 있었던 책을 닥치는 대로 파고들었다.

주말에는 기차를 타고 가장 가까운 영국문화원 도서관에 가곤 했다. 공무원 시험을 준비 중이던 한방 친구는 진로와 일자리에 대한 나의 무관심을 대놓고 애석해하며 내가 장차 가난하게 살리라고 예언했다. 나는 그가 조롱하는 이유를 어렵지 않게 이해했다. 알라하바드에서는 독서를 핑계로 영어로 된 책을 읽는 것이 어리석은 사치였다. 주변 사람들이 죄다 조금씩은 알아도 잘하지는 못하는 언어인 영어로 소설을 쓰겠다는 야망을 혼자서만 간직한 이유도 그래서였다.

되돌아보니, 그 야망이 주제넘지는 않았을지도 모르겠다. 1980년대 중반에 살만 루슈디와 아미타브 고시, 비크람 세스 같은 영국에 거주하는 인도인 소설가들이 책을 내기 시작했다. 《한밤의 아이들》이 성공하면서 인도에 있는 많은 예비작가들이 용기를 얻었다. 하지만 내게 그 소설은 어렵고 대체로 낯설어서 그 눈부신 말들에 위축되는 기분이었다. 루슈디와 고시, 세스가 묘사하는 봄베이, 이집트, 캘리포니아 같은 세상은 당시 내가 읽고 있던 미국이나 유럽 소설에서 마주치는 세계들만큼이나 멀게 느껴졌다. 상상력을 자극하기는 했지만 글쓰기에 실질적인 도움은 전혀 되지 않았다. 사실, 그 소설들이 가진 분명한 매력은 그저 내가 살고 있는 세상이 글로 쓸 가치가 없다는 판단을 더 부채질하기만 했다.

글이 쓰이고서야 사물은 실체를 갖는다. 아니, 적어도 알라하바드에 있는 나는 그렇게 생각했다. 영국에 있는 작가 중에서 V. S. 나이폴만이 나를 둘러싼, 낙서가 가득한 허물어져 가는 건물들을, 부서진 도로들을, 헛된 노력을, 말라죽은 희망을 봤던 듯싶었다. 하지만 이중으로 추방된 인도인이었던 그의 분노와 괴로움에 내가 늘 동참할 수 있었던 건 아니었다. 키플링의 인도 이야기들과 R. K. 나라얀이 쓴 말구디라는 가상의 마을을 배경으로 한 소설이라면 도움이 되었을지도 모르겠지만, 나는 훨씬 뒤에야 그 책들을 읽었다. 결국, 소재를 발견하는 데 도움을 준 건 시였다.

나는 소설과 똑같은 이유로 시를 읽었다. 내가 사는 현실보다 더 안락한 현실로의 짧은 도피였다. 그리고 나는 아무리 낯설어도 괘념치 않고 대체로 유럽과 미국 시인들의 시를 읽었다. 수선화를 한 번도 본 적이 없다는 사실 덕분에 워즈워스가 좀 더 매력적으로 느껴졌으니,《황무지》를 조금이라도 더 이해했더라면 내가 살고 싶어 마지않는 현대적인 도시에 대한 엘리엇의 반감에 어리둥절했을 것이다.

영어로 된 시를 읽다가 '라마 백화점'이라는 단어와 마주친 순간이 당시에는 충격적이었고 기묘하게 감동적이었다. 나는 '휠러스'

에 갈 때마다 이 백화점을 지나치면서도 전혀 신경 쓰지 않았다. 종이에 찍힌 그 백화점의 이름은 갑자기 흥미로워졌고, 심지어 매혹적이기까지 했다. 나는 그 시를 쓴 시인의 이름을 머릿속에 적었다. 아르빈드 크리슈나 메흐로트라*.

그가 알라하바드에 산다는 걸 알게 되었다. 얼마 지나지 않아 나는 그를 대학 교정에서 알아보기 시작했다. 길게 흘러내린 흰 수염을 기른 그가 내게는 고요하고 무심한 분위기를 풍기는 낭만적인 인물 같았다. 그는 부서진 집기 더미가 쌓인 영문학과 건물 복도를 지나 학생들이 빽빽하게 들어찬 교실로 걸어갔다. 그가 나중에 말하기를, 그 학생들은 영어를 전혀 못해서 낭만주의 시인들의 시를 힌디어로 번역해달라고 요청하곤 했다고 한다. 나는 그때 알라하바드의 작가나 문학 교수들이 견뎌야만 했던 그 가차 없는 낙담을 그가 어떻게 극복하는지 의아했다. 나중에는 메흐로트라도 나처럼 어린 시절의 상당 기간을 작은 마을에서 글을 쓰는 꿈을 꾸며 보냈다는 사실도 알게 되었다. 1960년대 봄베이에서 학교를 다니며 그는 니심 에제킬, 아룬 콜라트카, 아딜 주사왈라 같은 영국에서 활동하는 다른 탈식민지기 인도인 시인들의 시를 읽고 접했다. 내가 보기에 그 시인들은 일상적인 매일의 삶에 시적이고 철학적인 의미를 부여하지만은 않았다. 그들은 인도의 절충적인 근대성

---

* 아르빈드 크리슈나 메흐로트라Arvind Krishna Mehrotra(1947~)는 인도의 시인이자 명시선 편집자이자 문학평론가이자 번역가이다. 영어로 쓴 시집 5권과 2권의 번역서를 냈다. 고대 프라크리트어와 힌두어, 벵갈어, 구자라트어 시 200여 편을 현대어로 번역했다.

과 존재적 소외, 도시 빈곤과 같은 주제들과 영어로 쓰인 인도 산문에서는 여전히 보기 드물었던 다양한 어조와 분위기를 구현하려 시도했다. 1960년대 후반에 알라하바드에서 살면서 메흐로트라는 봄베이가 가진 어떤 세계주의적 분위기를, 그리고 동경했던 미국 비트 문화의 불손함을 재현하려 시도했다.

'휠러스'에서 메흐로트라의 시집인 《이승》을 발견하고 공들여 읽었는데, 거기서는 늘 내가 처한 현실이 전하는 전율의 파편을 읽어낼 수 있었다.

나는 다른 봄베이 시인들의 시를 읽었고, 그들의 사례에서 힘을 얻어 소설을 쓰기 시작했다. 시골에서 올라와 봄베이에서 갈 길을 잃고 떠돌며 부유한 이웃들의 위선과 천박함을 드러내는 젊은이에 관한 소설이었다.

나는 대략의 줄거리와 함께 초반 몇 쪽을 런던에 있는 '샤토 앤드 윈더스'라는 출판사에 보냈다. 어느 날 답장이 왔는데, 관심이 있으니 더 보고 싶다는 내용이었다. 그 후 몇 달간 나는 자주 그 편지봉투를 열어 편지지 위쪽에 도도록하게 찍힌 인쇄 문구를 손으로 쓰다듬곤 했다. 나는 메흐로트라에게도 몇 쪽을 보냈다.

어느 날 오후에 같은 방을 쓰던 친구가 문 앞에 와서는 드하디왈라인지 뭐인지 하는, 눈에 띄는 수염을 기른 남자가 나를 찾아왔다고 했다. 나가 보니 메흐로트라가 복도 난간에 기댄 채 서 있었다. 나는 압도된 나머지 가까운 차이 가게에 가자는 그의 말에 겨우 고개만 끄덕였다. 거기 앉아서 차를 주문한 뒤에 그가 얘기를 시작하는데, 읽어본 내 소설이 좋았다는 게 아닌가! 우리는 다른 책들에 대해, 내가 영국문화원 도서관에서 빌리던 종류인 이블린 워와 앤서니 버지스, 그레이엄 그린의 소설 얘기를 했다. 그가 내게 시를 쓰는지 물었다. (나는 쓰지 않았다.) 내 기억으로는 상당 부분이 알라하바드에서는 거의 써본 적이 없는 언어인 영어로 진행된 그 사건이 내가 처음으로 나눈 문학적 대화였다.

메흐로트라는 헤어지면서 나를 자신의 집에 초대했다. 나는 몇 주간이나 갈까 말까 고민했다. 하지만 마침내 수줍음이 나를 사로잡았고, 몇 년이 지나도록 나는 그의 집에 가지 않았다. 나는 또 그 소설을 완성할 수 없음을 인정하게 되었다. 그 소설의 유일한 목적은 격려를 이끌어내는 것, 작가가 되려는 탐색을 계속할 가치가 있다고 말해주는 것이었던 듯했다. 메흐로트라의 시에서 '라마 백화점'이라는 단어와 마주쳤을 때 처음으로 내게도 쓸 만한 무언가가 있을지 모른다고 느끼기 시작했던 그 격려 말이다.

판카지 미슈라 Pankaj Mishra(1969~)

인도의 소설가이다. 1992년에 히말라야 인근 부락인 마쇼브라로 이주한 뒤부터 다양한 인도 매체들에 비평과 평론을 쓰기 시작했다. 첫 책인《루디아나의 버터치킨-인도 마을 여행》은 세계화가 인도에 미친 문화적 영향을 서술했다. 최근작인《분노의 시대-현재의 역사》를 포함해 8권의 책을 냈다. 2014년 윈햄-캠벨상 논픽션 부분 수상자인 미슈라는《뉴욕 타임스》,《뉴욕 리뷰 오브 북스》,《가디언》,《뉴요커》,《런던 리뷰 오브 북스》등 여러 잡지에 정치 평론을 쓰고 있다.

한꺼번에 여러 언어로 말하기

오마르 콜리프

나는 늘 이민자였다. 나는 태어난 지 삼개월 만에 이집트를 떠났다. 추방된 아랍인 아이로 서방에서 살았다. 10대 청소년이 되어 고국으로 돌아왔을 때는 대가족 내에서도 이방인이라 여러 언어의 영향을 받은 아랍어 억양 때문에 비웃음과 조롱을 당했다. 지금 나는 다시 미국에서 살고, 평생 언어 체계를 완전히 바꿔가며 살아왔다는 사실을 깨닫고 있다. 말뿐만 아니라 외국어로, 모국어가 아닌 언어와 그 고장의 방언으로 글을 쓰면서 나는 끊임없이 동화되려고 시도했다. 나는 세계가 여러 무대에서 내 동족의 이미지와 집단적 정체성을 부정하는 것을 지켜보았다. 나는 대통령부터 꼬맹이 학생들까지, 아랍어를 쓰는 세계를 종교적 극단주의의 폭력과 혼합하여 바라보며 판에 박힌 편협한 논리를 뿜어내는 모두에게 긴한 관심을 두었다. 자신들의 공모가 역사를 만들지도 모른다는 사실을 망각한 정치평론가들이 그 종교적 극단주의의 폭력이라는 상태를 창조하여 대중에게 떠먹였다.

나는 늘 나 같은 타고난 다언어구사자를, 서구적 의식 속에서 이뤄지는 아랍 이미지의 불구화를 논의할 수 있는 누군가를, 푸틴과 파리, 네타냐후와 나가사키, 테헤란과 텔아비브에 관해서 얘기할 수 있는 누군가를 고대했다. 하지만 아랍 세계에서 표현의 자유는 갈수록 박탈당하고 묻히고 있다. 일례로 젊은 이집트 작가인 아흐메드 나지가 최근에 섹스와 해시시 묘사가 나오는 소설을 썼다는 이유로 투옥되었다. 아랍 국가 중에 제일 큰 이집트는 레이날도 아레나스가 저항했던, 폭력적으로 억압적이고 호모포비아적이었던 쿠바를 흉내 내고 있다. 2015년 11월에 있었던 파리 테러 공격과 함께 모든 시詩에서 아랍뿐만 아니라 무슬림의 이미지도 공허해졌다.

내가 자꾸 의지하게 되는 한 인물이 있다. 이런 집단적 트라우마의 정수를 웅변적으로 포착한 시인이자 수필가 겸 화가인 에텔 아드난*이다. 그녀는 1925년에 베이루트에서 시리아인 아버지와 스미르나 출신인 그리스인 어머니 사이에서 태어났다. 아드난은 내가 확신하는 것만 해도 그리스어, 아랍어, 터키어, 프랑스어에 이르는 여러 언어를 사용하는 집안에서 자랐다. 하지만 자신의 성장

* 에텔 아드난إيتيل عدنان은 1925년에 레바논 베이루트에서 태어난 미국인 시인이자 수필가, 시각예술가이다. 2003년에 미국에서 가장 저명한 아랍 출신 미국인 작가로 선정되었다. 소르본대에서 철학을 전공했고 미국 캘리포니아대 버클리와 하버드대에서 대학원을 나왔다. 여러 대학 강단에 서다가 레바논으로 돌아와 베이루트에서 발행되는 프랑스어 신문의 기자 겸 문화부 편집자로 일했다. 유화와 영화, 태피스트리 등 다양한 매체를 이용한 시각예술 작업도 병행하고 있다.

기에 대한 명상록인 〈외국어로 글쓰기〉에서 아드난은 (집안에서 통용되던 여러 언어에 대비되는 의미로서의) 영어로 글쓰기가 어떻게 저항의 한 형태가 되었는지 설명한다. 그녀는 집이라는 개념을 해체한다. 그녀의 삶은 스스로 부과하기도 하고 강제되기도 한 아랍 세계(특히 그녀의 고향인 베이루트)로부터의 다중 유배 생활이었다. 그녀는 생애 대부분을 파리와 캘리포니아 소살리토의 산악 지대에서 보냈다. 이런 곳에서 아드난은 산문과 시와 그림 작업을 하며 자신만의 상상을 담은 태피스트리에 그런 세계들을 융합시킨다. 그녀의 작품은 외국 땅에 있는 고향이라는 개념을 완고하게 발전시키며 '하이브리드 존재'라는 혼성회된 주제를 끌어낸다.

시집인 《다른 나라의 중심의 중심에서》에서 아드난은 고향인 레바논에 대한 기억과 협상을 벌인다. 그녀는 이렇게 시작한다.

> 장소
> 그래서 나는 바다를 헤치고 왔다…
> B로…
> 레바논에 있는 바닷가 도시로. 십칠 년 후였다. 나의 부재는 유배로부터의 유배였다.

그리고 그녀는 이렇게 곰곰이 생각한다.

> 베이루트에서 가장 흥미로운 건 부재하는 것들이다.
> 오페라 하우스의 부재, 축구장의 부재, 다리의 부재, 지하철의 부재, 그리고 내가 말하려는, 사람들과 정부의 부재 말이다. 그리고 물

론 쓰레기 부재의 부재도 있다.

도발적인 본문 단락 옆에 상형문자처럼 그려진 형태들이 앉아서 숨 쉬는 책인 《아랍 아포칼립스》에서 부재라는 주제가 다시 제기된다. 여기서 아드난은 혐오해 마지않는 공공의 적이 된, 폭력적으로 조작되고 고도로 논쟁적인 아랍의 이미지를 반영한다.

> 미국 한가운데 있는 태양의 술집 꼭지까지 쓴 위스키로 채운 호피족 인디언 한 명.
>
> …
>
> 아무 일도 일어나지 않은 밤. 빈 하늘을 채운 전쟁. 그 환영의 부재.
> 장례식들. 장미로 덮이지 못한 관. 무장하지 않은 사람들. 길다.
> 모스크에서부터 빈 '곳'까지 이어진 노란 해의 행렬. 무언의 택시들.
>
> …
>
> 너무 오래 기다린 적은 아직 오지 않았다. 그는 자신의 노란 해를 먹고 토했다.
>
> …
>
> 눈물의 평원에 뜬 초록 태양 내 주머니에 든 태양 비참한 주머니 태양.

태양은 레바논 내전 이후 베이루트가 겪는 트라우마를 환기하고 흡수하고 담아내는 적개심의 장치다. 1967년에 '범아랍'이라는 이상이 무너졌으니, 이 구절은 아랍 국가들을 유혹하는 집단적 트라우마에 대한 비유일지도 모르겠다. 하지만 아드난의 말은 소수

이교도 집단으로 전락한 아랍의 상태에서 연유한 소외와 그로부터 비롯된 체계에 맞서고 있다. 이 점은 그녀의 시와 굵은 붓질이 돋보이는 그녀의 그림에 나타나는 풍경 묘사에서 가장 분명하게 환기되는 듯하다. 타말파이스 산으로 향하는 여행에서 아드난은 눈앞에 늘어선 산에서 위안을 구하며 과거의 부담에서 벗어난다. "대지를 활짝 열어라, 나무를 뿌리째 흔들어라." 일종의 해방된 재건이 일어난다. 아드난은 피난처이자 도피처로서의 예술을 선언하며 정처없음의(실상은 많은 비非장소의) 부담에서 스스로를 해방시킨다.

보나 최근에는 원래 예술 행사인 '도큐멘타13'에 쓴 비망록으로 출판된 《우리가 지불할 의사가 없는 사랑의 가격》이라는 사랑에 대한 논문에서 새로운 형태의 결정적인 해법을 제시했다.

> 사랑은 시작하여 … 경험을 반복하고자 하는 욕망이 된다. 여정이, 여행이 된다. 상상이 그 현실을 대체하고 환상을, 꿈을, 계획을 세우기 시작하고 … 사랑은 저만의 필연성을 창조하고, 어떤 사람들에게서는 삶 전체를 받아안으며 …
>
> 누가 그런 격렬함을 견딜 수 있겠는가? …
>
> 하지만 사랑은 무엇인가? 그리고 사랑을 그만둘 때 우리는 무엇을 포기하고 있는가?
>
> 사랑은 묘사되는 것이 아니라 살아야 하는 것이다. 부정할 수도 있겠지만, 사랑이 우리를 사로잡을 때 우리는 안다. 우리 안의 어떤 것이 그 자체에 굴복할 때 말이다.

에텔 아드난은 여러 언어로 말할 뿐만 아니라 여러 장소로 말하면서 언어들을 헤치며 춤춘다. 그녀의 글쓰기를 통해 유배라는 조건은 가능한 저항의 하나가 된다.

오마르 콜리프Omar Kholief

이집트 출신 예술가이자 큐레이터, 작가, 편집자이다. 시카고현대미술관의 선임 큐레이터이자 시카고 대학 초빙 교수이다. 《현재 위치-인터넷 이후의 예술》, 《움직이는 이미지》, 《공포는 영혼을 잠식한다》, 《미국에서 갈색 인종으로 사는 법》, 《세계여, 안녕히!》 등 스무 권이 넘는 서사시와 예술비평, 소설을 냈다. 현대미술과 동시대미술 전문가인 콜리프는 특히 국제적 맥락에서의 정치와 서사, 지리에 초점을 두고 동시대 예술영화와 비디오, 신생 기술을 연구하는 학자이기도 하다. 영국 화이트채플 미술관에서 큐레이터로 일하면서 많은 경력을 쌓았다.

이 분노를 어찌하랴

크리스 헤지스

나는 성인기 대부분을 전쟁터에서 보냈다. 엘살바도르와 니카라과에서 내전이 벌어지던 시기의 중앙아메리카에서 시작하여, 그곳에서 5년을 지냈고, 중동에서는 7년을 지냈으며, 포위된 도시 사라예보와 코소보를 마지막으로 내 직업 생활이 끝났다. 내 삶은 한 해 한 해 내 존재의 아주 친숙한 일부이기도 했던 조직적이고 산업화된 폭력인 전쟁으로 망가졌는데, 말하자면 변형된 셈이다. 나는 중앙아메리카의 먼지 날리는 길바닥과 돌이 깔린 사라예보의 광장에서 이리저리 찢겨 생명을 잃은 아이들의 시체를 보며 울부짖는 어머니들의 눈을 들여다보았다. 나는 어린아이들도 포함된 시신이 줄줄이 놓인 창고에 서서 폐 안으로 죽음을 빨아들였다. 나는 지금은 가버린 동료들의 혼령을 내 안에 간직하고 있다.

자기소멸을 결심한 세상의 한가운데에서, 생명이 무작위로 꺾여가는 세상에서, 우리는 누구에게 의지할 수 있을까? 그 압박과 그 대학살과 그 외로움으로 인해 무너지지 않으려면 누구에게 손을 내밀어야 할까? 그런 악몽 같은 고통 속에서 누가 우리에게 말을 걸어줄까?

어느 정도까지는, 아무도 없다. 전쟁을 겪은 우리는 모두 묻어버리거나 잊었으면 더 좋을 기억들을 지니고 있다. 전쟁에는 다른 대부분의 경험과는 다른 이질감과 기묘함이 있다. 그것이 전쟁의 문화다. 검댕과 죽음의 험상궂은 괴팍스러움에 몰두해 있는 그 문화는 주변의 모든 것을, 심지어 유머 감각까지 감염시킨다. 그런 비극, 설명할 수도 없는 그런 잔인함은 존재에 대한 모든 모호한 일반화를 거부하고 관념적 산물들을 제거한다. 우리가 가장 낮은 단계로 전락하면 우리 존재의 의미에 대한, 또는 의미 없음에 대한 근본적인 질문들은 황량하게 남겨진다.

하지만 인간의 조건에 전쟁은 기본이다. 인간의 역사 전체를 통틀어 어딘가에서 전쟁이 벌어지고 있지 않은 기간이 고작 29년에 불과하다고 윌 듀런트가 계산하지 않았던가. 전쟁은 예외적인 탈선이라기보다는 우리 인간 본성의 어떤 측면을 드러내는 지속적인 장치다. 모종의 강압과 강제가 그런 측면들을 보지 못하도록 가리며 우리를 하나로 결속시킨다. 그런 강압과 강제는 미처 인지되지 못할 때가 많다. 우리의 교양 있는 관습과 문명이라는 사소한 거짓말들이 스스로를 정제되고 이상적인 시각으로 보도록 우리를 달랜다. 《햄릿》에 나오는 무덤 파는 일꾼들이 적절하게 일깨워주듯이, "교수대가 교회보다 튼튼하다."

전쟁을 취재하기 시작한 그때부터 나는 피난처가 되어줄 책들을 지니고 다녔다. 호메로스와 윌리엄 셰익스피어, 윌프리드 오언, W. H. 오든, T. S. 엘리엇, 조지 오웰, 조지프 콘래드와 같은 작가들이 포함된 이유는 명백하다. 그리고 보스니아에서 오랫동안 전쟁을 겪을 때는 마르셀 프루스트의 《잃어버린 시간을 찾아서》를 들고 다녔다. 이 시인들과 작가들은 모두 자연의 극악무도한 무관심을 이해한다. 그들은 우리에게 내재된 어두운 힘들을, 폭력과 혼돈 속에서 탄생한 홉스적 우주를 이해한다. 뛰어난 글은 변덕스럽고 불안정한 인간들 사이에도 구원과 이해와 자비의 조각들이 남아 있음을 꾸준하게 상기시키는 역할을 한다. 비록 그 덕목들이 승리할 때는 드물다 해도 말이다.

위대한 시와 소설과 수필을 읽는 일은 우리가 우리 자신의 불안정성과 불확실성에 대처할 수 있도록 도와 우리 내면의 아주 깊숙한 곳, 뚜렷하게 말로 표현하기 어려운 깊숙한 곳으로 뛰어들 수 있도록 해준다. 저 작가들은 우리가 우리 자신을 정의하고 그들이 아니었다면 손에 닿지 않는 곳에 있었을 슬픔과 고통과 기쁨에 말을 건넬 수 있도록 돕는다. 그리고 이와 같은 독서는 사람을 무디게 만드는 교과서적인 비평과 위대한 예술의 심장과 영혼을 무력화시키고 파괴하는 상아탑의 속물근성으로부터 우리를 구원한다.

"독서가 우리도 들어가는 법을 몰랐던 우리 내면 깊숙한 거처의 문을 마법의 열쇠로 열어주는 선동자가 되어주는 한, 독서는 우리 삶에 유익하다." 프루스트는 이렇게 썼다. "반면에 독서가 우리 마음의 인간적인 삶을 일깨우는 대신 그 자리를 대체하려 할 때는 위험해진다."

엘살바도르에서 전쟁을 겪던 중 잠을 이루지 못한 어느 늦은 밤에 나는《맥베스》를 집어 들었다. 계산된 결정은 아니었다. 나는 그날 암살대에 의해 십여 명의 사람이 철사로 두 손의 엄지가 등 뒤로 묶인 채 목이 베여 살해된 어느 마을에서 돌아온 참이었다.

그런 상황에서 읽은《맥베스》는 새로운 힘을 발휘했다. 인간의 목숨을 담보로 한 권력욕이라는 것이 더는 추상적인 관념이 아니었다. 나는 우연히 맥베스가 보낸 자객들이 맥더프와 자식들을 죽이러 왔을 때 맥더프의 아내가 한 말과 마주쳤다. "나는 어디로 날아가야 하나?" 그녀가 묻는다.

> 나는 아무 해도 끼치지 않았다. 하지만 난 이제야 기억한다
> 나는 이 세속적인 세상에 존재하고, 이곳에서는 종종 악행이
> 칭찬을 받고, 어떤 때에는 선행이
> 위험한 바보짓으로 취급된다.

이런 말들이 복수의 여신들처럼 나를 사로잡았다. 그들은 내가 그날 본 먼지 자욱한 시장 광장에 줄지어 누운 죽은 자들을, 그날 이후로 내가 본 죽은 자들을, 시리에보에서 살해된 삼천 명의 아이들과 보스니아와 코소보, 이라크, 수단, 알제리의 아무 표식도 없는 집단 매장지에 누운 죽은 자들과 공책과 카메라와 패배한 이상주의를 들고 전쟁터로 갔다가 돌아오지 못한, 나와 같은 일을 했던 죽은 자들을 필요로 했다. 물론 저항은 대개 바보짓이고, 무자비하

게 행사되는 권력이 이길 것이며, 폭력은 다정함과 자비와 품위를 손쉽게 짓뭉갠다.

하지만 내가 허공 속으로 비틀거리며 나아갈 때, 이런 말들이 슬픔을 가라앉힐 진통제와 일시적인 위안과 어느 정도의 설명이 되어 주었다.

크리스 헤지스 Chris Hedges(1956~)

미국의 저널리스트이자 활동가이며 정식으로 안수받은 장로교 목사로 뉴스와 여론을 싣는 잡지인 《트루스디그》의 평론가로 활동 중이다. 미국 공영라디오 방송국의 특파원으로 아르헨티나 포클랜드 전쟁을 보도하면서 분쟁 전문 특파원으로서의 경력을 시작했다. 《진보계층의 죽음》, 《환상의 제국-문해력의 종말과 볼거리의 승리》, 베스트셀러인 《미국의 파시스트-기독교 우파와 미국과의 전쟁》 등 여러 권의 책을 출간했다. 그중 《전쟁은 의미 있는 폭력》은 전미도서평론가상의 논픽션 부문 최종 후보로 올랐다. 전 세계의 테러 활동을 취재하여 2002년에 퓰리처상을 받은 《뉴욕 타임스》 기자팀의 일원이었다.

미지의 것을 위한 자리 만들기

옮긴이의 말

'누가 시를 읽는가'라는 질문이 던져졌다. 사람들이 다투어 손을 들고는 저마다 시를 읽게 된 경위와 시를 읽는 의미, 시를 즐기는 비법 등을 털어놓았고, 그중 쉰 개의 응답이 모여 이 책이 되었다. 전화기 너머로 처음 들은 책 제목이 내게도 질문을 던졌다. '누가 시를 읽는가?' 나는 머뭇거리며 손을 들었다. 건성이나마 시를 읽는 사람이었기 때문이다.

대한민국에서 정규 교육을 받은 많은 이들과 마찬가지로 나도 시험을 위해 시를 공부하며 자랐다. 시의 주제를 함축하는 핵심 단어와 화자가 처한 시적 정황을 외우기 바쁜 와중에도, 이따금 단어와 단어가, 행과 행이 연결되는 묘한 리듬과 가슴 속 어딘가를 건드리는 듯한 시어에 마음이 끌리곤 했다. 하지만 더는 국어 시험을 칠 일이 없게 되자 시를 읽는 일도 없어졌다.

다시 시를 읽기 시작한 지는 그리 오래되지 않았다. 작년에 비슷한 친구들을 만나 모임을 하나 만들었다. 혼자서는 시를 잘 읽게 되지 않는다는 얘기를 하다가 만든 모임이었다. 기계를 쓰지 않고 농사를 짓는 친구들과 직접 밀을 키워 빵을 만드는 친구, 이동통신사 영업사원으로 일하는 친구, 최근에는 도자기를 만드는 친구가 새로 합류했다. 스무 살 차이 나는 시골 사람들이 한 달에 한 권 시집을 정해서 읽고, 매달 한 번 모여 따뜻한 저녁을 지어 먹은 다음 저마다 마음에 드는 시를 골라 두어 편씩 낭독했다.

그렇게 지금까지 열여섯 권의 시집을 읽었다. 최승자, 허수경, 김민정, 김소연, 이원, 임길택, 나희덕, 어느 출판사의 티저 시집, 최영미, 진은영, 고정희, 박라연, 김사이, 박후기, 황인찬, 이수명. 이름만 듣던 시인의 시집도 있고, 누가 예전에 보고 추천하는 시집도 있고, 출판사 출간 목록에서 제목이 마음에 들어 고른 시집도 있었다.

시를 읽으면서 미처 인지하지 못한 경험과 느낌이 시 한 편으로 일깨워지는 경우를 만난다. 이수명 시인의 시가 그랬다.

> 복도 끝에 너는 서 있다.
>
> 너에게 가려고
> 가지 않으려고
> 나는 허리를 구부렸다.
>
> 그때 피어난 바닥의 꽃을 향해
> 그때 숨어든 꽃의 그림자를 향해
> 허리를 구부렸다.

구부러진 채
나는 펴지지 않았다.

—이수명, 〈나를 구부렸다〉에서*

갈망하는 대상에 다가가려는 마음과 파국을 피하려는 머리가 충돌할 때, 움직이지 않는 다리를 어쩌지 못하고 몸이 비틀리던 느낌. 나는 이 시를 읽고서야 내가 구부러졌다는 걸 알았다.

황인찬 시인의 시는 어렴풋이 느끼고 있던 나의 어떤 상태에 선명한 이미지를 부여해주었다.

실내의 가짜 꽃나무 아래 내가 앉아서
거리를 헤매는 나를 불렀다

이리 와 여기로 와
어서

나는 그 말을 듣지 못한 채 떠났다
실망한 나머지
진짜 꽃나무에 목매달았다

굽어 가는 마음과 굽이치는 마음이 서로 부딪치고
소용돌이가 소용돌이치는 봄날이 조용히 계속되었다

—황인찬, 〈소용돌이치는 부분〉에서*

이수명, 《고양이 비디오를 보는 고양이》, 문학과지성사, 2004, 40쪽.

공허하지만 안전한 어떤 것에 안주한 나는 여전히 무언가를 찾아 헤매는 나를 달콤하게 유혹한다. 어쩌면 간절했을지도 모른다. 나와 나의 반목. 나는 나에게 귀 기울이지 않고, 결과는 역시 나일 수밖에 없는 어느 하나의 죽음이다. 이 시를 읽은 후로 내적 갈등을 겪을 때마다 실내의 가짜 꽃나무 아래에 앉은 내가 바깥 거리를 헤매는 나를 부르는 이미지가 떠올랐다. 때로는 부드럽고, 때로는 다급한 목소리였다.

그렇다고 내가 이 시들을 이해한다고 말할 수 있을까? 이수명 시인이 말한 꽃이 무엇인지, 꽃의 그림자는 또 무엇인지 나는 짐작도 못 한다. 황인찬 시인의 시에서 진짜 꽃나무에 목매단 나는 실내의 가짜 꽃나무 아래 앉았던 나일까, 아니면 거리를 헤매던 나일까? 아예 또 다른 나이거나 '너'일 수도 있지 않을까? 내가 전혀 경우에 맞지 않는 경험이나 느낌을 끌어와 제멋대로 시를 해석하는지도 모른다. 어쩌면 이 시들은 내가 받은 느낌이나 이미지와 전혀 다른 시일 것이다.

산문을 읽는 일이 앎의 영역을 넓혀가는 일이라면, 시를 읽는 일은 모름의 영역을 넓혀가는 일 같다. 진은영 시인의 시집은 수수께끼투성이였다.

별은 없었다

황인찬, 《구관조 씻기기》, 민음사, 2012, 54쪽.

그녀도 없었다
나는 화가 나서
해를 향해
술병을 던졌다
해가 산 뒤로 슬쩍 피하며
딱딱하고 캄캄한 하늘이
술병에 부딪혀 깨지며 쏟아졌다

—진은영, 〈거인족〉에서*

모르는 단어는 하나도 없다. 행마다 뜻이 통하지 않는 곳도 없다. 하지만 전체적으로는 무슨 의미인지 영 알 수 없었다. 특히 제목이 왜 〈거인족〉인지는 머리를 맞대고 궁리를 해봐도 모를 일이었다. 우리는 누구라도, 혹시라도, 진은영 시인을 만나게 되면 꼭 물어보자고 약속했다. 모르는 중에서도 시인의 인식과 느낌의 지평이 나와 다르다는 사실만은 알 수 있었다. 나는 언어가 개인의 인식과 지각의 형태를 온전하게 담아낼 수 있는지, 그 내용을 타인에게 제대로 전달해줄 수 있는지 묻지 않을 수 없었다.

시를 읽는 일은 사람마다 인식과 지각의 형태가 얼마나 다른지 더듬어 보는 일이고, 합의된 공동의 도구인 언어의 한계와 보편성의 허상을 실감하는 일이라고 생각한다. 시인의 인식과 느낌은 고사하고, 같은 시를 읽는 몇 안 되는 사람들이 갖는 느낌도 얼마나

* 진은영, 《일곱 개의 단어로 된 사전》, 문학과지성사, 2003, 29쪽.

다른가.

난간에 선 존재는
자기를 망친 결벽을 떠올린다

아는 손으로부터
알지 못하는 손으로부터
사랑하는 자로부터
사랑하지 않는 자로부터

일상의 머리채를 더듬더듬 건져올리기까지
사랑도 되고 폭력도 된다는 머리통을 깨부술 때까지

안도 되고 밖도 되는 곳이 있다
낮도 되고 밤도 되는 때가 있다

괜찮아? 춥지 않겠어? 다정한 물음이 있고
어떤 이야기를 계속하기 좋은 순간이 있다

조명이 어둡거나 테이블이 조금 흔들린대도
있잖아 하고 시작된 이야기가 그건 있잖아 하고 이어진다

옆 사람의 옷이 내 어깨에 걸리고
옆 사람의 말이 내 것처럼 들려서
옆 사람의 손에서 기울어진 찻잔같이 내 몸도 옆, 옆, 옆으로
기우뚱거리고

쏟아져도 괜찮아
낙관도 포기도 아닌 말이 마음에 닿기도 한다

난간에 기대어 자라던 식물들이 난간을 벗어나

—남지은, 〈테라스〉에서*

난간, 사랑도 되고 폭력도 된다는 머리통, 안도 되고 밖도 되는 장소, 낮도 되고 밤도 되는 시간… 나는 이 시가 늘 불안정한 상태에서 매 순간 결정을 내려야 하는, 그것도 혼자 내려야 하는 우리의 삶을 얘기한다고 생각했다. 우리의 결정에 따라 기우뚱거리는 것이 사랑이거나 폭력이 되고, 안이거나 밖이 되고, 낮이거나 밤이 된다. 우리는 그렇게 매 순간 다음 발을 디딜 불안정한 디딤판을 놓으며 살아간다.

모임의 한 친구는 이 시를 '쏟아져도 괜찮아, 난간 밖으로'라고 요약했다. 그는 안도 되고 밖도 되는 테라스에서 '괜찮아? 춥지 않겠어?'라고 묻는 다정한 물음이, 쏟아져도 괜찮다는 낙관도 포기도 아닌 말이 난간을 뛰어넘어 보라고, 그래서 보다 단단한 땅을 딛고 서라고 등을 떠미는 손짓 같다고 느꼈다.

이 시가 정말로 어떤 의미를 담고 있는지는 모른다. 하지만 둘 다라고 해서 무엇이 문제이겠는가? 낭독을 하면 이런 차이가 더욱 확연하게 드러난다. 여러 사람이 같은 시를 고르는 경우가 있다. 언젠가 세 명이 돌아가며 같은 시를 낭독한 적이 있다. 매번 차이가 느껴질 정도로 달랐다. 그렇게 달리 낭독하게 되는 이유를 우

* 황유원 외, 《너의 아름다움이 온통 글이 될까봐》, 문학동네, 2017, 74쪽.

리는 언어로 설명하지 못했다. 낭독은 텍스트에 개인적 맥락을 입히고, 의미는 모든 사회적 맥락과 함께 청자에게 전해진다. 정해진 박자도, 리듬도, 빠르기도 없는 시를 낭독하는 건 그 자체가 하나의 해석이자 표현이다. 소리 내어 읽는 순간 종이 위의 시는 텍스트가 되고 낭독은 공연이 된다.

시를 읽는 일 곳곳에 미지가 도사리고 있다. 모름이 점점 넓어진다. 그런 의미에서 보자면 시는 멀리서 반짝이는 별의 신호와도 같다. 별은 저마다의 사정으로 반짝이고, 우리에게 주어진 관측 수단은 너무나 빈약하다. 하지만 별을 바라보는 일에 의미가 없다고 누가 말할 수 있을까?

이원 시인의 시구가 내 마음을 사로잡았다.

> … 발꿈치를 들어요 첫눈이 내려올 자리를 만들어요
>
> —이원, 〈이것은 사랑의 노래〉에서*

미지의 어떤 것을 위한 자리를 만드는 일. 내게 시를 읽는 일은 그런 일이다. 그리고 그렇게 든 발꿈치는 다시는 제자리로 돌아가지 못한다. 나는 변화한다.

모임을 하다 보니 시를 접한 적이 거의 없다는 친구들의 얘기가

---

* 이원, 《사랑은 탄생하라》, 문학과지성사, 2017, 131쪽.

거짓말이라는 사실이 드러났다. 꾸준하게 읽지는 못했더라도 다들 오랫동안 시를 가슴에 품고 있던 사람들이었다. 고백하자면, 나도 그렇다. 하지만 시를 번역하는 일은 시를 읽는 일과는 또 다른 일이다. '누가 시를 읽는가'라는 질문에 머뭇거리며 손을 들긴 했지만, 시를 번역하는 일은 고민의 연속이었다. 현대 영미시를 전공한 한국외대 박선아 선생님의 꼼꼼하고 전문적인 감수가 없었더라면, 모름 속에서 또 다른 모름을 만들어내는 이 일을 감당하기가 훨씬 어려웠을 것이다. 이 자리를 빌려 진심으로 감사하다는 말씀을 전하고 싶다.

이 책은 '누가 시를 읽는가'라는 질문에 대한 응답이다. 정답도 오답도 없는 질문에 대한, 아마 가능한 응답의 극히 적은 표본일 것이다. 나는 부끄럽게나마 그 질문에 응답했다고 생각한다. 이제 여러분이 응답할 차례가 아닐까.

누가 시를 읽는가

초판 1쇄 발행 2019년 3월 25일
초판 2쇄 발행 2019년 8월 19일
엮은이 프레드 사사키, 돈 셰어
옮긴이 신해경
영시 감수 박선아

발행인 박지홍 발행처 봄날의책 등록 제311-2012-000076호 (2012년 12월 26일)
서울 은평구 연서로 182-1 502호(대조동, 미래아트빌)
전화 070-7570-1543, E-mail springdaysbook@gmail.com

기획·편집 박지홍 디자인 공미경 인쇄·제책 한영문화사

ISBN 979-11-86372-62-3 03800

이 도서의 국립중앙도서관 출판예정도서목록(CIP)은 서지정보유통지원시스템 홈페이지(http://seoji.nl.go.kr)와 국가자료공동목록시스템(http://www.nl.go.kr/kolisnet)에서 이용하실 수 있습니다.(CIP제어번호: CIP2018038901)